Le secret d’une rose

LOUISE ALLEN

Le secret d'une rose 3

Les Historiques

éditions HARLEQUIN

Collection : LES HISTORIQUES

Titre original : INNOCENT COURTESAN TO ADVENTURER'S BRIDE

Traduction française de BLANCHE VERNEY

Photo de couverture
Sceau : © ROYALTY FREE/FOTOLIA

83-85, boulevard Vincent-Auriol, 75646 PARIS CEDEX 13.
Service Lectrices — Tél. : 01 45 82 47 47
www.harlequin.fr
ISBN 978-2-2802-3237-1 — ISSN 1159-5981

T.N.L 4.
Lu 2015

Prologue

Londres, 4 mars 1815.

— Ma chère mademoiselle Shelley, vous êtes, si je puis m'exprimer ainsi, la clé de voûte de ce… commerce…

Gordon Makepeace joignit les mains sur son bureau et fit un sourire sans chaleur.

Lina n'avait jamais vu de crocodile, mais elle pouvait imaginer que le redoutable animal devait avoir un peu cet air-là.

— Vous voulez sans doute dire que je me suis rendue indispensable ici, monsieur Makepeace, et je vous en remercie… En tenant les comptes et en m'occupant de la gestion ménagère de la Porte Bleue, j'essaie de m'acquitter de ma dette envers ma tante Clara.

La jeune fille regarda la porte close qui communiquait avec les appartements privés de sa parente.

— Et je vais vous prier de m'excuser… J'allais justement la voir, lorsque vous m'avez fait appeler.

— Ce n'est pas prudent. Vous ne voulez pas attraper ce qu'elle a, n'est-ce pas ?

— Ma tante souffre de maux d'estomac chroniques. Ce n'est en aucun cas contagieux.

Lina se leva, et se dirigea vers la porte qu'elle trouva verrouillée.

— Asseyez-vous donc, mademoiselle Shelley. Nous n'avons pas terminé notre conversation…

Le vague sentiment d'inconfort qu'elle avait ressenti en rejoignant Makepeace se mua brusquement en inquiétude sourde.

Vingt mois plus tôt, elle avait fui une vie misérable chez son père, un pasteur du Suffolk, pour venir se réfugier auprès de sa tante, qu'elle ne connaissait que par une lettre, écrite à sa mère des années auparavant. Quelle n'avait pas été sa surprise, quand elle avait découvert que tante Clara, loin de la respectable vieille demoiselle dont elle s'était fait l'idée, était en fait Mme Deverill, la propriétaire de l'une des maisons de prostitution les plus huppées de Londres.

Seulement voilà, Lina, en s'enfuyant, avait brûlé tous ses vaisseaux. Il n'y avait pas de retour possible pour elle au presbytère. Jamais son père ne lui aurait permis d'en repasser le seuil et quand bien même il l'aurait accepté, le scandale n'eût pas manqué de rejaillir sur Meg et Bella.

Elle s'était enfuie sur une impulsion, se raccrochant au fol espoir que lui donnait cette vieille lettre. Elle était si malheureuse qu'elle ne pouvait imaginer une autre solution, surtout après que Meg avait suivi le jeune officier dont elle était amoureuse. Sa conscience la taraudait néanmoins, car elle avait abandonné Arabella, leur aînée à toutes deux.

La très élégante tante Clara l'avait accueillie sans un murmure, avait écouté son récit, lui avait offert une chambre à l'étage privé dont les fenêtres donnaient sur les toits du palais de Saint-James, et l'avait traitée depuis comme sa propre fille. Comment aurait-elle pu revenir en arrière ? Sa tante n'avait pas manqué de le lui faire remarquer : son père lui aurait fermé sa porte et Bella s'était peut-être elle-même enfuie à son tour…

Gordon Makepeace n'avait longtemps été qu'un associé sans pouvoir réel sur l'affaire. Mais un jour, le très tatillon propriétaire de l'immeuble qui abritait la Porte Bleue avait mis tante Clara au bord de la banqueroute. Et Makepeace avait alors insufflé assez de fonds dans le capital de l'entreprise pour lui sauver la mise, devenant incontournable. C'était en tout cas l'explication que lui avait donnée sa tante, en lui proposant un travail à la Porte Bleue. Lina avait pris en main la comptabilité et tous les mois, c'était elle qui comptait la part de bénéfices de Gordon Makepeace.

Jusque-là, il s'était montré plutôt discret, mais lorsque tante Clara avait été obligée de s'aliter, il était apparu sur le devant de la scène, prenant purement et simplement les commandes.

— Pourquoi voulez-vous m'empêcher de voir ma tante ? Vous n'en avez pas le droit !

— J'ai investi beaucoup d'argent dans cette maison, continua-t-il en ignorant sa question, et comme votre tante n'est plus en état de la gérer efficacement, j'estime que j'avais le droit de regarder les comptes…

Il montra les livres d'un vague geste de la main.

— Cela m'a confirmé ce dont je me doutais depuis longtemps : un certain nombre de services, parmi les plus lucratifs, ne sont pas offerts ici. Il va falloir que cela change…

Cela ressemblait plus à une menace qu'à un projet.

— Que voulez-vous changer, au juste ?

— Ce n'est pas une œuvre de charité, ici, mademoiselle Shelley. C'est une maison close…

Il la regarda d'un air égrillard, comme s'il la mettait au défi de mesurer exactement ce qu'il sous-entendait. Mais Lina avait écouté avec attention sa tante lui expliquer, dans des termes que même une innocente fille de pasteur de campagne pouvait comprendre, quelle était la nature de l'affaire qu'elle dirigeait. La Porte Bleue vendait du sexe, de la luxure raffinée, associée à des mets délicats et des vins fins, dans une atmosphère de bonne compagnie.

— Mais il y a des choses que je réprouve et que je ne veux pas voir ici, avait ajouté tante Clara. On ne trouve pas d'enfants chez moi, pas de vierges, ni de filles forcées à se prostituer si elles ne le veulent pas. Elles sont bien payées et je m'assure qu'elles demeurent en bonne santé.

La conviction avec laquelle elle avait dit cela indiquait clairement qu'il y avait des règles avec lesquelles elle ne transigeait pas. Au bout de quelque temps et à demi-mot, Lina avait fini par comprendre que sa tante avait été autrefois forcée de faire certaines choses contre sa volonté et qu'elle en avait conservé des cicatrices profondes. Plus tard encore, elle avait découvert que non seulement sa tante, mais aussi sa propre mère, avaient été des courtisanes dans leur jeunesse.

— Nous étions tombées amoureuses de deux frères, lui avait alors expliqué Clara. Ils nous ont séduites et abandonnées ici, à Saint-James, où nous avions eu la sottise de les suivre. Nous étions jeunes, déshonorées, nous avions le cœur brisé et il ne fallut pas longtemps à un tenancier pour nous repérer. Nous avons mûri très vite, nous nous sommes trouvé des protecteurs riches et j'ai ouvert ma propre maison, qui est devenue la Porte Bleue. Ta mère, Dieu l'ait en sa Sainte Garde, ne s'était jamais habituée à ce métier. Alors, je lui ai offert le poste que tu tiens aujourd'hui : la comptabilité et la gestion.

— Mais… Comment maman a fait pour rencontrer papa ? avait-elle demandé.

Car le féroce révérend Shelley n'avait pas dû mettre les pieds dans une maison de prostitution une seule fois dans sa vie, à part peut-être pour haranguer les clients et les filles, les exhorter à quitter ce lieu de débauche, s'ils ne voulaient pas goûter aux flammes de l'enfer.

— Ils se sont rencontrés à Green Park. Annabelle s'habillait toujours de façon élégante et discrète, comme une lady. Ils se sont aimés au premier regard. Ton père n'était pas alors le puritain fanatique qu'il est devenu par la suite. Evidemment, elle ne lui a jamais dit ce qu'elle était vraiment. Elle lui a raconté que j'étais veuve et qu'elle travaillait pour moi comme dame de compagnie. La suite, tu la connais : il l'a épousée, l'a emmenée dans son Suffolk, lui a fait trois filles, est devenu, au fil des ans, toujours plus rigide et plus sentencieux. Il a épuisé tout l'amour qu'elle avait pour lui et lui a fait une vie très misérable.

Sa tante s'interrompit un instant pour réfléchir.

— Je me suis toujours demandé si ton père n'a pas finalement découvert le véritable passé de ma sœur. Nous ne le saurons jamais, mais ce qui me le fait penser, c'est que les lettres de ta mère le décrivaient comme de plus en plus soupçonneux et déraisonnable. Au bout de quelques années, elle a fait la connaissance de Richard Lovat et s'est enfuie avec lui. Elle croyait sincèrement que votre père vous laisserait la rejoindre, tes sœurs et toi. Après tout, vous n'étiez que des filles et ne l'aviez jamais véritablement intéressé… Mais il a refusé. Annabelle en a été effondrée. Richard l'a emmenée à l'étranger pour lui changer les idées, mais il est mort en Italie, deux ans plus tard. Je ne crois pas qu'elle se soit jamais pardonné ce qui pour elle représentait un véritable abandon de ses enfants.

A ce point, Lina émergea de ses pensées.

— Que comptez-vous faire ? demanda-t-elle à Makepeace en essayant de lui dissimuler son trouble.

— Je vous l'ai dit, j'ai des projets de changement et l'un des tout premiers que je compte mettre en place vous concerne.

— Moi ?

Elle avala sa salive avec difficulté. Cet homme lui faisait peur.

— La clientèle est friande de nouveauté… Certains sont même prêts à payer très cher pour une vierge. Ce que vous êtes, n'est-ce pas, mademoiselle Shelley ? Une jeune et jolie vierge, avec de bonnes manières…

— Quoi ?

Elle s'était levée si brutalement de son siège que celui-ci faillit se renverser.

— Vous m'avez très bien entendu et compris… Si vous refusez, je demanderai le remboursement immédiat de mes investissements et votre tante sera obligée de vendre l'établissement, car je sais qu'elle n'a pas cette somme à sa disposition. Naturellement, je rachèterai ses parts et toutes les putains qui travaillent ici devront satisfaire à l'avenir toutes les demandes des clients. Et plus question de les laisser choisir leur partenaire ! On pratiquera la flagellation et il y aura une orgie romaine chaque semaine. Sans oublier un choix d'authentiques vierges. Tout cela devrait nous assurer une rapide progression de notre chiffre d'affaires. J'ai beaucoup d'idées, toutes très profitables…

Instinctivement, Lina recula, le cœur battant, la bouche sèche. Peut-être la maladie de tante Clara était-elle vraiment contagieuse, après tout, car elle devait bien brûler de fièvre pour faire un tel cauchemar.

— Vous voulez… me mettre aux enchères, c'est cela ?

— C'est inutile. J'ai déjà une offre pour vous, de sir Humphrey Tolhurst.

— Le magistrat ?

L'homme avait au moins la soixantaine, était d'un abord plutôt compassé et ne venait guère à la Porte Bleue que pour jouer aux cartes et pour reluquer les filles qui présentaient des « tableaux vivants ». Lina l'avait vu depuis la galerie grillagée d'où sa tante pouvait surveiller le salon.

— Lui-même. Il vous a vue dans la rue. Je lui ai dit qui vous étiez et il s'est entiché de vous. Naturellement, il ne tient pas à être vu dans une vente aux enchères de ce genre, il est bien trop discret pour cela. J'ai donc fixé un prix…

Il ajouta, visiblement content de lui :

— Un très bon prix, vraiment !

— Et ensuite ? s'entendit-elle demander, surprise du ton de défi qu'elle employait.

Jamais encore elle n'avait fait face à pareil danger, pas même lors des soudaines et brutales colères de son père. Elle était la benjamine timorée, qui fuyait l'affrontement et courait se cacher. Mais il semblait qu'acculée dans ses derniers retranchements, elle pouvait se défendre.

— Vous ne pourrez vendre ma virginité qu'une seule fois.

Du moins, sans tricherie. Car les filles lui avaient raconté qu'il y avait des moyens de « réparer » un hymen déchiré et leurs récits lui avaient fait dresser les cheveux sur la tête. Elle parlait beaucoup avec les pensionnaires de la Porte Bleue, à cœur ouvert et sans réticence. Leur gaieté, leur acceptation de ce « commerce » entre hommes et femmes, avec tout ce qu'il pouvait impliquer d'étrange et de désagréable, avaient amené la jeune fille a beaucoup réfléchir, à se faire une sorte d'expérience *théorique* des choses du sexe et à éviter de juger trop vite celles qui le pratiquaient.

— C'est vrai, mais la somme qu'il me propose me permettra d'investir et d'acquérir ce qui manque à cet établissement. La flagellation, par exemple, est plus qu'une mode, c'est un véritable engouement !

— C'est déjà la spécialité d'une autre maison, celle de la mère Molly, rétorqua Lina qui parlait toujours d'après les renseignements qu'elle avait reçus des filles. Pourquoi les clients viendraient-ils ici ? Je ne pense pas qu'il y ait suffisamment de demande pour pouvoir lui faire concurrence.

— Détrompez-vous ! C'est que nous offririons ici un service supplémentaire… Ce seront les gentlemen eux-mêmes qui administreront la punition…

— Mais les filles…

— Les filles feront ce qu'on leur dira de faire ou seront jetées à la rue !

Lina eut envie de le frapper. L'une des pensionnaires, Katy, lui avait montré d'horribles cicatrices de coups de fouet qu'elle avait reçus dans une autre maison, dont elle n'avait pu s'enfuir qu'en escaladant la gouttière.

— Je ne resterai pas ici un jour de plus, dit Lina en essayant de se montrer ferme et déterminée. Je vais retourner chez mon père.

— Au presbytère ? demanda Makepeace, la prenant de court, car elle ignorait qu'il fût au courant. Eh oui, je me suis renseigné. Vos deux sœurs se sont enfuies, elles aussi. Le saviez-vous ? Et votre cher papa a rayé vos prénoms de la bible familiale. Il nie avoir jamais eu de filles, à ce qu'il paraît…

Bella était partie ? Où ? Elle avait vite compris que son père détruisait ses lettres, comme il avait détruit celles de Meg.

Mais Lina avait toujours imaginé que Bella resterait. La solide et raisonnable Bella, qui servait de gouvernante à leur tyran de père. Fasse Dieu que, où qu'elle pût être, elle fût heureuse et en sécurité, comme Meg devait l'être avec James !

Une sorte de bourdonnement lui parvint aux oreilles. Makepeace parlait toujours.

— Vous aussi, vous ferez ce qu'on vous dira de faire, ma belle, sinon votre tante perdra sa maison !

— Quand ? murmura Lina.

Elle avait l'impression que des portes claquaient tout autour d'elle, mais le vacarme était en réalité dans sa tête. Si elle n'avait eu à s'inquiéter que d'elle-même, elle eût fui, une fois encore, même si elle savait qu'elle n'avait nulle part où aller. Mais c'eût été abandonner tante Clara et les filles à la merci de ce reptile.

— Demain. Il enverra une voiture à 19 heures. Et vous serez gentille avec sir Humphrey, ma petite, sinon vous serez la première à tâter du fouet de charretier dont je viens de faire l'acquisition.

Lina recula vers la porte, incapable de se retourner pour quitter la pièce. Elle tâtonna pour trouver le bouton et un instant après, elle était dans le corridor. Mais elle ne s'y trouvait pas seule. Une sorte de colosse à l'air patibulaire, qu'elle n'avait jamais vu auparavant, se tenait devant la porte de la chambre de sa tante et en interdisait l'accès.

Elle se dirigea alors en chancelant vers la chambre que partageaient Katy et Miriam, une autre pensionnaire. Elles étaient toutes les deux allongées sur un lit et jouaient avec la collection de bijoux fantaisie de Miriam.

Quand Lina entra et qu'elles virent son visage, leurs rires s'éteignirent instantanément.

— Que se passe-t-il, Lina chérie ? demanda Katy en bondissant sur ses pieds.

— Makepeace m'a vendue à sir Humphrey Tolhurst,

s'entendit-elle répondre d'une voix tellement morne qu'elle eut peine à la reconnaître.

Elle avala péniblement sa salive. Si elle se laissait aller, elle était certaine de fondre en larmes.

— Dites-moi ce que je dois faire, murmura-t-elle. Vite !

Chapitre 1

Dreycott Park, sur la côte du Norfolk,
24 avril 1815.

— Il arrive ! Il arrive !

Johnny, le petit valet chargé de cirer les bottes, déboula sur le perron du château, sa chemise à demi sortie de sa culotte, rouge d'avoir couru tout le long du chemin, depuis son poste d'observation de Flagstaff Hill.

Il allait se percher là-haut tous les jours, depuis que la nouvelle était arrivée que l'héritier de feu lord Dreycott avait pris la route depuis Londres pour rejoindre le domaine.

Trimble, le majordome, claqua des doigts pour réunir en hâte le personnel, et Lina abandonna son ouvrage. Elle n'avait pas connu un seul instant de calme durant les quatre jours qui avaient suivi l'enterrement de lord Dreycott. Quand elle avait fui l'hôtel particulier de sir Humphrey Tolhurst, terrifiée, désespérée et déjà recherchée par la police, sa tante l'avait envoyée en hâte chez un vieil ami à elle, qui vivait à la campagne. Une retraite sûre, du moins le pensait-elle. Mais à présent, son aimable vieux protecteur n'était plus.

Elle lissa de sa main sa robe noire et se composa une attitude digne et discrète. C'était sans doute la fin de sa tranquillité dans cet agréable sanctuaire ; sept brèves semaines de sécurité depuis qu'elle avait fui Londres, recherchée pour un vol qu'elle n'avait pas commis. L'héritier des Dreycott venait réclamer son bien et très certainement, il allait la mettre dehors. Qu'adviendrait-il d'elle ensuite ?

— Les voitures sont encore loin ? demanda le majordome. Et combien sont-elles ?

— Ils ne sont pas en voiture, monsieur Trimble. J'ai seulement vu deux cavaliers qui tiraient derrière eux un cheval de bât. Et encore, ils sont à pied et leurs montures paraissent bien fatiguées. Ils viennent par Cromer Road et ils ne seront pas là tout de suite…

— Eh bien, quoi qu'il en soit, va te faire un peu propre pour te présenter au nouveau maître, mon garçon… Allons, dépêche-toi !

Dépêche-toi !

Dépêche-toi, Lina ! Prends cet argent et fais tes bagages, il n'y a pas une minute à perdre…

Tante Clara, les lèvres très pâles, le visage marqué par des semaines de maladie, s'était péniblement redressée sur ses oreillers lorsque Lina lui avait fait, en tremblant, le récit de ce qui venait de se dérouler.

— Il ne t'a pas touchée ?

Elle avait tourné brièvement la tête vers la porte et la jeune fille avait suivi son regard. L'homme de main qui la gardait pouvait surgir d'un instant à l'autre.

— Je jure que Makepeace me le paiera !

— Tolhurst ne m'a pas touchée, ma tante… Il m'a fait me déshabiller tandis qu'il regardait. Puis il a enlevé ses vêtements à son tour…

Elle ne parvenait toujours pas à chasser de son esprit l'image de la chair molle de ce presque vieillard, avec cette chose menaçante qui pointait sous son ventre rond.

— Puis… il s'est avancé vers moi, il est devenu très rouge, il a ouvert la bouche comme pour mieux respirer et il s'est effondré sur le sol. Alors j'ai ramassé mes vêtements, j'ai sonné pour appeler à l'aide et…

— Il est mort ? Tu en es bien certaine ?

Lina avait hoché plusieurs fois la tête. Elle n'avait pas osé le toucher, mais elle en était sûre : il était mort. Ses yeux globuleux étaient toujours fixés sur elle avec ce sale regard, quand ils avaient commencé à se révulser. Horrifiée, elle n'avait pas pu détacher les siens du cadavre, tandis que de ses doigts tremblants, elle renouait comme elle le pouvait tous les rubans de ses vêtements.

— Alors, ils sont tous arrivés. Le valet, le majordome et aussi le plus jeune fils de cet homme, Reginald Tolhurst. Il s'est agenouillé près du corps de son père et a cherché son pouls, puis il a fait appeler le médecin et a dit au majordome de m'enfermer dans la bibliothèque. Il a ajouté que la bague en saphir de son père n'était pas à son doigt.

— Le saphir ? Le saphir des Tolhurst ? Il le portait, lorsque… ?

— Mais je n'en sais rien !

Sa voix était montée presque jusqu'au cri.

— Je ne m'occupais pas de ses bagues ! Je les ai entendus parler dans le corridor. Le majordome a dit que sir Humphrey la portait lorsque j'étais arrivée. M. Tolhurst a envoyé un valet à Bow Street, à la police. Il a dit que j'étais une voleuse, que j'avais dû la faire passer par la fenêtre et a conclu que je serai pendue, comme la sale petite putain criminelle que j'étais…

Elle avait alors fermé les yeux, s'était efforcée de nouveau au calme. Sa tante était malade, elle ne devait pas l'oublier. Mais elle n'avait nulle part où aller et personne d'autre ne pouvait l'aider.

— Je me suis sauvée par la fenêtre de la bibliothèque et j'ai couru jusqu'ici. Je ne savais pas quoi faire.

— Ce que tu dois faire, c'est quitter Londres jusqu'à ce que cette histoire soit éclaircie, lui avait répondu tante Clara, qui semblait, pour l'occasion, avoir retrouvé toute sa faculté de décision. Je t'envoie chez Simon Ashley, lord Dreycott, dans le Norfolk. Il prendra soin de toi.

— Et si j'allais parler à la police avec un avocat ? Ils me croiraient, n'est-ce pas ? Si je me suis enfuie, c'est que…

— Tu vis dans un bordel, ne l'oublie pas, avait coupé tante Clara d'un ton qui trahissait toute l'amertume de ses années passées à jouer à cache-cache avec la loi. Personne ne te croira et une fois qu'ils t'auront enfermée, ils ne chercheront pas à en savoir davantage. Le saphir des Tolhurst est célèbre et vaut une fortune. N'as-tu pas entendu parler de cette pauvre servante, pendue il y a quinze jours, pour le vol d'une cuiller en argent ? Peu après l'exécution, on s'est aperçu que sa maîtresse avait simplement égaré la cuiller entre les coussins de son canapé. Personne n'a cru cette malheureuse et on ne te croira pas davantage… Aide-moi à me lever.

— Mais, tante Clara…

— Dépêche-toi, Lina !

La vieille dame avait rejeté ses couvertures et marché d'un pas chancelant jusqu'à son secrétaire.

— Mets une robe confortable et pratique. Emporte le moins de choses possible, seulement l'indispensable, dans un sac de voyage. Dépêche-toi !

— Il n'y a pas de temps à perdre ! lança Trimble.

Lina cligna des yeux, s'efforçant de se concentrer sur le danger immédiat. Toute la domesticité du château venait de s'aligner pour être passée en revue par le majordome, Mme Bishop, la cuisinière, en tête des servantes, face aux valets, rangés à côté de Trimble. Ce n'était pas un personnel d'intérieur bien nombreux — ils n'étaient qu'une dizaine —, mais bien suffisant pour les modestes besoins d'un vieil aristocrate excentrique, qui vivait retiré à la campagne et fuyait les mondanités.

Lina se demanda où elle allait bien pouvoir se placer dans cet alignement…

— Mademoiselle Haddon ?

Le majordome l'invitait avec tact à venir prendre place auprès de lui. Il n'était pas très commode d'utiliser un faux nom, mais révéler le vrai eût été bien trop dangereux. Makepeace avait estimé que Celina Shelley était un patronyme qui convenait parfaitement à une courtisane, c'était sous ce nom qu'il avait parlé d'elle à lord Tolhurst et c'était en tant que telle qu'elle était recherchée.

Trimble cachait mal son trac. Elle lui sourit, autant pour l'apaiser que pour se rassurer elle-même. Depuis la mort de son peu ordinaire protecteur, un peu hâtée par de copieuses rasades de son meilleur cognac, ainsi que par un goût immodéré et peu raisonnable pour le homard thermidor et les cigares de La Havane, le personnel en était venu à la considérer comme le chef momentané de la maisonnée. D'emblée, ils l'avaient acceptée comme l'hôte de lord Dreycott, la prenant pour une lointaine parente qui avait besoin d'un toit, sa tante malade ne pouvant plus l'héberger.

Les yeux de la jeune fille se remplirent de larmes au souvenir de la gentillesse du vieux lord, mal dissimulée derrière un masque d'ironie mordante et d'humour noir. Il avait pris connaissance du billet griffonné à son intention par tante Clara, avait posé à Lina, sans précautions oratoires, quelques questions précises, puis avait sonné Trimble et l'avait averti que Mlle Haddon allait séjourner désormais au château, pour le temps qu'il lui plairait. Il avait ensuite donné congé à la jeune fille d'une façon assez abrupte, mais avant de quitter la bibliothèque où il l'avait reçue, elle avait eu le temps de le voir caresser doucement, de sa main brune et tachée par l'âge, la feuille de papier et les mots qu'avait écrits sa tante. Elle avait réprimé un sourire ; lord Dreycott l'aidait-il en souvenir d'un amour enfoui, mais toujours présent, pour Clara ? Jamais ensuite, elle n'avait pris les grognements du vieil aristocrate au sérieux.

Elle vint donc rejoindre le majordome avec sur le visage le masque inexpressif qu'elle avait appris à arborer dès l'enfance devant les furieuses et si souvent injustifiées colères de son père. Mais ses mains tremblaient légèrement et elle dut crisper le bout de ses doigts sur la soie noire de sa robe pour les calmer. Il n'était plus temps d'avoir peur. Il allait lui falloir convaincre le nouveau venu de la laisser demeurer ici sans lui poser trop de questions.

On entendit bientôt claquer les sabots des chevaux sur le pavage de l'allée et tandis que les petits valets se démanchaient le cou pour tenter d'apercevoir leur nouveau maître à travers la porte entrouverte, celle-ci tourna sur ses gonds, sous l'impulsion de Paul, le premier valet de pied, dont la large silhouette empêchait tout le monde de voir. Mais on entendait des voix d'hommes : lord Dreycott était donc bien arrivé.

Trimble se précipita sur le perron.

— Soyez le bienvenu à Dreycott Park, milord !

C'étaient cette fois-ci les épaules pourtant étroites du majordome qui empêchaient Lina de voir autre chose qu'un peu des deux chevaux : un dos gris pommelé, une longue queue blanche, une encolure noire derrière la première monture et derrière encore, des bagages enveloppés de toile huilée sur un bât de transport. Le cheval gris broncha et elle put enfin apercevoir un peu de son cavalier : une longue cape poussiéreuse, de grandes bottes souples portées sans éperons, une longue chevelure noire sous un chapeau à large bord. Lord Dreycott sauta souplement à bas de sa selle et Lina lui trouva l'air d'un athlète accompli.

Comme il s'avançait, elle baissa les yeux, tandis que Trimble reculait pour lui permettre d'entrer. N'osant le regarder en face, elle fixa son attention sur sa bouche, ce qui lui paraissait plus discret et plus correct. Cependant, il allait bien lui falloir regarder cet homme dans les yeux, à un moment ou à un autre. Elle était plus à l'aise avec les domestiques, même les hommes, qui la traitaient avec déférence et ne se seraient jamais permis de la fixer avec insistance. Même le regard ironique et pétillant d'intelligence du vieux lord ne lui avait jamais inspiré aucune crainte ; il la regardait toujours avec une sorte de bienveillance bourrue. Mais en général, quand un homme la fixait dans les yeux un peu trop longtemps, elle cédait à la panique. Son cœur se mettait à battre plus vite, ses mains à trembler, et elle devait réprimer une envie immédiate de prendre ses jambes à son cou.

L'ample cape du nouveau baron semblait emplir toute la largeur de la porte. Il s'arrêta sur le seuil, ses jambes bottées bien écartées, davantage en signe d'une très naturelle confiance en soi plutôt que comme une posture de propriétaire arrogant. Lina se surprit à regarder non sa bouche, comme elle se l'était promis, mais sa cravate nonchalamment nouée autour de son cou. L'homme était grand. Elle suivit du regard la ligne de sa mâchoire, qui s'ornait d'une barbe de quelques jours. Quand il retira ses gants à crispins et les fit claquer contre sa cuisse, un nuage de poussière s'éleva dans l'air.

Trimble réprima une toux discrète en les lui prenant, ainsi que son chapeau.

— Puis-je vous présenter les condoléances de tout le personnel de Dreycott Park pour la perte de feu votre grand-oncle, milord, susurra-t-il. Je suis Trimble, le majordome.

— Oui, je me souviens très bien de vous. Content de vous revoir, Trimble, cela fait bien des années, n'est-ce pas ?

— En effet, milord. Et voici…

Il se tourna vers Lina.

— Mlle Haddon, que notre pauvre maître avait invitée à séjourner au château…

La jeune fille plongea dans une profonde révérence, sans bien savoir quelle attitude son statut ambigu au château lui commandait d'adopter.

— Milord…

— Mademoiselle Haddon… Serions-nous parents ? Pardonnez-moi, mais votre nom de famille ne me dit rien…

— Non, milord, nous ne le sommes pas.

Sa barbe naissante était plus noire que ses cheveux, ce qui attirait l'attention sur une cicatrice, toute pâle, au coin de sa lèvre. Sa voix était profonde et bien timbrée, avec une légère trace d'accent étranger, comme en ont souvent ceux qui ont passé pas mal de temps à parler une autre langue que la leur. Il y avait aussi, dans le ton de cette voix, une évidente curiosité.

« Sois franche et persuasive, s'enjoignit-elle. Tu dois le convaincre que tu ne lui attireras aucun ennui et que tu peux au contraire lui être utile. »

— Lord Dreycott était un vieil ami de ma tante, crut-elle bon de lui expliquer d'emblée. Alors que je n'avais nulle part où aller, cette tante étant tombée malade, il a été assez bon pour m'héberger. J'ai tenu pour lui le rôle d'une gouvernante et d'une dame de compagnie durant les sept dernières semaines, milord.

— Je vois. Je suis désolé d'arriver ainsi sans crier gare, mademoiselle Haddon, si peu de temps après l'enterrement. Je n'avais averti personne de mon retour au pays, et dès que je suis arrivé à Londres, j'ai tout de suite pris contact avec mon notaire, qui m'a annoncé la triste nouvelle. C'était malheureusement le jour même de la cérémonie. Nous nous sommes mis en route immédiatement.

— Vous venez directement de Londres, milord ?

Il n'y avait pas loin de quatre-vingt-dix lieues. Le souvenir de l'interminable voyage en diligence qu'elle avait elle-même effectué pour venir à Dreycott Park était encore frais dans son souvenir.

— Mais… oui…

Il semblait surpris de sa question. Comme s'il était parfaitement normal, pour un aristocrate, de parcourir une telle distance à cheval plutôt que dans une confortable berline ou bien encore en chaise de poste.

— Nous avons trouvé suffisamment de relais pour pouvoir changer de monture et puis, nous sommes habitués aux longs voyages.

Il y eut un peu de remue-ménage au-dehors, tandis que les palefreniers emmenaient les chevaux à l'écurie, le compagnon de lord Dreycott les précédant à grandes enjambées. Le baron se tourna pour les regarder s'éloigner et Lina put le dévisager un instant en toute discrétion. Il n'y avait pas une once de graisse excédentaire sur tout son corps et sa haute silhouette aux muscles longs et déliés donnait une impression de grande vigueur et d'énergie. Quelque chose de rassurant, malgré l'anxiété qu'elle éprouvait, quelque chose de sauvage aussi, de presque déplacé dans le cadre tellement civilisé d'un château de la campagne anglaise.

— Je pense que vous voudrez vous retirer dans vos appartements pour vous reposer, milord. Est-ce que votre valet… ?

— Gregor n'est pas mon domestique, mais mon compagnon de voyage, corrigea lord Dreycott tandis que Trimble lui époussetait les épaules. Je suppose que quelqu'un pourra s'occuper de mes bagages ?

Lina regardait ses bottes avec curiosité. C'eût été presque innocent, si le curieux motif spiralé qui en ornait le cuir n'attirait pas irrésistiblement le regard sur les longues jambes musclées qui les surmontaient. Ces bottes-là semblaient bien exotiques et ne devaient pas sortir de l'atelier d'un bottier anglais.

Elle essaya de se souvenir de ce que son protecteur lui avait dit à propos de son héritier. « Un voyageur, qui ne tient pas en place, comme moi à son âge. Le seul de toute ma sainte famille qui ait quelque chose dans le ventre. Le seul à mener une vie un peu originale, aussi… Libre ! Voire même un peu libertin, avait-il ajouté avec un sourire indulgent. Figurez-vous que je ne l'ai pas vu depuis bien des années… Il m'écrit régulièrement, mais il a eu la décence de ne pas venir jusque chez moi renifler son futur héritage, le brave garçon ! »

Mais à l'évidence, ce n'était plus un garçon, c'était un

homme. Il vint soudain se camper devant elle et elle sentit son estomac se nouer. Elle se força à le regarder bien en face et tenta d'évaluer quel genre d'homme il était. Des yeux verts, perçants et attentifs, dont l'acuité faisait un étrange contraste avec son sourire un brin nonchalant. Curieusement elle repensa aux yeux bleus globuleux d'Humphrey Tolhurst. Il n'y avait pas de lueur dépravée dans ces yeux verts, ni de troubles appétits, ce qui était déjà rassurant. Mais le regard du jeune baron n'était pas non plus indifférent. Il était même plutôt appréciateur. Lina dut détourner le sien et se forcer à regarder son oreille pour qu'il ne pût rien déchiffrer de son trouble.

— J'espère que vos appartements vous plairont, milord, dit-elle en essayant d'adopter les façons d'une bonne gouvernante.

C'était encore le rôle le moins dangereux qu'elle pût jouer devant lui.

— Nous... j'ai fait débarrasser un peu les appartements du maître, mais la chambre elle-même est encore assez encombrée. Feu lord Dreycott avait une idée très personnelle et assez excentrique du confort...

Elle avait en effet essayé de ranger un peu après l'enterrement, mais avait dû assez vite renoncer à faire de l'antre du vieil homme une chambre convenable. Il y avait des piles de livres sur chaque surface plane, des cartes roulées dans tous les coins, un ours empaillé, un crâne humain, des pots, des papiers de toutes sortes, des boîtes dont elle n'avait osé explorer le contenu, laissant cette tâche à l'héritier du baron ou à son notaire, des antiquités pas encore déballées du colis dans lequel elles étaient arrivées au château et quelques restes d'un engouement passager pour la chimie, qui avait conduit lord Dreycott à acquérir tout ce qui était nécessaire à un laboratoire. L'appartement attenant, jadis occupé par feu lady Dreycott, disparue quarante ans auparavant, servait de débarras, encombré d'un bric-à-brac qui tenait de l'atelier de taxidermiste, de l'arrière-salle d'un apothicaire et de « l'enfer » d'un musée où l'on aurait abrité des regards curieux quelques vases décorés de scènes érotiques.

— Ma propre idée du confort est également plutôt excentrique, mademoiselle Haddon, lui répondit le jeune baron en souriant. Je peux dormir sur une planche et l'ai d'ailleurs fait bien souvent…

Il s'interrompit un instant puis lui demanda, d'un ton enjoué :

— Me ferez-vous le plaisir de dîner avec moi, ce soir ?

— Milord, je suis la gouvernante, je ne crois pas qu'il soit convenable…

— Vous étiez surtout l'invitée de mon grand-oncle, il me semble… Vous êtes donc à présent la mienne, ce qui rend votre présence à ma table tout à fait convenable.

A l'évidence, il ne s'embarrassait pas de considérations d'étiquette…

— Je vous remercie, milord.

Qu'aurait-elle bien pu dire d'autre ?

Vous êtes donc à présent la mienne. Etait-ce son imagination qui lui donnait l'impression qu'il avait prononcé ces mots d'une façon un peu plus *possessive* que nécessaire ? Elle avait besoin de lui, afin qu'il tolère sa présence au château, jusqu'au moment où tante Clara pourrait lui faire signe de rentrer à Londres. Or, cette dernière ne lui avait donné aucune nouvelle, bien que les gazettes aient certainement dû diffuser l'annonce du décès de lord Dreycott. Lina n'osait pas écrire elle-même. Si par malheur Makepeace interceptait sa lettre, il saurait où elle se trouvait à la seule vue des tampons de la poste. Cette situation de gouvernante n'était qu'un pis-aller. Très vite, elle allait devoir s'affirmer comme une véritable invitée, à moins que le nouveau maître des lieux ne la jette dehors. A quel titre la garderait-il, en effet ? Mais si elle pouvait le convaincre de continuer à l'héberger, alors dîner avec lui était vraisemblablement un pas dans la bonne direction. Toutefois, sa conscience la titillait. Elle restait une suspecte recherchée par la police. Au moins, feu lord Dreycott avait-il eu un attachement sentimental pour tante Clara, ce qui pouvait justifier sa protection. Il connaissait d'ailleurs la vérité. Mais son petit-neveu n'avait pas vraiment de raison de lui allouer davantage qu'un lit dans un coin de grenier, en attendant de signaler à la police qu'une femme suspecte s'attardait indûment sous son toit.

Elle n'aurait alors d'autre perspective que l'emprisonnement, le procès pour vol et vraisemblablement la pendaison, ou encore la fuite éperdue vers Dieu seul savait où, sans plus de moyen de contacter sa tante et avec très peu d'argent. Une conscience un peu mise à mal n'était donc finalement pas un prix trop lourd à payer, pour le peu de sécurité dont elle pouvait encore disposer.

Pourquoi son grand-oncle s'était-il mis en tête d'héberger cette vierge sage ? se demandait Quinn Ashley en étudiant le visage de la jeune personne qui s'était présentée comme la gouvernante. Ses cheveux étaient strictement tirés en arrière et son corps empaqueté dans une robe noire qui la couvrait du cou jusqu'aux pieds. Le vieux Simon n'avait pourtant pas particulièrement la réputation d'être une âme charitable, mais avait plutôt fait montre d'une certaine propension au scandale. Il était notoire qu'il avait entretenu toute une volière de charmantes « dames de compagnie » bien après son soixante-dixième anniversaire.

Est-ce qu'elle serait sa fille, fruit de ses dernières amours, avant qu'il ne décide de prendre une sage retraite à la campagne ?

Sans doute pas. Tous les Ashley avaient en commun ce nez arrogant que son miroir lui montrait chaque fois qu'il daignait se regarder dedans. Aucun enfant de Simon ne saurait avoir un tel petit nez droit. De même, le menton ferme pourrait venir de lui, mais pas les cheveux blonds ni les yeux bleus. Non, décidément, elle ne pouvait être la fille naturelle du vieux Simon.

— J'attends ce dîner avec impatience, mademoiselle Haddon, lui dit-il courtoisement.

Elle lui fit en réponse une petite révérence, les yeux fixés sur sa pomme d'Adam. Cette proéminence n'avait pourtant, de son avis, rien de particulièrement remarquable et il s'étonna que la jeune fille pût l'examiner avec autant d'attention.

— A quelle heure voulez-vous dîner, milord ? lui demanda-t-elle.

— Eh bien, disons 20 heures, si cela vous convient.

Elle hocha la tête et s'éloigna.

Il y avait quelque chose de très séduisant dans la façon dont elle se déplaçait. Il fronça les sourcils. Il venait de passer un an au Proche-Orient, une région où la soie était très commune. Il était habitué au petit chuintement caractéristique qu'elle produisait quand on la portait. Ce qu'il avait pris pour une simple robe de drap noir n'en était pas une. Il aurait dû reconnaître l'éclat caractéristique du riche tissu. Cette toilette était très bien coupée, on eût presque pu la porter à un bal.

Un parfum subtil d'épices et d'orange flotta jusqu'à lui. Cette Mlle Haddon n'était donc pas une sorte de nonne, comme il l'avait d'abord cru, et ce n'était pas non plus une gouvernante ordinaire. Elle était nerveuse, comme si elle avait peur. Mais de quoi ?

— Milord ?

Trimble l'invitait à le suivre. Quinn tourna les talons et se dirigea vers le monumental escalier de marbre. Parvenu sur la première marche, il se retourna. Mlle Haddon traversait le grand hall. Sa robe dansait autour d'elle et mettait en valeur la courbe de ses hanches et la finesse de sa taille. Tout en montant rapidement l'escalier pour rejoindre le majordome, il se dit que finalement ce retour en Angleterre allait peut-être se révéler beaucoup plus intéressant qu'il ne l'avait d'abord cru.

Chapitre 2

— Figurez-vous que ce païen-là est venu traîner dans ma cuisine, à renifler partout ! s'indigna la cuisinière, lorsque Lina passa la voir, sur le coup des 19 heures, pour s'assurer que tout se passait bien.

— Je ne crois pas qu'il soit ce que vous dites, madame Bishop. Gregor est un prénom de l'Europe de l'Est. Peut-être est-il orthodoxe, et si c'est le cas, c'est bien un chrétien.

Mme Bishop avait tenu, parallèlement à ses fonctions de cuisinière, celles de gouvernante durant dix-huit mois. Poussée à bout par les façons expéditives et le langage parfois brutal de feu lord Dreycott, elle avait accueilli l'arrivée de Lina au château avec soulagement. Non seulement la jeune fille la déchargeait d'une tâche qu'elle n'aimait pas, mais elle prêtait de plus une oreille complaisante à ses récriminations.

— Je ne comprends pas un mot de ce qu'il me raconte ! reprit-elle avec une ardeur qui ne désarmait pas. Il a un accent à couper au couteau.

Comme elle parlait elle-même avec celui du Nord-Norfolk, que Lina, pour sa part, avait mis une bonne semaine à assimiler, quelques petites incompréhensions entre eux paraissaient inévitables.

— Peut-être voulait-il dîner, tout simplement, suggéra-t-elle. Je ne crois pas qu'il soit un domestique… Milord l'a présenté comme son compagnon de voyage. Où Trimble l'a-t-il logé ?

— Il lui a donné une chambre dans les combles, mais il paraît que l'homme a eu l'air surpris, à ce que dit Michael…

Ledit Michael était son neveu, valet de son état et sa principale source de renseignements.

— C'est le mieux que nous puissions lui offrir pour le moment, commenta Lina, à moins qu'il ne préfère dormir à l'écurie. Au moins, là-haut, les chambres sont propres et peu encombrées. On ne peut pas dire la même chose de celles qui se trouvent aux étages inférieurs. A-t-on fait monter de l'eau chaude ?

— Ah, ne m'en parlez pas, mademoiselle Lina ! répondit la cuisinière en devenant toute rouge et en faisant claquer le torchon qu'elle tenait à la main. Ils sont allés sortir la grande chose en cuivre qui était dans la chambre de notre pauvre maître en disant que cela ferait une baignoire, et qu'ils voulaient qu'on la remplisse d'eau chaude ! Vous pouvez croire une chose pareille ? Et ils sont tous les deux montés dedans, toujours à ce que dit Michael. Nus comme ma main, au beau milieu de la cour de l'écurie !

— Non ! Ce n'est pas possible ! Et si une servante avait pu les voir ? Ou bien vous, ou moi ?

La pensée du jeune lord Dreycott nu et dégoulinant d'eau était particulièrement… choquante. Oui, c'était le mot : choquante !

— Tous les valets ont dû faire la chaîne pour porter des sauts fumants jusque-là. Ils ont dit à M. Trimble d'éloigner les femmes et ils se sont plongés dans le sarcu… sarfoc…

— Sarcophage, murmura Lina.

Le vieux lord conservait en effet une énorme réplique en cuivre de sarcophage égyptien. C'était miracle s'il n'avait pas exigé qu'on l'enterre dedans.

— Ensemble, vous dites ? demanda-t-elle.

— Oui. Etranges manières, si vous voulez mon avis… Ensuite, ils ont traversé tout le château, nus et dégoulinants qu'ils étaient. Vous ne pensez pas que le nouveau lord pourrait être un… enfin, vous voyez ce que je veux dire… un pédéraste, quoi !

— Euh… non… je ne le pense pas.

Elle gardait le souvenir de ses yeux verts sur elle. Un souvenir bien trop précis pour être tout à fait confortable.

— Quoi que puisse être le nouveau lord Dreycott, je ne crois pas qu'il soit attiré par les hommes.

Mais l'attitude de la cuisinière restait résolument réprobatrice. Lina avait été surprise lorsque les filles de la Porte Bleue lui avaient expliqué cette particularité dans les goûts sexuels, mais à la réflexion, cela ne lui avait pas paru beaucoup plus étrange que certaines des demandes exprimées par les clients de l'établissement.

— Ils voyagent ensemble, peut-être sont-ils simplement habitués à utiliser ensemble ce genre de commodités, hasarda-t-elle. Ou peut-être est-ce l'habitude en Orient, d'où ils viennent.

— Eh bien si c'est le cas, c'est du joli, pour un lord anglais, de suivre de dégoûtantes coutumes étrangères ! s'indigna vertueusement Mme Bishop, tout en garnissant un plat de poisson, avec un reniflement qui disait qu'immédiatement au-delà de son univers familier, commençait celui des barbares.

— Je suis certaine qu'il finira par adopter les coutumes de sa classe, dit Lina avec indulgence.

Et si cela n'arrivait pas, le personnel s'était bien accommodé des excentricités du vieux baron, il pourrait passer sur cette manie de bains pris en commun. Quant à traverser tout le château, nus comme des vers… Là, non, vraiment ! Mieux valait ne pas y penser !

Elle y pensait pourtant et constatait que, malgré l'éprouvante expérience qu'elle avait connue avec sir Humphrey et la terreur qui la saisissait quand un homme la fixait un peu trop longtemps, imaginer un beau garçon nu n'était pas si déplaisant. Elle ressentait pour le jeune lord un mélange d'attirance et de curiosité.

— Milord voulait savoir si nous avions une glacière, dit Michael en pénétrant dans la cuisine, plusieurs bouteilles paillées dans les bras. Je lui ai dit que oui. Alors, il m'a dit d'y mettre ça et d'en servir une avant le dîner…

Il souleva une bouteille pour la montrer.

— On dirait de l'eau.

— Je suis certaine que nous nous habituerons tous très vite aux petites manies de milord, dit Lina, qui se voulait apaisante.

Les hommes, à ce qu'elle croyait savoir, étaient des créatures plutôt exigeantes, mais la plupart se révélaient finalement assez prévisibles, une fois que l'on avait cerné leurs goûts.

La cloche du dîner résonna dans tout le château et le cœur de Lina se mit à battre plus vite.

— Je ferais bien de monter, dit-elle.

Au même moment, l'horloge sonna huit coups. Elle fit à la cuisinière un sourire rassurant, alors que c'était elle qui avait besoin d'être rassurée, et se précipita vers l'escalier de service. Dans le corridor, Trimble lui tint la porte de la salle à manger.

— Milord vient seulement de descendre, mademoiselle Celina, lui souffla-t-il avec un haussement de sourcils presque imperceptible.

Il ne fallut pas longtemps à la jeune fille pour comprendre la raison de cette discrète mimique. Lord Dreycott était campé, poings sur les hanches, devant le grand portrait de son oncle. On aurait dit que les deux hommes se jaugeaient du regard, d'autant plus que le tableau avait été exécuté à l'époque où le vieux lord avait l'âge de son petit-neveu. Il portait en ce temps-là une perruque poudrée, une cravate qui moussait sous son menton, des rubans à son habit et des bagues à ses doigts. Mais tout cet attirail était impuissant à masquer l'arrogante virilité et l'intelligence fulgurante de ses yeux verts, qui semblaient dominer toute la salle à manger.

Lina avait bien souvent regardé ce portrait au cours des semaines qui venaient de s'écouler en se demandant comment avait bien pu parler et se mouvoir ce séduisant jeune homme, avant que l'âge ne lui ravisse sa beauté et sa force, ne lui laissant plus que la vivacité de son esprit.

Elle avait la réponse, à présent, tant l'héritier du vieux Simon ressemblait à cette image de sa jeunesse. Il était d'ailleurs lui aussi vêtu d'une façon spectaculaire. Pantalon noir pris dans de souples bottes pourpres et longue tunique vert sombre de soie brodée, ouverte sur une chemise au court col montant. Son épaisse chevelure était attachée par un cordon de cuir sur sa nuque et sa posture mettait particulièrement en valeur les muscles et les tendons de son cou.

Lina aurait pu jurer qu'elle n'avait fait aucun bruit, mais lord Dreycott se tourna vers elle au moment même où elle entra dans la pièce. Elle détourna d'autant plus facilement les yeux que quelque chose avait bougé dans l'ombre : le dénommé Gregor était là lui aussi, le visage impassible. Il était vêtu de la même façon que le baron, à la différence que son costume était uniformément bleu sombre sur une chemise blanche et que sa chevelure était coupée court.

— Mademoiselle Haddon, dit lord Dreycott en s'avançant vers elle, veuillez me pardonner mes vêtements, mais je n'ai aucune tenue de soirée européenne.

— Bien sûr, milord.

Qui aurait vu une objection à dîner en compagnie d'un personnage sorti tout droit des *Mille et Une Nuits* ? Elle se sentait quant à elle bien terne, à côté de tant de magnificence.

— Voulez-vous vous asseoir ?

Il tira une chaise en bout de table pour lui permettre de s'y installer. Puis ce fut Gregor qui lui tint la sienne. Ensuite, ce dernier recula de deux pas et resta les bras croisés, le regard fixé droit devant lui, tandis que les laquais commençaient à servir le potage.

— J'ai expliqué à Gregor qu'il était extrêmement peu probable que vous tentiez d'empoisonner mes plats et qu'il n'avait nul besoin de les goûter au préalable, dit lord Dreycott.

Lina fut si surprise par cette déclaration préliminaire qu'elle y réagit sans réfléchir.

— Mais… comme personne ici ne vous connaît encore, nous n'aurions aucune raison de le faire, n'est-ce pas ?

A la façon dont il la regarda en retour, sans répondre, elle comprit qu'elle avait parlé un peu vite.

— Pardonnez-moi, milord. Peut-être a-t-on souvent essayé d'attenter à votre vie, durant vos voyages ?

— Suffisamment pour me rendre prudent. Il est bien difficile d'abandonner ce genre d'habitudes. Comme vous le voyez, Gregor surveille mon dos, en toutes circonstances.

La jeune fille étouffa un rire subit. L'image du compagnon de voyage protégeant le baron jusque dans sa baignoire venait inopportunément de lui traverser l'esprit. Le vieux Simon était souvent drôle, à sa manière caustique, mais il ne l'avait jamais fait éclater de rire alors qu'elle avait la bouche pleine de potage. En fait, elle avait du mal à se souvenir de la dernière fois où elle avait été autant amusée.

— Etes-vous vraiment obligée de m'appeler milord, mademoiselle Haddon ? Il me faut toujours une demi-seconde de réflexion pour savoir de qui vous pouvez bien parler.

— Je suis sûre que vous vous habituerez très vite à votre titre et je ne vois guère d'autre façon convenable de vous appeler, milord.

Elle prit un morceau de pain en se forçant à ne pas regarder trop fixement le beau poignet brodé de la tunique que portait son voisin de table, encore moins la longue main brune, ornée d'une lourde chevalière.

— Je pense que nous pouvons nous dispenser de ce genre de formalités. Mon nom est Jonathan Quinn Ashley. Personne ne m'a jamais appelé Jonathan et vous n'allez tout de même pas user de mon nom de famille. Il reste donc Quinn, mon prénom usuel. Quel est le vôtre ?

— Celina, mi… Quinn… Mais vraiment, je ne peux pas. Dans ma situation, ce n'est pas du tout convenable.

— Quelle situation ? Vous êtes mon invitée. Et qui craignez-vous de choquer ? Gregor ne se soucie pas de ce genre de choses et après avoir servi mon oncle durant tant d'années, Trimble et les autres domestiques doivent être habitués à de bien plus graves accrocs à l'étiquette… n'est-ce pas, Trimble ? ajouta-t-il en se tournant vers le majordome, qui se tenait silencieux près de la desserte.

— Absolument, milord. Aucun de nous ne se permettrait d'avoir une opinion sur ce point, répondit l'intéressé, imperturbable.

— Je n'en doutais pas, reprit Quinn. Vous voyez, Celina, nous pouvons donc passer outre cet aspect du protocole…

Lina le regarda sous ses longs cils et s'aperçut qu'il la regardait attentivement, lui aussi. Elle n'avait pourtant pas l'impression qu'il cherchait à flirter avec elle. Ses manières étaient franches et ouvertes, amicales. Elle se rassura en se disant que sa mise sévère et réservée devait certainement la protéger de ce genre de choses ; sans doute ne voyait-il en elle qu'une gouvernante, pour qui il était bien inutile de s'embarrasser de galanterie.

— Bien, si c'est votre désir, Quinn, murmura-t-elle.

Il acquiesça en souriant, satisfait, et se remit à déguster son potage. Lina profita de ce répit pour étudier son profil. Il paraissait intelligent et sensible.

— Avez-vous des frères et sœurs ? lui demanda-t-elle.

Il sourit.

— Non, je suis fils unique…

On débarrassa les assiettes à soupe et on servit le poisson. Les vifs yeux verts revinrent se poser sur le visage de Lina, qui détourna légèrement la tête. Sensible, intelligent, mais troublant. Elle se sentait très… femme, quand il la regardait ainsi.

— Et vous, Celina, avez-vous des frères et sœurs ?

— Deux sœurs, Margaret et Arabella. Meg a quitté l'Angleterre pour suivre son mari, un officier qui faisait la guerre en Espagne, et je ne sais pas où est Bella.

— Vous êtes quasiment seule dans la vie, alors. Et votre tante ?

Il ne paraissait pas particulièrement choqué par ce qu'elle venait de lui apprendre.

— Elle est tombée malade et ne peut plus m'héberger.

Quinn lui versa un peu de vin blanc et elle en but une gorgée, surprise de le trouver léger et fruité dans sa bouche. C'était très rafraîchissant et elle en but une autre. Elle n'était pas habituée au vin, mais un seul verre ne pouvait guère lui faire de mal, n'est-ce pas ?

Elle s'attendait un peu à ce que sa prochaine question fût : « Qu'allez-vous faire lorsque j'aurai engagé une véritable gouvernante ? » Interrogation à laquelle elle ne pourrait répondre qu'en avouant platement qu'elle n'en avait pas la moindre idée. Mais Quinn se contenta de hocher la tête et de s'occuper de son assiette, dont le contenu disparaissait avec une grande rapidité.

— Encore un peu de poisson, milord ? proposa Michael en repassant le plat.

— Volontiers, merci ! Je vous prie de me pardonner mon appétit, Celina, mais nous n'avons mangé qu'un peu de pain à l'étape de midi, afin d'arriver plus vite.

Un peu embarrassée, Lina ne put s'empêcher de regarder l'homme impassible qui se tenait debout derrière lui. Quinn surprit son regard.

— Nous pouvons essayer, dit-il, lisant apparemment dans ses pensées. Gregor ?

L'homme grommela quelques mots incompréhensibles et le jeune baron grogna en réponse :

— Parle une langue que la demoiselle comprenne, s'il te plaît !

— Seigneur ?

— Viens manger avec nous.

— Non, seigneur. Gregor mangera plus tard.

Quinn haussa les épaules.

— Sacrée tête de mule !

— Si votre gouvernante peut s'asseoir à votre table, fit remarquer Lina, je ne vois pas pourquoi votre compagnon de voyage ne le pourrait pas.

Par son silence, l'homme la mettait mal à l'aise, mais elle se disait qu'il devait avoir faim, lui aussi, et comme le baron ne pouvait tout de même pas prendre ses repas dans la cuisine, il fallait bien trouver une solution.

— Michael, poursuivit-elle tout naturellement, un couvert pour M. Gregor, s'il vous plaît…

Ce n'était pas à elle de décider qui devait dîner à la table de lord Dreycott, mais le nouveau baron paraissait si peu attaché aux conventions que les mots étaient sortis tout seuls de sa bouche.

— Tu as entendu, Gregor ?

Quinn ne paraissait pas se formaliser de son initiative.

— La demoiselle veut que tu dînes avec nous. Tu ne vas tout de même pas l'offenser en refusant ?

L'homme grommela de nouveau quelques mots dans sa langue, ce qui fit rire Quinn. Mais il finit néanmoins par s'asseoir en face de Lina.

— Demoiselle…

Michael commença à servir les côtelettes d'agneau et Lina se prit à espérer qu'il y en eût suffisamment, à présent qu'un deuxième ogre avait pris place à table. Trimble s'éclipsa, probablement pour avertir la cuisinière.

— J'écrirai au notaire de mon oncle dès demain, dit Quinn. Je suppose que le testament n'a pas encore été ouvert ?

Tout en parlant, Quinn lui remplit un verre de vin rouge.

— Non. Me Havers voulait d'abord savoir où vous étiez. Il présumait que cela prendrait un certain temps et votre grand-oncle disait qu'il en était persuadé, lui aussi.

« Il doit se trouver quelque part en Perse, le gaillard ! » Et il ajoutait, ravi : « A se glisser dans les harems et à chercher quelques querelles, probablement ! »

Des querelles qui devaient résulter de l'idée même de s'y introduire… Des images de soieries, de colonnades et de fontaines vinrent à l'esprit de Lina. Oserait-elle lui demander de lui raconter tout cela ?

Non. Cet homme s'adonnait probablement au péché tout autant que les clients de la Porte Bleue, d'une façon plus raffinée, plus sophistiquée encore. Elle songea qu'il lui faudrait rester sur ses gardes avec un tel homme, car tous les débauchés n'avaient pas forcément des yeux globuleux et des manières déplaisantes. Pour se réconforter, elle avala une nouvelle gorgée de vin. Cela glissait tout seul, tant c'était doux et apaisant.

— C'est mon oncle qui m'a demandé de rentrer, en fait, reprit Quinn. Dans une lettre… Je suis venu dès que j'ai pu…

Il se tourna de nouveau vers le majordome.

— Trimble, il faudra envoyer à la première heure demain matin un messager à Me Havers, pour le prier de venir ici, dès que cela lui sera possible.

Ce message transmis, il se remit à jouer du couteau et de la fourchette. Pendant ce temps, Gregor avait silencieusement fait justice du reste du poisson et s'attaquait aux côtelettes avec un bel entrain. Un valet vint discrètement poser un plat de bœuf braisé sur la table.

— Il vous a écrit ? Mais il est mort dans son sommeil et malgré son grand âge, nous ne nous y attendions pas, car il n'était pas particulièrement malade…

En fait, son médecin, en constatant le décès, avait même murmuré qu'il s'attendait pourtant à le voir vivre cent ans.

— Il m'a écrit il y a un an de cela, pour me dire de venir dès que je le pourrais pour « ramasser les miettes », ce fut son expression, et de me hâter, si je voulais avoir la moindre chance de le revoir en vie. Sa lettre a mis dix mois à me trouver et il y a eu ensuite le long voyage de retour. Il avait pratiquement vu juste : je l'ai manqué de très peu.

Il s'interrompit et regarda rêveusement son verre de vin, comme s'il interrogeait le passé.

— Je lui dois beaucoup, mais ni lui ni moi n'aurions aimé que je m'attarde ici trop longtemps…

— Pourtant, l'endroit est magnifique !

Elle était tombée amoureuse de la mer grise, juste au-delà

des collines boisées qui encadraient le château, de tous les chemins creux qui y menaient à travers le parc et la vallée, ainsi que du ciel qui paraissait toujours immense.

— Beau ? Sans doute. J'espère que nombreux sont ceux qui seront de votre avis, car je compte vendre le domaine au plus vite…

— Le vendre ? Ce n'est pas possible ! Vous ne pouvez pas faire cela ! Oh, je… je vous demande pardon…

Surpris, il avait brusquement levé la tête pour la fixer.

— Je me mêle de ce qui ne me regarde pas, pardonnez-moi.

Quelle bêtise d'attirer ainsi l'attention sur elle et de mettre en avant ce qui pourrait lui apparaître comme un attachement suspect à cet endroit ! Et si elle allait piquer sa curiosité sur ses véritables motifs ? Elle prit une nouvelle gorgée de vin et se sentit un peu mieux.

— Vous semblez apprécier énormément Dreycott Park, remarqua-t-il doucement.

Lina espérait chaque jour recevoir un message de sa tante qui lui apprendrait que le véritable coupable du vol avait été découvert, mais sa raison lui disait qu'il faudrait plus probablement plusieurs mois avant que son affaire ne se calme. Mais si Quinn Ashley comptait vendre au plus vite le domaine…

— Je… je trouve le domaine très beau, c'est vrai, murmura-t-elle, toute pâle.

— Mais vous vous inquiétez pour votre sort… Mon oncle m'a également écrit qu'il avait prévu une pension pour tous les membres de son personnel. Je suis sûr qu'il en a fait autant pour vous, Celina.

Elle ne put que sourire et acquiescer, tout en sachant ce qu'il en était réellement.

« Non, il n'a pas pu le faire, Quinn. Il ne me connaissait pas quand il vous a écrit et quand bien même il m'aurait connue, je ne vois pas pour quelles raisons il me serait venu en aide. »

Mais elle devait lui dissimuler son inquiétude. S'il voyait à quel point elle en était désespérée, il allait devenir soupçonneux.

— En tout cas, moi, je veillerai à vous mettre à l'abri, Celina, dit Quinn tout à trac, et sa voix profonde donnait à cette simple remarque la valeur d'un serment.

Elle leva les yeux vers lui, mais les détourna bien vite quand elle vit qu'il l'étudiait avec une lueur très particulière dans le regard. Allons ! Quelle lueur ? Que s'imaginait-elle donc ? C'était un gentleman et elle était une invitée sous son toit.

Elle aurait dû protester qu'il était trop aimable, qu'elle ne pouvait accepter l'aide d'un complet étranger, mais elle ravala toute impulsion de réponse polie. Au lieu de cela, une idée lui traversa l'esprit. Pourquoi ne pas lui faire du charme ? Elle but une nouvelle gorgée de vin. C'était vraiment délicieux et très relaxant. Tout lui paraissait soudain plus clair, comme évident, même…

Tenter de séduire lord Dreycott serait mettre le pied dans des eaux bien dangereuses cependant, car comment le pousser à se montrer généreux et chevaleresque, sans lui donner également l'idée d'aller plus loin avec elle ?

Une froide soirée d'hiver, alors que les clients ne se pressaient pas à la Porte Bleue, Katy et Miriam, les plus proches de son âge parmi les pensionnaires, avaient entrepris de lui apprendre comment flirter avec un homme.

— Ne crois pas que nous ne pouvons pas nous conduire comme des dames, s'il le faut, lui avait dit Katy. Il ne s'agit pas seulement de remuer son derrière et de leur mettre ses seins sous le nez. Beaucoup de gentlemen aiment bien se donner l'idée que nous allons avec eux non parce qu'ils nous payent mais parce qu'ils nous ont séduites. Alors Madame nous a appris à flirter gentiment. Tu ne vas pas rester ici pour toujours, n'est-ce pas ? Il va bien falloir un jour que tu te trouves un beau garçon que tu vas mener par le bout du nez.

Lina avait eu un pincement au cœur en songeant que c'était sans doute ce que sa mère avait cru pouvoir faire avec son père.

Les filles avaient éclaté de rire, puis avaient retrouvé suffisamment de sérieux pour passer la soirée à apprendre à leur amie comment jouer de ses yeux, de sa voix et de son éventail, pour capturer un homme dans ses filets.

Lina n'avait encore jamais eu l'occasion de mettre à profit ces leçons, mais il semblait bien que le moment était venu. Les regards jetés par-dessous ses longs cils étaient censés être enchanteurs ; elle essaya.

— Merci, je ne doute pas que vous saurez vous occuper de moi, susurra-t-elle.

Gregor émit un curieux son, venu du fond de sa poitrine. Un rire ? Elle se sentit rougir et baissa les yeux sur son assiette.

— Mais vous pouvez y compter, répondit Quinn d'une voix grave qui fit courir un frisson tout le long de son échine. Oh, reprit-il d'un ton tout différent, ne serait-ce pas une charlotte aux fruits ?

— En effet…

Lina se sentit soulagée de voir apparaître dans la salle à manger la grande réussite pâtissière de Mme Bishop. La charlotte aux fruits pouvait être confectionnée assez rapidement et ne nécessitait pas de cuisson. La cuisinière avait dû la préparer en toute hâte, en apprenant qu'ils étaient trois à table, dont deux robustes mangeurs : tous les plats avaient été rapportés en cuisine proprement nettoyés. Même le bœuf braisé, probablement destiné au départ au repas de l'office, avait été englouti.

— Je n'en ai pas mangé depuis des lustres ! dit Quinn, se servant copieusement avant de passer le plat à Gregor.

Lina en avait pris un petit morceau, qu'elle dégustait par petites cuillerées, peu désireuse de mettre en émoi son estomac déjà bien éprouvé par sa nervosité, en le bourrant de sucre. Elle souriait, approuvait tout ce qu'ils disaient, riait à la moindre de leurs plaisanteries, jouant des cils jusqu'à ce que les hommes, ayant terminé la charlotte et encore dévoré une tarte à la frangipane, finissent par se déclarer rassasiés.

— Je vous laisse à votre porto, messieurs, dit-elle en se levant.

La pièce parut vaciller un peu autour d'elle.

— Et je vous souhaite une très bonne nuit. A demain…

Elle croisa le regard de Quinn et le regretta instantanément. C'était comme si l'atmosphère se chargeait de quelque chose d'intense, lourd d'une émotion qu'elle ne comprenait pas. Ce qu'il lui fallait, c'était retrouver au plus vite le sanctuaire de sa chambre, afin de pouvoir se ronger les sangs à se demander si elle avait bien tout le talent nécessaire pour manipuler un homme tel que Quinn Ashley.

Chapitre 3

— Qu'est-ce que tu penses de notre petite nonne ? demanda Quinn à son compagnon lorsqu'ils se retrouvèrent seuls.

Il était allongé sur son grand lit à baldaquin, et le regardait vérifier chaque porte et chaque fenêtre, dans son habituelle quête obsessionnelle des risques d'assassinat et des possibilités de fuite.

— Arrête ça, Gregor ! lui dit-il encore. S'il y a le feu, je sortirai par la fenêtre. Il n'y a pas de danger dans cette maison, à part peut-être ce qui pouvait résulter des expériences chimiques de feu mon oncle, et quand nous serons de retour à Londres, il faudra plutôt craindre les duels au pistolet au petit matin, que le poignard des assassins à minuit.

— Nonne ? demanda Gregor, qui était en train d'inspecter les penderies, et qui se tourna vers lui.

Ils s'entretenaient généralement en turc, quand ils étaient seuls, chacun parlant assez mal la langue maternelle de l'autre, mais cette fois, Quinn avait utilisé l'anglais, Gregor devant faire des progrès dans sa pratique. Il le parlait déjà pas trop mal, avec un fort accent mais sans réticence, et il n'y avait plus non plus trace de soumission domestique dans ses manières. Quinn s'amusait toujours beaucoup de voir son ami changer de rôle au gré de sa fantaisie ou des circonstances. Gregor aimait beaucoup jouer les serviteurs fidèles, mais il était probablement absolument indifférent au nouveau titre nobiliaire qui venait d'être décerné à son compagnon.

— Elle, pas nonne.

— Ah non ?

En quelques gestes esquissés dans l'air, Quinn évoqua la stricte robe noire, les cheveux tirés et même un voile, que la jeune fille ne portait pourtant pas.

— Je voudrais bien savoir ce qu'elle est, alors, soupira-t-il. Parce que du diable si je le sais !

— Une vierge, grogna Gregor qui, satisfait de son examen, se laissa tomber dans un fauteuil de bois sculpté. Ça, toujours des ennuis !

— Tu crois qu'elle est si innocente que cela ?

Quinn s'étira de toute sa longueur, puis se souleva à demi sur un coude. Il n'était pas aussi sûr que Gregor de sa conclusion. Certaines des manières de la demoiselle, ses regards par en dessous, ses longs cils, ses petites moues qui venaient presque contredire ses façons déférentes… Tout cela, à son avis, ne sentait pas véritablement l'innocence.

— On dirait… Elle pas savoir quoi faire de toi, mais serait bien intéressée à trouver, commenta le colosse russe.

Quinn retomba sur l'oreiller avec un soupir.

— Bon Dieu, ce que je suis fatigué ! Je crois qu'elle a surtout peur que je la jette dehors. Et elle ne doit pas être tellement habituée à rencontrer des hommes, en effet… Nous n'aurions pas dû la faire boire, d'ailleurs…

— Tu ne la veux pas ? Moi, je la veux bien !

— Eh bien, offre-lui ta protection.

Quinn ferma les yeux et se dit qu'il était trop tard et qu'il était trop fatigué pour aller fouiller dans la bibliothèque et consulter les livres. Cela pouvait attendre le lendemain. La jolie blonde aussi, serait encore là le lendemain. Elle l'intriguait, provoquait en lui des réactions typiquement masculines, mais elle pouvait attendre. Les femmes attendaient toujours, et celle-ci n'avait de toute manière nulle part où aller.

Il était l'heure de se détendre et de goûter au plaisir de se sentir rassasié et propre. Certes, il n'avait pas eu une femme depuis quelques semaines, mais différer un peu les plaisirs ne rendait ceux-ci que plus appréciables. C'était comme la vengeance, que l'on retardait pour mieux la goûter. Il était bien normal que cette comparaison lui vienne à l'esprit ici, dans la maison de son oncle.

La voix profonde de Gregor résonna de nouveau dans la chambre, l'arrachant à ses réflexions.

— Elle a peur de moi. La peur, dans ses yeux, quand elle me regarde… Je n'aime pas qu'une femme ait peur de moi.

— Et de moi ? Tu crois qu'elle n'a pas peur ?

— Pas pareil. Toi, tu l'inquiètes, mais tu l'intéresses. Tu attires sa… *curieusance* ?

— Sa curiosité.

— Da. *Curiosité*. Tu n'es pas un noble comme elle a l'habitude. Et puis, tu es plus… joli que moi, alors elle te regarde plus.

Quinn tendit la main, saisit un oreiller et le lança au visage de Gregor. Mais celui-ci l'attrapa au vol et le relança.

— Va te coucher, lui dit Quinn en le rattrapant à son tour. Ils t'ont donné une bonne chambre ?

— Une chambre pour les domestiques, sous le toit. Mais ça ira.

— Tu es sûr ?

Quinn leva machinalement les yeux en direction du plafond.

— Je puis sonner et te faire donner un appartement aussi luxueux que celui-ci. Il faudra juste une petite heure pour déblayer un chemin d'accès jusqu'au lit.

— Peut-être demain. Tu les as assez embêtés pour aujourd'hui, répondit Gregor en se levant de son fauteuil et en s'étirant longuement. Ils ne savent pas quoi faire de nous et ils ont tous peur. Aussi, ils ont été choqués par notre bain.

— Eh bien tant pis pour eux ! Je n'ai pas envie de me laver avec deux centimètres d'eau savonneuse au fond d'une cuvette pour leur faire plaisir. D'ailleurs, n'avons-nous pas demandé que l'on éloigne les femmes ? Que leur faut-il de plus ?

— Justement ! Les femmes sont déçues parce qu'elles ont

manqué le spectacle et les hommes sont jaloux… Parce que nous sommes magnifiques… Deux étalons !

Mis en joie par sa plaisanterie, Gregor gloussa.

— Bonne nuit, seigneur !

Il referma la porte derrière lui, juste à temps pour ne pas recevoir l'oreiller que lui lançait son ami.

Quinn resta étendu en silence un moment, puis il se leva avec un soupir, se déshabilla, souffla les chandelles et s'étendit nu sur les couvertures, dans un seul mouvement.

L'Angleterre, après dix ans d'absence ! Et voilà que le peu recommandable M. Quinn Ashley revenait au pays, devenu cinquième baron Dreycott de Cleybourne, dans le Nord-Norfolk ! Un titre qu'il n'avait pas souhaité, assorti d'un domaine dont il ne voulait plus entendre parler et sans doute une impressionnante liste de dettes qui viendraient grever ses revenus personnels. Pourtant, il ne regrettait pas d'avoir bravé les fatigues et les désagréments de deux mois de voyage, une traversée houleuse de la Manche, puis tous les embarras de Londres, pour pouvoir retrouver enfin tous les trésors de cette maison. Il avait aussi la satisfaction intellectuelle de penser à tous les remous que son retour n'allait pas manquer de produire.

Vengeance… Il savourait le mot avec volupté. Le mensonge, l'arrogance et la lâcheté étaient les trois choses qu'il haïssait le plus au monde, trois crimes qu'il entendait bien punir. Pas tant pour lui, car il avait dépassé tout cela et s'était tourné vers d'autres horizons. Mais Simon avait beaucoup souffert de devoir le défendre et cela allait se payer.

Il avait attendu dix ans sa revanche et à présent qu'elle était à portée de sa main, il pouvait bien attendre encore un peu. Au moins le temps d'une bonne nuit. Il étendit un bras au-dessus de sa tête et commença à se laisser glisser dans le sommeil. Outre le titre, les terres et les livres, son héritage comprenait-il aussi cette petite nonne blonde dont il ne savait rien ? Elle n'était pas une vraie gouvernante, il en aurait gagé sa paire de somptueux pistolets de duel de chez le fameux

Manton. Non, à la réflexion, pas eux… Il allait peut-être en avoir besoin. Quelle était la raison véritable de son séjour à Dreycott Park, son lien avec Simon ? Une énigme, voilà ce qu'elle était pour lui, à l'issue de cette première soirée passée au château. Une bien jolie énigme…

Dans l'heure qui suivit son réveil, Lina s'efforça d'endosser le rôle de la gouvernante modèle, et les domestiques la virent s'affairer la taille ceinte d'un tablier blanc qu'elle arborait comme une armure, destinée sans doute à la protéger des atteintes des deux mâles qui venaient d'envahir sa vie.

Elle les évita précautionneusement au petit déjeuner, mais faillit entrer en collision avec lord Dreycott dans le corridor, tandis qu'il sortait de la petite salle à manger.

— Bonjour, mil… euh… Quinn…

A la lumière de cette nouvelle journée, elle regrettait d'avoir accepté de l'appeler par son prénom et plus encore d'avoir étourdiment essayé de flirter avec lui. Apparemment, songea-t-elle en se repassant en mémoire les événements de la soirée, un seul verre de vin suffisait à lui faire perdre toute mesure.

— J'ai envoyé un messager à Me Havers. Il vous fait dire qu'il sera au château vers 10 heures.

— Déjà ? s'étonna Quinn. Ma parole, il avait prévu ce rendez-vous à l'avance !

— C'est que vous êtes son client le plus important, répondit Lina, qui ne faisait qu'énoncer une simple évidence. S'il avait des engagements antérieurs, nul doute qu'il les a remis à plus tard. M. Amstrong, le directeur de l'agence locale de la banque de votre oncle, le Dr Massingbird, son médecin et le révérend Perrin, le vicaire de la paroisse, le suivront sans doute de peu.

— Vous les avez prévenus, eux aussi ?

— Je n'ai pas eu besoin de le faire. La gazette locale a déjà annoncé votre arrivée dans son édition d'hier soir. Vos voisins laisseront passer une journée, le temps pour vous de prendre contact avec vos différents hommes de loi, les fournisseurs… puis ils viendront présenter leur carte de visite. Feu lord Dreycott les tenait soigneusement à l'écart, ce qui faisait beaucoup jaser dans le voisinage. Ils auront à cœur de vérifier si vous allez ou non les traiter de la même façon que lui.

Quinn secoua la tête avec un sourire un peu amer. Lina se crut donc obligée d'ajouter :

— La cuisinière est en train de préparer des biscuits et nous avons une bonne réserve de thé et de café, depuis les funérailles.

— Je ne suis pas tellement porté sur les paris, dit Quinn, mais je veux bien gager une guinée contre votre ridicule tablier que je ne recevrai aucune visite.

— Et pourquoi non ? demanda Lina sans relever l'allusion à sa tenue.

Elle trouvait, elle, que ce tablier lui donnait un air d'autorité ainsi qu'une distance qui lui avait bien manqué la veille au soir.

— Parce que, ma chère mademoiselle Haddon, je ne serai pas reçu dans les cercles de la « bonne » société, comme on dit.

— Mais votre grand-oncle disait que vous n'étiez pas revenu en Angleterre depuis des années. Personne ne vous connaît.

— Soyez sûre qu'ils ont tous au moins entendu parler de moi, sans compter que certains se souviennent très bien de ma petite personne… Il n'y a pas que la nature peu sociable de mon oncle qui explique qu'il recevait peu de visites. On nous mettait dans le même sac, tous les deux. Attendez-vous à ce que le café, le thé et les biscuits nous restent sur les bras !

A cet énoncé, son visage ne reflétait rien d'autre qu'une acceptation tranquille et amusée d'un état de choses auquel, visiblement, il avait déjà dû faire face.

— Je ne veux pas croire qu'ils ne viendront pas, s'entêta-t-elle, quoi que vous ayez pu faire pour…

— Je suis l'homme qui est réputé avoir séduit, engrossé et abandonné la fille aînée du comte de Sheringham. Vous admettrez que dans une région où le comte est le plus gros propriétaire terrien, il y a là de quoi vous faire mettre au ban de la société. Lord Sheringham a beaucoup d'amis et d'influence. Son fils, le vicomte Langdown, en a tout autant, ainsi qu'un robuste fouet de postillon, qu'il tient, paraît-il, à ma disposition.

Comme Lina le regardait bouche bée, il sourit, entra dans le cabinet de travail et referma la porte derrière lui.

Elle fixa un bon moment le panneau de bois, s'attendant presque à le voir se rouvrir, mais en vain. Derrière elle, elle entendit de discrets toussotements.

— Trimble ?

Elle se retourna vers le majordome.

— Ce n'est pas vrai, n'est-ce pas ?

Trimble paraissait mal à son aise.

— Je crois que j'aurais dû vous en parler, mademoiselle Celina…

Il ouvrit la porte du petit salon.

— Si vous voulez bien… Nous serons plus tranquilles…

Elle le suivit et referma derrière eux.

— Il dit qu'il s'attend à être ignoré de tout le voisinage, expliqua-t-elle, il a donc fait quelque chose de… de très mal… ?

— Refuser d'épouser sa fiancée, enceinte de ses œuvres, n'est pas dans les manières d'un gentleman et jetterait l'opprobre sur le nom de n'importe quel homme, répondit le majordome d'une voix atone, quand il l'eut emmenée dans le coin le plus retiré de la pièce.

— Il a vraiment fait ça ?

Elle regardait Trimble d'un air horrifié tout en ne pouvant effacer de son esprit l'image de Quinn Ashley tel qu'elle venait de le voir, avec sa tenue de cheval décontractée, son sourire et ses manières franches, ouvertes. Il était difficile de croire qu'un tel homme était le séducteur sans cœur et sans scrupules qu'il avouait être.

— Asseyons-nous, Trimble, proposa-t-elle.

C'étaient là des nouvelles qu'il était difficile d'absorber en restant debout. Elle se sentait la gorge particulièrement sèche : séduite, enceinte, abandonnée…

— Tous les membres du personnel qui étaient au service de notre pauvre maître depuis longtemps connaissent cette histoire, reprit Trimble, perché inconfortablement au bord d'une chaise. Il semble que M. Quinn ait abandonné sa fiancée enceinte il y a dix ans de cela. Comme le frère de la demoiselle menaçait de le fouetter, puis de lui faire subir… excusez-moi… une castration, son oncle a jugé préférable de l'envoyer sur le continent en toute hâte. Ensuite, il a continué à voyager et n'était jamais revenu en Angleterre, jusqu'à…

Lina avala sa salive avec peine. Elle, elle n'avait pas eu de frère maniant le fouet pour la protéger. Personne, sauf cet homme à la conduite déshonorante, qui lui avait dit la veille qu'il ne l'abandonnerait pas.

— Mais il faut savoir que M. Quinn n'était pas le père de l'enfant, en réalité, acheva rapidement le majordome, qui lisait probablement ses pensées sur son visage. Sinon, je ne vous aurais pas laissée rester une minute sous son toit, mademoiselle Celina !

— Pourquoi cette jeune personne n'a-t-elle pas épousé le responsable alors ? demanda-t-elle, soulagée.

— En ce temps-là, M. Quinn était un homme très charmant, sans doute encore tout à fait innocent, continua Trimble, sans répondre directement à la question. Un jeune gentleman studieux, rêveur et tranquille qui sortait de l'université, la tête pleine de livres et de rêves d'exploration. C'est ainsi que je me souviens de lui. En ce temps-là, voyez-vous, j'étais premier valet à Dreycott Park. Mais comme le disait notre pauvre maître, pourquoi donc une jeune héritière, qui avait d'aussi grandes espérances que Mlle la fille du comte de Sheringham, aurait-elle jeté son dévolu sur l'héritier d'une simple baronnie ?

— Parce qu'elle avait besoin de lui faire endosser une grave faute ? hasarda Lina.

— Exactement ! Le comte et la comtesse, quand ils se sont

aperçus de ce qui était arrivé à leur fille, ont décidé de tendre un piège à M. Quinn et lui, je le crains, n'était que trop disposé à tomber amoureux. Ce qu'ils n'avaient pas prévu, c'est qu'ils avaient jeté leur dévolu sur un jeune homme idéaliste qui a réagi d'une manière inattendue, devant une jeune femme déterminée à lui faire, en apparence, le sacrifice de sa vertu. Comme il l'a plus tard raconté à son grand-oncle, il a refusé tout net de déshonorer celle qu'il aimait.

— A-t-il compris, alors, ce qui se tramait contre lui ?

— Non, jusqu'à ce que cette… personne retire tous ses vêtements devant lui et devienne absolument hystérique. En clair, voyant que le subterfuge devenait impossible, son père a offert à M. Quinn une dot très substantielle pour qu'il l'épouse, mais il a refusé, rompant l'engagement. Alors ils sont allés déposer l'enfant à sa porte et l'ont dénoncé partout comme un suborneur sans aucun honneur.

— Mais pourquoi ? Ne pouvaient-ils se retourner contre le véritable père et le forcer à réparer ? Cet homme était-il déjà marié ?

— Hélas, mademoiselle, la vérité m'oblige à vous dire qu'il était impossible de déterminer… lequel des palefreniers du comte était le père.

Lina en demeura bouche bée.

— Vous comprenez qu'elle aurait été complètement déshonorée si une telle chose avait été connue et qu'un jeune aristocrate, héritier d'une petite baronnie, était mille fois préférable à trois ou quatre roturiers.

— Mon Dieu, et le pauvre bébé, qu'est-il devenu ?

— Je n'en ai aucune idée, répondit Trimble en reprenant son visage impassible. Je crois savoir que la jeune demoiselle s'est mariée finalement avec un obscur pair irlandais qui avait besoin de sa dot.

— Mais la réputation de M. Quinn en a été ruinée…

— Exactement. Il a défié lord Langdown en duel, mais celui-ci a refusé, menaçant de le fouetter à la place. Notre pauvre maître a dû intervenir et il a été pris dans le scandale, son nom sali au passage. Voilà pourquoi, mademoiselle Celina, nous ne devons guère nous attendre à recevoir la visite de nos voisins…

— Et vous ne pensez pas que l'affaire a pu être oubliée ? demanda encore Lina, qui se refusait à accepter que Quinn pût être ostracisé pour une injustice dont il était la victime et qui s'était déroulée dix ans auparavant.

Que pouvait-on lui reprocher ? D'avoir refusé de se sacrifier en acceptant d'épouser cette fille ? Il n'y aurait eu aucune confiance, aucun respect, dans ce mariage !

Seulement voilà, il était un gentleman et un gentleman n'avait pas le droit de rompre un engagement. Aurait-il eu un moyen de se tirer de ce piège d'une autre manière ? Non, car que pouvait-on contre le poids social d'un comte ? Quinn n'aurait rien pu faire à moins de révéler l'ignoble machination et de traîner la réputation de son ex-fiancée dans la boue.

— Cela aurait pu peut-être être oublié si, durant ses voyages, M. Quinn n'avait pas rapidement perdu ce qui lui restait d'innocence, continua Trimble d'une voix scrupuleusement dénuée de toute émotion. Les journaux ont été trop heureux de publier ses articles en provenance de contrées exotiques et les histoires racontant ses aventures, dont certaines n'étaient pas à mettre entre toutes les mains… Notre pauvre maître avait l'habitude de me les lire, avec une certaine satisfaction.

— Quel genre d'histoires ? demanda Lina, qui n'avait pas tellement envie de le savoir, au fond, mais était saisie par la curiosité un peu malsaine des badauds, qui ne peuvent s'empêcher de regarder un accident.

Etait-il question de harem ?

— Je ne puis les raconter à une demoiselle, objecta vertueusement le majordome. Mais qu'il me suffise de dire que les exploits de lord Byron paraissent bien pâles en comparaison.

— Il n'est pas tellement recommandable, alors ?

Elle était inquiète, savait qu'elle avait des raisons de l'être, mais en même temps, une sorte d'excitation un peu honteuse s'insinuait en elle.

« Sotte ! Parce qu'il n'est pas un gros bonhomme lubrique aux yeux globuleux, tu crois qu'il ne pourra pas causer ta ruine, aussi sûrement et plus brutalement encore que l'autre ? »

— Je suis certain que sous son propre toit, une demoiselle placée de surcroît sous sa protection n'a rien à redouter des manières de milord, répondit Trimble avec conviction.

En était-il vraiment convaincu ou bien se conduisait-il en serviteur fidèle, incapable de douter des bonnes mœurs de son nouveau maître ?

« Au reste, je ne vois pas ce que je pourrais redouter pour ma réputation, tout le monde me prenant déjà pour une prostituée et une voleuse de bijoux », songea amèrement Lina.

Dans le cocon somme toute protecteur de la Porte Bleue, il lui avait fallu un moment pour comprendre qu'en se réfugiant dans une maison close, elle s'était dévoyée tout autant que sa mère avant elle et sans avoir péché, pourtant.

« Dois-je redouter quelque chose de lui ? Faudra-t-il que je ferme ma porte à clé la nuit ? »

— Merci de m'avoir informée, Trimble, dit-elle d'une voix qu'elle espérait suffisamment ferme.

On sonna à la porte d'entrée.

— Ce doit être Me Havers.

Elle n'avait aucune envie de rencontrer le notaire, un homme qui devait recevoir les journaux de Londres et peut-être même s'intéresser de près aux faits-divers, car on pouvait être certain que le signalement de Celina Shelley avait été largement diffusé dans la presse.

Trimble alla ouvrir, la laissant à ses interrogations et à ses appréhensions. C'était une chose que de se trouver dans la maison d'un homme qui semblait un héros de roman et une autre de se dire qu'il avait une réputation sulfureuse et que si sa vie était effectivement un roman, il en était plus probablement le personnage noir que le héros. Quelle inconsciente elle avait été, pour s'être risquée à essayer sur lui ses maladroites techniques de séduction ! Elle se sentait à présent comme une souris qui croit possible d'aller chercher un morceau de fromage jusque dans les pattes d'un chat. Il ne ferait d'elle qu'une seule bouchée… Comme il devait bien rire, derrière son masque de courtoisie affable !

Trimble réapparut sur le seuil.

— Milord convoque tout le personnel dans la grande salle à manger pour écouter la lecture du testament, mademoiselle Celina.

— Cela ne peut me concerner, répondit-elle sans bouger de sa place. Je ne pense pas figurer dans ce document. Tout ceci ne me regarde pas.

— Il a bien précisé tout le monde, mademoiselle…

— Dans ce cas…

Peut-être pourrait-elle se glisser discrètement dans la salle et s'asseoir derrière Peter, le plus costaud des valets ? Ce serait intéressant d'entendre, ainsi cachée, la lecture des volontés probablement très excentriques du vieux Simon.

Elle suivit donc le majordome et se faufila dans la salle à manger derrière lui. Oui, il y avait bien un siège qui pouvait faire l'affaire, à la fois dissimulé par un groupe de valets et par l'épaisseur du vaisselier. En s'y asseyant, Lina constata qu'elle pouvait tout de même avoir un angle de vue sur lord Dreycott et Gregor, comme de juste debout, impassible, derrière la chaise de son ami.

Quinn tambourinait légèrement des doigts sur la table placée devant lui et regardait pensivement le portrait de son grand-oncle. Lina s'aperçut qu'il arborait exactement le même demi-sourire que le modèle, sur le tableau. Elle songea qu'il avait une bouche très expressive et se dit, Dieu savait pourquoi, qu'il devait avoir un peu de mal à garder une expression parfaitement neutre, lors d'une partie de cartes. Son esprit s'égaya encore et elle vit ces mêmes lèvres se presser sur sa main, sur son poignet…

Pour empêcher son imagination de vagabonder plus avant, elle serra très fortement l'une contre l'autre ses mains, au point de se planter les ongles dans les paumes.

— Si tout le monde est présent, dit une voix masculine qui s'élevait au-dessus du brouhaha, je vais commencer la lecture du testament de Simon, Auguste, Tremayne, Quinn, Ashley, quatrième baron Dreycott… A Henry Trimble, pour de longues années de fidèles et loyaux services, j'accorde le droit d'occuper jusqu'à son décès, s'il le souhaite, la maison dite Covert Cottage, assorti d'une pension de soixante-dix livres par an, de tous mes vêtements qu'il lui plaira de conserver, du droit illimité de couper du bois de chauffage et de chasser sur les terres de Dreycott Park, de l'assistance du personnel du château pour l'entretien de son jardin et enfin, je lui fais don de la dépouille naturalisée d'ours brun que, je le sais, il a toujours admirée.

Lisa put voir, à quelques rangs devant elle, la nuque du majordome devenir toute rouge d'émotion. Quant à l'ours empaillé, cela rassemblait surtout à une dernière farce du vieux Simon à son fidèle serviteur.

— A Mary Eliza Bishop, en reconnaissance de…

La lecture continua, de legs généreux en dons excentriques, comme autant de plaisanteries posthumes. Même le plus petit valet n'avait pas été oublié. Il y avait aussi une donation à l'église du village, « afin que le pasteur se décide à faire remplacer la cloche fêlée qui m'a gâché tous mes dimanches matin depuis tant d'années ». Cent livres pour l'œuvre charitable qui venait en aide aux veuves de pêcheurs perdus en mer sur cette portion de la côte, quelques livres précieux à des amis lettrés et enfin « tout le reste de mes possessions, meubles et immeubles, dont il n'a pas déjà été disposé par le présent document, à mon cher petit-neveu et héritier, Jonathan Quinn Ashley ».

— Il y a un codicille, dit le notaire, ajouté il y a seulement cinq semaines…

Il s'éclaircit la gorge.

— A la demoiselle qui se trouve actuellement être mon hôte à Dreycott Park, le gîte et le couvert en ce château, pour une période de six mois à compter du jour de ma mort et au terme de cette période, la somme de mille livres, à la mémoire de la grande affection que j'ai nourrie pour sa tante jusqu'à mon dernier souffle.

» Enfin, je désire que mon petit-neveu Jonathan Quinn Ashley ne puisse hériter de mes livres, cartes, papiers et documents divers, qu'à la condition impérative qu'il demeure le propriétaire de Dreycott Park pour une période d'au moins six mois, ou jusqu'à la publication de mes mémoires, que je laisse inachevés et qu'il devra compléter de sa main. Si cette condition impérative ne devait pas être remplie, j'exige que tous les livres, cartes, documents, etc. cités plus haut soient alors remis à la bibliothèque de l'université d'Oxford. Ceci est ma volonté.

» ... Et c'est également la fin du testament, conclut le notaire, en repliant devant tous le document.

Chapitre 4

Médusée, Lina regardait le portrait de Simon Ashley. Voilà qu'elle était tout près d'obtenir davantage que tout ce qu'elle aurait pu rêver. La sécurité et suffisamment d'argent pour prendre un nouveau départ, tel était le dernier et follement généreux cadeau d'un vieil homme qui avait en lui assez de générosité et de compassion pour aider une parfaite inconnue, en souvenir d'une vieille amitié, ou plus probablement d'un amour qui n'avait pas voulu mourir.

— Merci, murmura-t-elle, comme s'il pouvait l'entendre.

— Peut-on réfuter les termes de ce testament ?

La voix de Quinn Ashley s'éleva sans plus aucune trace d'amusement.

— Je n'ai aucune intention de conserver ce château et le domaine plus longtemps que le temps nécessaire à mettre les livres et les documents en caisses, puis la propriété en vente…

— Non, milord, c'est impossible, répondit le notaire du ton calme et professionnel d'un homme habitué à affronter très souvent la colère ou la déception des héritiers. Votre grand-oncle s'est assuré auprès de moi que ses volontés seraient légalement inattaquables. Sans doute prévoyait-il vos objections. Je dois même vous préciser que la demoiselle hébergée par feu lord Dreycott ayant la possibilité de demeurer ici durant les six prochains mois, il vous sera rigoureusement impossible de mettre en vente la propriété avant ce terme, quel que soit votre désir de le faire.

» Et maintenant, puis-je vous demander, milord, la permission d'utiliser une pièce de ce château pour recevoir individuellement chacun des bénéficiaires, afin de mettre au point avec eux les modalités pratiques de ces divers legs ? Je puis vous assurer que j'en aurai terminé ce soir même…

— Vous pourrez utiliser mon cabinet de travail. Je vous demande seulement au préalable de bien vouloir m'accorder un entretien.

Malgré la distance, Lina pouvait voir qu'il contrôlait chaque muscle de son visage, mais ne pouvait dissimuler la colère qui flamboyait dans ses yeux. Il croisa son regard et elle eut alors nettement l'impression qu'elle tenait dans sa main la clé de la cage où elle venait d'enfermer un tigre. Instinctivement, elle s'appuya contre le dossier de sa chaise, comme pour se mettre hors de sa portée.

Mais très vite, l'instinct de préservation prit le pas. Elle allait devoir rencontrer le notaire qui lui demanderait son nom. Le cœur battant, elle se leva de sa chaise, se faufila vers la porte de service, à l'arrière de la salle à manger, et monta rapidement à l'étage.

— Vous pouvez me dire ce que ce vieux farceur avait en tête ? gronda Quinn en refermant la porte de son cabinet de travail sur le notaire et lui-même.

— S'assurer que ses mémoires soient effectivement terminés et publiés, je suppose, milord, répondit calmement Havers. Peut-être feu votre grand-oncle a-t-il craint que vous ne puissiez vous en occuper, trop pris par vos voyages et vos propres écrits ? Aussi aura-t-il fait en sorte… de vous forcer un peu la main…

En parlant, il rangeait posément des papiers en piles, sans paraître se rendre compte que les volontés qu'ils contenaient ruinaient les projets de Quinn pour les six mois à venir.

— Et qu'est-ce que c'est que cette fille ? A cause d'elle, je ne peux disposer de mon propre bien avant six mois ? Qui est-elle ? Sa fille naturelle ? Il l'aurait mieux dotée que cela, si c'était le cas, non ?

— Je ne pense pas qu'elle ait un quelconque lien familial avec lui. A mon avis, votre grand-oncle a voulu réellement faire un geste en souvenir d'un attachement passé à l'une de ses parentes. Quel est le nom de cette jeune fille ? Etrangement, il a toujours été réticent à me le dire, se contentant de grommeler que je le saurai toujours bien assez tôt.

— Haddon.

Havers en prit note.

— Je suis désolé, milord, mais je crois bien que vous êtes encombré de ce domaine et de Mlle Haddon pour au moins six mois, à moins de renoncer à la bibliothèque de feu lord Dreycott.

Le regard fixe, Quinn plaça ses mains à plat sur le cuir rouge du bureau. Il avait eu l'intention de vendre Dreycott Park au plus vite, après en avoir prélevé le mobilier qui l'intéressait, pour sa maison de Londres, afin de réaliser une affaire potentiellement très lucrative, combinée avec une revanche longuement attendue sur la bonne société.

Il avait d'excellentes raisons de vouloir transférer le centre de ses activités de Constantinople à Londres, des raisons commerciales et culturelles. Mais il allait devoir différer ces beaux projets pour s'occuper d'un domaine perdu sur la côte est et des mémoires d'un vieil excentrique !

C'était rageant, mais il savait qu'il devait s'incliner. La stratégie du vieux Simon s'était révélée, comme toujours, magistrale. Il était inutile de tempêter et de se révolter contre le destin : il était coincé à Dreycott Park jusqu'à l'automne.

A moins qu'il ne tire à son avantage la présence imposée de Celina Haddon. Peut-être pourrait-il au moins se reposer sur elle pour garder le château en ordre durant les six prochains mois.

— Bien, je vous laisse la place, maître, dit-il une fois parvenu à contenir sa colère.

Il se leva.

— Installez-vous au bureau, je vous en prie. Qui voulez-vous voir en premier ?

— Eh bien, cette demoiselle Haddon, justement… Je vous remercie, milord.

Celina attendait, assise sur l'une des chaises du grand hall, les mains sur les genoux, le dos très droit. Elle avait retiré son tablier et caché ses cheveux blonds sous un foulard noir. Elle ressemblait plus que jamais à une couventine.

Elle se leva dès qu'elle vit lord Dreycott et nota non sans inquiétude son visage fermé.

— Me Havers veut vous voir la première, Celina…

— Je suis vraiment désolée, milord…, commença-t-elle comme si elle ne l'avait pas entendu.

— De quoi donc ?

Il ne se sentait pas particulièrement d'humeur conciliante et n'avait pas l'intention de lui faciliter les choses.

— De vous empêcher de mener à bien vos projets, du poids de ma présence au château et de la diminution de votre héritage, du fait du legs qui m'est accordé.

Cela semblait une phrase toute préparée…

Il la dévisagea, ne sachant que penser d'elle. L'idée lui avait traversé l'esprit de renoncer à la bibliothèque, de se laver les mains de son héritage et de prendre ses jambes à son cou. Mais la situation aurait perdu ainsi beaucoup de son sel.

— Je ne conteste en rien les volontés de mon grand-oncle, Celina, et l'argent n'est pas la question. Sachez également que votre présence ici n'est pas du tout un fardeau. Si j'ai paru contrarié par ces dispositions testamentaires, c'est qu'elles contrarient certains projets que j'avais formés en revenant en Angleterre.

« Et mes habitudes de n'en faire qu'à ma tête, pour être tout à fait honnête », ajouta-t-il mentalement.

Mais peut-être était-il salutaire, après toutes ces années à ne faire que ce qu'il voulait, où et quand il le voulait, de se voir placer quelques bâtons dans les roues juste au moment où il s'était résolu à agir. On eût dit que le vieux démon s'était amusé à dresser des obstacles sur sa route, pour l'obliger à réfléchir.

— C'est très généreux de votre part de vouloir me rassurer, reprit Lina d'une voix blanche. J'imagine que ce ne sera pas très agréable pour vous, six mois ici, sans voisins pour venir vous voir.

Elle baissa les yeux et rougit légèrement.

— Trimble m'a raconté ce qui s'est passé voici dix ans. Je trouve très choquant que l'on ait pu faire cela à un jeune homme.

— Vous me croyez donc innocent ?

Quinn s'aperçut qu'il attendait sa réponse avec un brin d'anxiété.

— Mais... bien sûr ! Pourquoi Trimble m'aurait-il menti ?

« Parce que vous pensez que moi, je le pourrais ? » songea Quinn.

— C'est très honorable de votre part de n'avoir jamais révélé dans quelle circonstance et avec qui cette demoiselle a pu se trouver dans une telle... situation...

Il haussa les épaules. Il se souvenait surtout d'avoir agi de la sorte par un mélange d'entêtement juvénile, de fierté et parce qu'il avait eu le cœur brisé.

— J'étais un jeune idiot romantique, grogna-t-il.

Elle eut une sorte de frémissement et Quinn sut qu'elle le regardait de nouveau entre ses cils baissés.

— N'allez pas vous imaginer que je suis une sorte de saint, Celina... Cette noble attitude n'a duré que jusqu'au moment où j'ai moi-même découvert les plaisirs de la chair, débarrassé des inhibitions et des pudibonderies que l'éducation anglaise inflige aux jeunes gens...

Il regardait sa tête, légèrement penchée, ses longs cils qui jetaient une ombre sur sa joue, la peau presque diaphane de ses oreilles. Il respirait le parfum qu'elle portait, léger et sophistiqué tout à la fois, inattendu, et sentait son pouls s'accélérer en réponse à cette inconsciente séduction.

Etait-ce si inconscient, d'ailleurs ? Celina avait l'allure, l'élégance et aussi certaines manières des femmes entraînées à séduire les hommes par profession. Et pourtant, il y avait une forme d'appréhension dans ses yeux, quand elle osait soutenir son regard, comme si elle craignait les hommes. De même, son peu d'habitude évident à boire de l'alcool, ses timides dérobades étaient à l'extrême opposé de l'image que l'on se faisait habituellement d'une aguicheuse. Elle était un mystère et justement, il adorait le mystère. La perspective de mieux connaître une jolie femme n'avait rien de déplaisant et puisque son vieil excentrique de grand-oncle avait décidé de leur imposer six mois de tête-à-tête, il les emploierait à savoir qui elle était vraiment. Car ainsi qu'il commençait à s'en apercevoir, il n'avait plus vraiment envie de la laisser dans le Norfolk tandis qu'il repartirait pour Londres…

Il prit sa main et la porta à ses lèvres, en effleurant seulement le bout de ses doigts, laissant son souffle les caresser. Elle se raidit imperceptiblement et retint sa respiration. Il examina quelques instants cette main aux ongles soigneusement polis et manucurés, qui sentait le parfum discret d'une lotion de prix. Ainsi, Celina prenait soin de ses mains comme une courtisane, non comme une gouvernante. Encore une bizarrerie à son actif…

— Pourquoi me dites-vous cela ? demanda-t-elle.

Mais elle ne retira pas sa main.

— Oh, parce que vous allez entendre d'assez édifiantes histoires à mon sujet, de la part de nos si honorables voisins. Alors je préfère vous prévenir.

— Je vois. Mais j'ai confiance en vous, Quinn…

Ces paroles lui causèrent un choc. Il ne s'était pas attendu à ce qu'elle lui fît confiance. Il était prêt à marivauder avec elle, à la pousser dans ses derniers retranchements, mais si elle lui accordait sa confiance, leurs rapports devenaient tout autres. Il devait se souvenir qu'elle était sous son toit, donc sous sa protection, et qu'il lui devait respect et égards.

— Je ne sais si vous faites bien d'avoir confiance en moi…, lui dit-il.

Elle leva alors les yeux vers lui, des yeux qui semblèrent l'inspecter jusqu'au fond de l'âme, prêts à accepter ce qu'ils pourraient y trouver.

— J'ai simplement voulu remettre les choses en place, quant à cet épisode du passé, acheva-t-il.

Le regard de Celina baissa d'intensité et se perdit un peu dans le vague.

— Bien sûr. C'est aux femmes de se garder et ce sont elles qui reçoivent tout le blâme, si elles ne sont pas suffisamment vigilantes à préserver leur honneur. Vous voulez bien m'excuser, milord ? Me Havers m'attend.

Tandis qu'elle s'éloignait dans un doux bruissement de soie, une violente poussée de désir envahit Quinn. Il marcha à grandes enjambées vers la porte, sortit sur le perron et se dirigea vers les écuries, plus en colère contre lui-même que contre Celina et sa façon directe de dire les choses.

Lina avait une fois de plus examiné attentivement le profil du jeune lord ; une bouche expressive, un nez droit, presque un peu trop long, sa fine cicatrice à présent plus visible depuis qu'il était rasé de près, ses intenses yeux verts, la courbe élégante et délicatement ourlée de son oreille. Il lui avait paru calme et détaché, comme s'il lui racontait les péripéties d'un roman qu'il venait de lire et non une expérience amère qui eût marqué profondément n'importe quel homme. Elle n'était pas dupe de cette impassibilité. Quinn était peut-être un excellent acteur, mais il ne pouvait avoir échappé au fer de l'amertume et des regrets. Qui l'aurait pu ?

Et puis il avait eu ce geste de lui embrasser le bout des doigts… Un geste dont il avait été le premier surpris apparemment. Pendant une seconde, elle avait senti son odeur de bois de santal et de cuir, incapable qu'elle était de retirer sa main. Une femme avec davantage d'expérience qu'elle aurait su se tirer de cette situation, mais elle était simplement restée là, embarrassée, comme captive. Et quand elle avait croisé son regard, elle avait bien vu qu'il n'était pas du tout aussi détendu qu'il voulait en avoir l'air.

« Je ne sais pas si vous faites bien d'avoir confiance en moi. »

Il avait eu une petite lueur amusée dans l'œil, en le disant. Mais pas seulement. S'y était ajouté quelque chose de mâle et de dangereux. En le laissant prendre sa main, en lui disant qu'elle avait confiance en lui, Lina avait le sentiment qu'elle l'avait provoqué, qu'elle avait exalté en lui quelque instinct animal.

Le nouveau maître de Dreycott Park l'attirait et la fascinait. Il avait seulement effleuré sa main de ses lèvres et voilà qu'elle se retrouvait désorientée, déconcertée et le cœur en émoi. Cet homme-là vous grisait plus sûrement qu'un alcool.

Elle était arrivée devant le bureau, frappa légèrement et entra.

— Mademoiselle Haddon…

Le notaire se leva.

— Si vous voulez vous asseoir… Ce ne sera pas long.

Lina prit le fauteuil qu'il lui désignait, en face du bureau, et joignit les mains sur ses genoux, faisant tout son possible pour donner l'apparence d'une jeune fille modeste et respectable, non d'une courtisane en fuite, accusée de surcroît de vol. Avec ses cheveux dissimulés sous son foulard, ses cils et ses sourcils pouvaient à la rigueur la faire passer pour une brune.

— Puis-je tout d'abord connaître votre prénom, mademoiselle Haddon ?

— Celina.

— Celina Haddon, répéta le notaire en écrivant ce nom sur un document. Et à quelle banque désirez-vous que soit déposé l'argent de votre legs, s'il vous plaît ?

— C'est que… je n'ai pas de compte en banque…

Il était certainement illégal d'en ouvrir un sous un faux nom et on lui demanderait de présenter des papiers pour justifier son identité. Mais dans six mois, son innocence serait probablement prouvée et reconnue. A moins qu'elle ne soit pendue d'ici là…

Elle réprima un frisson.

— Il faudra que je m'organise, je suppose, dit-elle d'un ton aussi neutre que possible. Puis-je avoir une avance en liquide, en attendant ?

Une somme, même minime, pourrait l'aider à s'enfuir, si elle s'y trouvait une nouvelle fois obligée. Mais peut-être Me Havers allait-il trouver sa requête étrange ?

— Vingt-cinq livres seraient parfaites…

— J'ai bien peur que les fonds ne puissent être disponibles avant la fin du délai de six mois, mademoiselle Haddon, répondit le notaire en griffonnant quelques mots sur une feuille. Mais tous vos frais seront couverts, durant votre séjour au château, et cela inclut une allocation raisonnable pour vos vêtements ainsi que de l'argent de poche…

— Ah…

De l'argent de poche… Quelques pièces… Elle ne pourrait pas s'enfuir avec et se trouver une nouvelle cachette. Avec les mille livres léguées, en revanche, elle pourrait engager un enquêteur privé, qui contacterait sa tante et se chargerait de faire toute la lumière sur le vol, ainsi qu'un avocat. Elle pourrait même partir à l'étranger, s'il le fallait. Mais sans avance, elle devrait rester à Dreycott Park, sans quoi sa tante ne saurait pas où la trouver. Elle était bel et bien obligée de rester au château, sous la protection d'un homme qui pourrait se révéler un fort dangereux protecteur.

— Merci, maître Havers…

— Mais c'est moi qui vous remercie, mademoiselle Haddon. Voudriez-vous être assez aimable pour dire à Trimble de me rejoindre ?

Lina délivra le message au majordome, puis resta dans le hall, à regarder le vide, sans savoir quoi faire. La cuisinière devait être en train de préparer le déjeuner et n'avait nul besoin d'instructions. La maison était en ordre, même si elle ressemblait aux réserves d'un musée, et elle-même n'avait pas la moindre envie de vérifier draps et couvertures dans les placards.

Elle monta donc dans sa chambre, enfila des chaussures de marche, mit sa cape et redescendit à l'office où elle croisa Michael.

— Si on me demande, lui dit-elle, je suis allée me promener à Flagstaff Hill.

— Milord veut que nous donnions une chambre d'invité à ce M. Gregor, dit le valet. Je dois vous avouer que je ne comprends pas trop qui il est, mademoiselle Haddon. Au départ j'ai cru que c'était un domestique, mais il s'assoit à la table du maître, comme un gentleman.

— Je crois que ces deux messieurs aiment bien brouiller les pistes… Donnez-lui la chambre rouge.

— Mais c'est…

— Celle où l'on trouve le plus d'animaux empaillés, dont le crocodile. Je sais. Nous allons montrer à M. Gregor qu'il n'est pas le seul à avoir le sens de l'humour, dans cette maison !

En quittant le château pour sa promenade, Lina en riait encore. Elle n'avait pas ri comme cela depuis bien longtemps, en tout cas plus depuis le jour où l'on avait trouvé Simon Ashley mort dans son lit. Car lui savait la faire rire, par les manifestations continuelles de son esprit sarcastique et toutes les anecdotes tellement drôles qu'il lui racontait.

Elle souriait encore en passant l'arche voûtée qui menait à la cour des écuries, d'où s'élevaient des voix masculines. Elle vit bientôt Gregor, tenant la tête du grand cheval gris qu'elle avait aperçu lors de leur arrivée, et Quinn, qui passait doucement sa main sur les pattes du bel animal, levant chacun de ses sabots pour l'examiner. Lina ne connaissait rien aux chevaux, mais elle savait reconnaître la beauté quand elle la voyait. Celui-ci, avec son élégant chanfrein, ses grands yeux sombres, son épaisse crinière blanche et son air de puissance à peine domestiquée, était magnifique.

Elle supposa que Quinn et Gregor vérifiaient l'état de leurs montures après leur longue chevauchée depuis Londres, car l'autre cheval, noir comme l'ébène, très beau également, était attaché à un pilier de l'auvent. Quant au troisième, un hongre bai à l'impressionnante musculature, il attendait à côté. Lina resta dans l'ombre de l'arche pour observer la scène.

Les hommes se parlaient avec la connivence que donne une longue habitude, quelques mots par ci, une phrase inachevée par là. Elle se souvenait d'en avoir usé ainsi avec ses sœurs. Elles étaient si proches, toutes les trois, qu'un mot ou deux leur suffisaient le plus souvent pour échanger pensées et sentiments.

« Où êtes-vous, Meg et Bella ? Je vous en prie, où que vous soyez, faites en sorte d'être en sécurité et heureuses ! » Une prière silencieuse qui restait hélas pour le moment sans réponse.

Si jamais elle sortait du guêpier où elle s'était fourrée, se promit-elle, elle consacrerait l'argent de son legs à retrouver ses sœurs.

Avant d'être vue, elle se renfonça dans l'ombre de l'arche, puis fit demi-tour, s'éloignant en courant de ces hommes dont l'amitié et la complicité lui faisaient du mal, lui rappelant avec trop d'acuité tout ce qu'elle avait perdu.

Elle ne s'arrêta que pour ouvrir le portail de fer qui donnait sur le parc. De là, elle entreprit de monter le long du coteau qui séparait le château de la côte, vers laquelle le sentier descendait, aboutissant aux dunes. Il y avait, au sommet, une vieille gloriette de bois. Autrefois, les voitures pouvaient y monter et l'on y donnait des fêtes et des pique-niques. Les invités y jouissaient d'une très belle vue sur la côte d'une part, sur le château, son parc et ses bois, de l'autre. Mais il y avait bien longtemps que le vieux lord n'avait plus organisé ce genre de réjouissances, au cours desquelles les couples s'égayaient parfois dans les fourrés, au milieu des rires et des chansons.

La nature avait repris ses droits et transformé l'ancien chemin carrossable en une sente étroite, encombrée de végétation.

Lina s'y engagea, au milieu des cris d'alarme des pies et des corneilles, dérangées dans leur ordinaire, tandis que la tache colorée d'un geai traversait le sentier, au-dessus de sa tête.

Que ferait-elle, quand elle serait libérée de cette accusation de vol ? Elle imaginait mal passer le restant de sa vie dans une maison close, mais tante Clara avait été si bonne pour elle que vouloir quitter la Porte Bleue pourrait lui apparaître comme une véritable trahison. Ou peut-être n'avait-elle jamais considéré que Lina y demeurerait et s'était-elle attendue, dès le début de leur cohabitation, à la voir partir un jour…

Elle ne put s'empêcher de sourire à la pensée de ce paradoxe qu'avait été sa vie durant dix-huit mois : une vie de couventine au milieu des pensionnaires d'une maison de prostitution. Double paradoxe, même, puisque certains noms donnés à ce genre d'établissement tournaient justement autour de la notion de couvent, de congrégation religieuse, et que la nonne était par ailleurs un fantasme masculin assez répandu : il y avait, dans les penderies de la Porte Bleue, suffisamment de robes de religieuses pour équiper toute une abbaye.

Lina était bien consciente du fait que, malgré toute l'affection qu'elle portait à sa tante et aux filles, elle ne pouvait pas penser son avenir dans ce genre d'endroit. Ce ne pouvait être, au mieux, qu'un lieu de refuge, une cachette temporaire, dans lequel elle ne pouvait s'attarder sans ruiner définitivement sa réputation.

Un peu essoufflée, elle atteignit la crête de la colline. Devant elle, elle apercevait la gloriette, dont les piliers vermoulus s'élevaient sur un tertre, comme si l'on n'était pas suffisamment fatigué par le raidillon que l'on venait de gravir pour y arriver… Elle saisit néanmoins d'une main ferme la rambarde fendillée de l'escalier de bois qui menait à la plate-forme et dont les marches craquèrent sous ses pas.

Arrivée en haut, elle s'avança du côté qui surplombait la

plage, face à la mer, et vint s'accouder à la balustrade. La brise était fraîche et lui apportait des parfums de sel, de varech et d'écume. Elle retira son foulard et ses épingles, libérant sa chevelure pour l'offrir à la caresse du vent.

Non, vraiment, elle ne pouvait pas passer toute sa vie à la Porte Bleue, encore moins prendre un jour la succession de tante Clara à la direction de l'établissement. Elle n'avait pas non plus l'intention d'acquérir une pratique « professionnelle » des choses du sexe, pas après sa hideuse expérience avec sir Humphrey Tolhurst. L'idée que des hommes paient pour la toucher, et devoir feindre de prendre du plaisir avec eux, la faisait frémir de dégoût.

Si elle parvenait à s'enfuir encore, à échapper aux recherches dont elle était l'objet, et si elle avait un peu d'argent devant elle, elle se trouverait une petite maison à la campagne et de là, mènerait ses recherches pour retrouver ses sœurs. Mais elle n'oublierait pas sa tante, ni ses amies de la Porte Bleue, ne les ayant jamais jugées pour la vie qu'elles menaient, les choix qu'elles avaient dû faire.

Toutes y avaient été forcées à un moment de leur existence, comme sa mère et sa tante, et comme elle-même avait failli l'être.

— Tiens, tiens… La petite nonne a retiré son voile !

Lina sursauta et se retourna brusquement. Quinn Ashley atteignait le haut des marches.

— Nonne ? s'indigna-t-elle. Que savez-vous de moi pour m'appeler une nonne ?

Elle n'était en rien une nonne, surtout après avoir laissé cet homme lui prendre la main, lui embrasser le bout des doigts, après avoir frémi sous sa lèvre avec un indescriptible plaisir. La pensée de sa coupable, de sa perverse faiblesse ne fit qu'attiser sa colère. Elle écarta d'un geste rageur sa longue chevelure que le vent rabattait sur son visage.

— Espèce de… de libertin !

En deux enjambées, il traversa la plate-forme et emprisonna ses fins poignets dans ses mains puissantes.

— Vous voulez m'insulter, Celina ? Alors il faudra trouver mieux ! J'accepte bien volontiers d'être appelé libertin ou débauché… Je vois même déjà ces trois dernières syllabes se former sur vos jolies lèvres. Venez, nous allons donner un peu de poids, de vraisemblance, à ces épithètes…

Il l'attira à lui, et prit sa bouche sans plus de façon.

Chapitre 5

Aucun homme ne l'avait jamais embrassée auparavant. Aucun client de la Porte Bleue n'avait jamais tenté de lui voler un baiser pour la bonne raison qu'elle se tenait la plupart du temps dans la partie privative de la maison. Quant à sir Humphrey, il s'était montré trop empressé à la faire se déshabiller pour perdre du temps avec de tels préliminaires. Lina n'avait donc aucun point de comparaison possible. Elle essayait de garder son calme, de rester en alerte, prête à fuir dès que Quinn relâcherait un peu son étreinte. Mais la pénible réalité était que son cerveau ne fonctionnait plus, ni ses jambes, depuis qu'il avait plaqué ses lèvres sur les siennes. Quoi qu'elle ait pu imaginer de ce baiser, elle n'aurait pu rêver d'une expérience plus sensuellement enveloppante… Les lèvres chaudes de Quinn sur les siennes étaient une incroyable caresse, follement intime…

Elle s'efforça cependant de garder ses lèvres closes, lorsque sa langue chercha à forcer le passage, malgré sa troublante odeur d'homme qui se mêlait au parfum des bois au-dessous d'eux et de la mer. Son corps était chaud et dur contre le sien, tellement plus fort aussi… A quoi bon vouloir lui résister ?

Quinn lâcha brusquement ses poignets, mais ce fut pour plaquer une de ses mains dans le dos de Lina et enfouir l'autre dans ses cheveux. Lina se trouva alors littéralement pressée contre son corps et la langue de Quinn, de nouveau, quémanda le passage de ses lèvres.

Elle se sentait… transportée ! Elle brûlait, tremblait, et sa petite voix intérieure qui lui criait de ne pas se laisser emporter se trouva noyée dans le bouillonnement de son sang, étouffée par les battements de son cœur. N'y tenant plus, elle ouvrit enfin les lèvres. Une chaleur dévorante l'envahit alors, tant cette expérience était d'une bouleversante intimité. Sa langue s'agitait, se mêlant à celle de Quinn, son goût et son odeur emplissaient ses sens.

Elle était certes vierge mais pas naïve au point de ne pas comprendre la signification de ce qu'elle sentait contre sa robe, la verge dure de Quinn. Encore une fois, son cerveau lui envoya un message d'alerte, qui se perdit dans un torrent de sensations nouvelles. Les mains de Quinn n'étaient pas en reste : l'une glissait dans son dos pour mieux la presser contre lui, l'autre s'insinuait entre leurs deux corps plaqués l'un contre l'autre pour venir empaumer un de ses seins.

Les longs doigts experts trouvèrent la pince de son corsage, sous laquelle Quinn savait pouvoir toucher une pointe déjà dressée. Lina sentit alors comme une traînée de feu se propager jusqu'au bas de son ventre. C'en était presque terrifiant !

Elle comprit intuitivement que dans un bref moment, elle serait au-delà de toute maîtrise et de toute retenue, esclave de sa sensualité éveillée et de la science séductrice de Quinn. Prise dans le cycle infernal que lui avait si souvent décrit sa tante : innocente, séduite, déshonorée.

Eh bien non, elle ne succomberait pas !

Elle referma brusquement la bouche. Surpris, Quinn s'écarta légèrement. Elle en profita pour le repousser des deux bras et courir vers l'escalier vermoulu, sans prendre garde à l'humidité des planches et à la rambarde branlante.

Elle glissa dès la première marche et rebondit douloureusement sur les six suivantes, avant de s'arrêter plus rudement encore sur le sol. Elle eut si mal que les larmes lui vinrent aux yeux, mais elle fit un gros effort pour ne pas se laisser aller à sangloter devant lui. Elle avala avec peine plusieurs gorgées d'air pour s'efforcer de reprendre son souffle, avant de vérifier qu'elle n'avait rien de cassé.

Quinn dégringola l'escalier plus vite encore qu'elle, mais sans tomber, sauta les dernières marches, soulevant les feuilles mortes en atterrissant à côté d'elle.

— Bon sang, mais qu'avez-vous fait là ? Cet escalier est très dangereux. Ne bougez pas !

Il s'agenouilla près d'elle.

— Ne faites pas un seul mouvement ! Est-ce que vous vous êtes fait mal ?

Mais Lina ne songeait déjà plus à la douleur. L'indignation avait pris le dessus.

— J'ai monté et descendu ces marches des dizaines de fois sans aucun problème ! Ce n'est pas un escalier dangereux, sauf si l'on doit courir pour échapper aux avances d'un libertin ! Tout cela est uniquement votre faute !

— Comment ça, ma faute ? Vous n'aviez pas besoin de vous enfuir comme cela, il vous suffisait de dire non ! Vous avez mal, quand je touche là ?

Il enserra de sa large main la cheville droite de Lisa, avec une surprenante délicatesse.

Elle retint avec peine un cri de douleur.

— Oui ! Tout mon corps me fait mal ! Et enlevez donc votre main de ma jambe ! Je suis persuadée que si je vous avais dit non, vous n'en auriez tenu aucun compte.

Il s'assit sur ses talons en souriant. La colère de Lina ne lui faisait visiblement aucun effet. Enfin, au moins il ne semblait pas vouloir prendre avantage du fait qu'elle était effondrée sur le sol devant lui, les jupons retroussés jusqu'aux genoux…

Elle se tortilla légèrement pour faire redescendre ses jupons vers ses chaussures.

— C'est très charmant, ce que vous avez là, mais le moment n'est pas à la délectation… Je dois vérifier que tout va bien…

Et ce fut avec le plus parfait naturel qu'il lui délaça une bottine, puis l'autre.

— A présent, pouvez-vous remuer vos orteils ? Bien ! Et

tourner vos chevilles ? Parfait ! Les mains, les doigts, les poignets ? Bon, bonne nouvelle, vous n'avez rien de cassé.

Il lui remit ensuite ses bottines et les relaça, puis se leva et lui tendit la main.

— Essayez de vous lever, maintenant…

Elle obéit, mais poussa cette fois un cri de douleur. Tout de suite, il l'entoura de son bras pour la soutenir.

— Ça ne va pas ? lui demanda-t-il, alarmé.

— Mes côtes me font mal… J'ai rebondi sur toutes ces maudites marches, et aussi mon der… mon pos…

— Je vois, dit-il, coupant court à son embarras. Je crois qu'il vaut mieux que je vous porte pour le retour…

Il se pencha, la saisit, et la souleva dans ses bras aussi facilement que si elle avait été une plume.

— Et ne vous débattez pas, lui conseilla-t-il, sinon je vous lâche.

Lina se retrouva donc serrée contre le large torse de Quinn, sans rien pouvoir faire d'autre que lui passer son bras droit autour du cou pour assurer son équilibre. Elle se sentait comme une héroïne de roman, emportée dans les bras du héros et en proie à des émotions généralement décrites par les bons auteurs comme « bouleversantes », « enivrantes » « palpitantes »…

Mais dans un roman, l'héroïne en question n'était pas percluse de douleurs pour avoir glissé sans aucune élégance dans un escalier ; elle n'était pas non plus morte de honte pour ce ridicule exploit. Quant au héros, il volait au secours de la belle en danger de la manière la plus chevaleresque et la plus désintéressée qui soit ; il n'était pas un libertin aux pulsions libidineuses sous un mince vernis de charme et de courtoisie.

— Tout ceci est entièrement votre faute, milord ! répéta-t-elle si fort qu'il en sursauta.

Dans le même temps, elle remarqua que le lobe de son oreille était percé. Elle le fixa, extrêmement choquée, oubliant momentanément tout le reste : il avait dû porter un anneau ! Au moins, il avait la décence de ne pas arborer en Angleterre ce genre de colifichet. Ce n'était pas du tout ainsi qu'elle avait imaginé l'homme qui lui donnerait son premier baiser. Cela n'avait rien eu de romantique, ni de tendre ; de l'embarras, puis la culpabilité de se retrouver en proie à une excitation quasiment violente.

— Ce n'est pas moi qui vous ai dit de vous jeter à bas de l'escalier, quand même !

— J'essayais de vous échapper !

— C'est plutôt moi qui aurais dû m'enfuir, vous avez failli me mordre !

— Vous m'avez embrassée !

— J'ai *essayé* de vous embrasser ! corrigea Quinn. C'était plutôt agréable, d'ailleurs, jusqu'à ce que… Jusqu'à ce que vous vous mettiez en tête de m'envoyer valser contre la balustrade !

— Et vous ne vous êtes pas demandé ce que je pouvais vouloir, moi ?

« Je devrais être plus inquiète que cela, avoir peur de lui, se disait Lina. Or c'est tout juste si je n'étais pas prête à tout lui accorder, là-haut. Est-ce que le plus endurci des débauchés reculerait devant la perspective de prendre de force une vierge dans une gloriette de bois vermoulu, perchée au-dessus des arbres ? Est-ce que de telles choses se produisent ? »

— Je commençais à penser que nous n'étions pas en phase, vous et moi, et puis vous avez finalement ouvert vos jolies lèvres et j'ai tout oublié. Pendant quelques secondes, j'ai baissé ma garde.

Il était bien difficile de ne pas lui sourire, tant ses façons étaient désarmantes, mais elles n'étaient sans doute aussi qu'une stratégie au service de ses instincts prédateurs.

— Lord Dreycott, reprit Lina avec toute la sévérité et la dignité dont elle se sentait capable, et qui était bien peu, vous n'aviez qu'à ne pas essayer de m'embrasser !

Si seulement il avait ressemblé à sir Humphrey Tolhurst ou à la moyenne des habitués de la Porte Bleue, elle aurait certainement été terrifiée de son baiser. Mais parce qu'il était beau, charmant et qu'il la faisait rire, qu'il la faisait fondre littéralement, il était bien plus dangereux qu'eux tous réunis. Le diable, comme son père se plaisait à le dire, arborait une face aimable, quand il voulait tenter une pécheresse sans méfiance.

— Certes, je n'avais qu'à ne pas essayer, mais vous étiez tout simplement irrésistible. J'étais déjà attiré par la nonne et voilà qu'au balcon de cette gloriette, je découvre une walkyrie, cheveux blonds au vent ! Je n'ai pu résister…

— Qu'est-ce que c'est, une walkyrie ? demanda Lina, soupçonnant une épithète pour désigner une fille perdue.

— Une cavalière des légendes nordiques qui emporte au Walhalla, le royaume des dieux, les guerriers morts au combat… Mais à propos, pourquoi étiez-vous si furieuse, quand je vous ai appelée « petite nonne » ?

— Mais parce que ! Pourquoi m'appeler comme ça, d'ailleurs ?

— A cause de vos robes noires, de vos cols fermés, de vos cheveux tirés sous un foulard et de vos yeux toujours baissés…

Il la regarda, l'air amusé, mais aussi interrogateur.

— Oui, une parfaite petite nonne. Mais je suppose que paraître plus que votre âge vous semble plus convenable en tant que gouvernante ?

Il avait vu clair en elle sur ce point…

— Je pense que c'est mieux, en effet. Et puis après la mort de votre grand-oncle, le noir était la seule teinte possible.

En quittant précipitamment la Porte Bleue, elle n'avait eu le temps de jeter dans son sac que quelques malheureuses robes. Trois d'entre elles étaient d'une coupe assez sobre, l'une, noire, une autre gris-bleu, la troisième blanche. En faisant usage de teinture, en supprimant quelques rubans de ci, de là, et en couvrant les cols, elle s'était trouvée avec suffisamment de toilettes de circonstance.

— Mon oncle n'aurait certainement pas aimé vous voir porter le deuil, dit Quinn avec conviction.

Son pied glissa, mais il reprit instantanément et fermement

son équilibre, malgré le poids qu'il portait dans les bras. Il était fort et athlétique.

Lina eut la faiblesse de se laisser aller un instant, la tête contre son épaule, avant de se reprendre et de se redresser.

— Vous allez donc pouvoir sans dommage retrouver vos robes claires.

— Je n'en avais qu'une et je l'ai teinte en noir, répondit-elle.

Ce qui était faux. Elle avait encore trois autres robes de couleur. Mais elles avaient été choisies avec l'aide de tante Clara et Lina n'avait aucune envie de les montrer au jeune lord, devinant qu'elles risquaient d'être un peu trop à son goût.

— Achetez-en d'autres, alors, lui dit-il d'un ton sans réplique. Vous en avez les moyens, à présent.

— Oui, j'imagine. Me Havers m'a dit que j'allais toucher de l'argent de poche. Mais je n'en reste pas moins la gouvernante…

— Avons-nous vraiment besoin que vous le demeuriez ? Ne pouvez-vous pas, simplement, agir comme une maîtresse de maison et donner vos ordres aux domestiques, lorsque c'est nécessaire ?

Une maîtresse de maison ? Lina ne put s'empêcher de rougir en songeant à ce qu'un pareil qualificatif pouvait supposer d'autre.

— Pourriez-vous me reposer à terre, milord, je vous prie ? lui demanda-t-elle lorsqu'ils eurent atteint la lisière du bois. Je ne voudrais pas que le personnel me voie dans vos bras, ce serait très embarrassant.

Il obéit immédiatement et elle se retrouva sur ses pieds. Ses douleurs se réveillèrent, mais elle n'en laissa rien paraître, se mordant les lèvres, de peur d'être de nouveau soulevée du sol si elle se plaignait.

— Si vous me retirez ce travail, je me sentirai un parasite qui vit de votre charité.

Il la soutenait toujours, par les deux coudes, et bien trop près de l'avis de Lina qui avait l'impression qu'il respirait un peu vite. Etait-il essoufflé parce qu'il l'avait portée ? Elle en doutait, au vu de sa forme physique.

— Nous respecterons simplement le testament du vieux Simon qui vous laisse la possibilité de séjourner au château six mois encore en tant qu'invitée. Je vous retire le poste de gouvernante, mais pour calmer vos scrupules, disons que vous y demeurerez comme dame de compagnie. Est-ce que cet arrangement vous convient ?

Il s'était remis en marche vers le château. Elle lui emboîta le pas en essayant de ne pas gémir de douleur.

— La dame de compagnie de qui ? demanda-t-elle.

— La mienne, quand je serai au château. Je vais m'ennuyer, ajouta-t-il en souriant, avec tous ces gens qui ne viendront pas me voir !

Il n'avait pas le moins du monde l'air de se sentir triste et solitaire.

— Mais Gregor est là, objecta-t-elle.

— Il va bientôt retourner à Londres, où je vais faire envoyer les livres et documents de mon oncle. Il se chargera d'ouvrir mon nouvel hôtel particulier, de recruter des domestiques, de parler à mes hommes d'affaires…

— Je croyais que vous n'étiez jamais rentré en Angleterre depuis toutes ces années… Comment avez-vous fait pour… ?

— Pour continuer à faire des affaires ? Eh bien, j'ai des agents, des intermédiaires. La bibliothèque de mon oncle sera expédiée dans ma maison de Mayfair dès que j'y serai autorisé.

Lina le regarda à la dérobée et lui trouva l'air terriblement sérieux.

— Je compte passer davantage de temps à Londres, à l'avenir. Dans les bibliothèques, au British Museum et aux réunions des sociétés savantes…

— Je croyais que vous étiez un voyageur…

— C'est vrai, mais je suis aussi un chercheur. Il est temps pour moi d'écrire davantage, de donner des conférences…

Sinon, je finirai comme le vieux Simon, à devoir désigner quelqu'un pour terminer mes recherches, après ma mort.

— J'ai en effet entendu dire à plusieurs reprises que vous étiez un savant…

Pourtant, malgré tout ce que Trimble lui avait raconté, Lina avait du mal à prendre les recherches de Quinn très au sérieux.

— Je pensais que vous étiez surtout…

— Un libertin ? Un homme qui ne recherche que la facilité et le divertissement ? On peut difficilement en faire une profession, vous savez.

Il sourit.

— J'aime le voyage et l'aventure, je l'admets, continua-t-il. Mais je suis aussi un chercheur et un homme d'affaires. C'est assez délicat d'avoir autant d'occupations diverses, cependant ne sommes-nous pas tous des êtres multiples ? Vous, par exemple, vous semblez timide et modeste, mais vous crachez comme un chat sauvage, lorsque vous êtes en colère…

Ils avaient atteint le portail en voûte de l'écurie. Quinn s'interrompit et s'arrêta net.

— Mais vous n'avez pas répondu à ma question. Pourquoi étiez-vous donc si furieuse que je vous traite de petite nonne ?

— Vous le savez bien !

Pour son plus grand déplaisir, Lina se sentit rougir comme une pivoine en ajoutant :

— Parce que quand les hommes parlent de religieuses, de couvents, ils font souvent allusion aux filles des maisons closes !

Et malgré toutes ses contusions, elle courut jusqu'à la porte de service du château, sans demander son reste.

Aux filles des maisons closes ? Mais où est-ce qu'elle était allée chercher cela ? Un peu hébété, Quinn la regarda disparaître au coin du bâtiment. Il se dit qu'il s'était absenté d'Angleterre pendant trop longtemps ; voilà qu'à présent, les pucelles de son pays natal avaient en tête de bien étranges références…

Il entra dans la cour des écuries et rejoignit Gregor, qui discutait avec le chef palefrenier.

*
* *

Un peu plus tard, lorsqu'ils furent seuls, Quinn raconta à son ami l'incident.

— Alors un couvent, chez toi, c'est un bordel ? C'est bien intéressant. L'anglais, c'est… vraiment belle langue ! Je crois que quand nous à Londres, je vais chercher couvent accueillant dans le quartier. Puisque tu es en disgrâce, je ne peux pas compter sur toi pour me présenter aux dames de… bonne société.

— Pas tout de suite, en effet. Mais on pourra toujours attaquer le problème autrement, en commençant par lancer des invitations vers les franges de ce que tu appelles la « bonne société ».

Gregor n'avait parlé que de cela durant tout leur voyage, du retour de Quinn dans « la bonne société » comme le voulait son rang. Et il était temps pour Quinn, en effet, de penser à réintégrer sa classe sociale, à faire payer ceux qui l'avaient chassé et avaient condamné son grand-oncle à une vieillesse solitaire, pour le seul crime de l'avoir défendu. Lui-même ne s'était rendu compte de l'ostracisme subi par le vieil homme que lorsqu'il avait reçu sa dernière lettre. Il ne s'en sentait que plus coupable, et plus désireux encore de vengeance.

— Tu sais, tu t'amuserais peut-être davantage avec des dames un peu moins respectables, lui fit remarquer Quinn.

— Celles de l'Almack ? demanda Gregor plein d'espoir. Beaucoup entendu parler du bal l'Almack. Beaucoup petites vierges. Et riches !

— L'Almack ne nous ouvrira pas ses portes avant longtemps, j'en ai bien peur, mon ami… Mais j'avoue que je paierais cher pour t'y voir : le loup dans la bergerie !

Non, la salle de bal la plus réputée de Londres ne les accepterait pas, pas encore. Mais une fois la réputation du nouveau lord Dreycott bien établie parmi les cercles scientifiques, les choses s'arrangeraient d'elles-mêmes, car beaucoup de savants étaient très bien introduits dans la « bonne société ». Comme par ailleurs Quinn était d'un commerce agréable, qu'il savait raconter ses voyages de manière attrayante et drôle et qu'il jouait bien aux cartes, il ne doutait pas d'être souvent invité. D'ici que quelqu'un se souvienne de sa vieille histoire, il saurait se rendre indispensable à ses nouveaux amis et profiter de la compagnie des dames, avant de pouvoir se venger de ceux qui lui avaient fait du tort.

Cela promettait d'être amusant… Le retour du fils prodigue, non pas dans le remords et la pénitence, mais avec brio et panache, malgré ce qu'on lui avait fait.

Il n'avait pas menti à Celina ; il comptait bien passer du temps à Londres à faire des recherches, à lire, à écrire, à monter des affaires et certainement pas à se cacher pour un scandale survenu dix ans auparavant. Il était froidement déterminé à profiter de chacun des plaisirs que Londres pourrait lui offrir.

Mais tandis qu'il formulait cette pensée, il ne put s'empêcher de ressentir une forme de dégoût de soi. Il avait été, jadis, le type même du jeune gentleman accompli : vertueux, plein de nobles scrupules, chevaleresque… « Et sacrément idiot, compléta-t-il mentalement. Regarde où cela t'a mené ! C'est ton innocence que tu as perdue et aujourd'hui, tu es le pur produit de tes choix forcés, ainsi que de l'amère désillusion que tu en as retirée. »

Il se reprit, songeant qu'il avait désormais mieux à faire que croiser le fer avec quelques hobereaux du Norfolk. Il avait les mémoires de son grand-oncle à terminer, la bibliothèque de celui-ci à déménager et la mystérieuse Mlle Haddon à… A quoi, d'ailleurs ? se demanda-t-il en montant faire un peu de toilette après un déjeuner tardif. Il ne parvenait pas à se faire une opinion sur elle, à cerner qui elle était en réalité. Une innocente, vraiment, ou bien…

Ce baiser, dans la gloriette au-dessus de la mer, avait commencé merveilleusement, mais s'était terminé de façon frustrante et presque douloureuse. Cette sensation d'inachevé, d'inabouti, le laissait en pleine confusion. Il passa machinalement sa langue sur ses lèvres, comme pour retrouver le souvenir de celles, si douces, de Celina, de son corps souple contre le sien, de l'odeur de sa peau, si excitante.

Elle n'avait pas du tout réagi à son étreinte comme une vierge effarouchée. Certes, elle avait résisté un moment, mais plutôt à cause de la surprise. Il y avait eu, en elle, une brusque flambée de passion, avant une colère tout aussi brusque et inexplicable, qui l'avait conduite à le repousser avec violence. Tout aussi paradoxalement, elle l'avait ensuite laissé la porter dans ses bras, lui avait parlé avec calme et retenue. La veille au soir, elle lui avait même paru plutôt favorable à un flirt. Etait-ce une feinte de coquette, ou bien de l'innocence à son plus haut point ?

Un mystère, oui, que l'attitude de cette demoiselle Haddon. Un mystère lancinant et intrigant au plus haut point.

Quinn se peigna rapidement de ses doigts, se regarda un instant dans le miroir et sourit. Il n'y avait pas de doute : il allait lui falloir l'embrasser encore, jusqu'à ce qu'il en ait le cœur net.

— Tu as l'air bien content de toi, lui lança Gregor, en paraissant à une porte, un peu plus loin dans le corridor, tandis qu'il refermait la sienne. Veux-tu voir la chambre que ta petite vierge m'a donnée ?

— Elle est ma petite rien du tout pour le moment, objecta Quinn en faisant quelques pas dans le couloir pour venir jeter un coup d'œil dans la pièce. Bon sang ! Qu'est-ce que c'est que ça ? Un muséum d'histoire naturelle ?

Le lit était cerné par une foule de créatures immobiles de toutes sortes, plumes, poils, écailles, et de tout format. Toute une arche de Noé figée pour l'éternité.

— On dirait bien, répondit Gregor en décochant un coup de pied à un alligator qui portait une chaussure à l'une de ses pattes postérieures. Elle a sens de l'humour, cette demoiselle Haddon.

— Elle te punit parce que tu mets toute la maison en révolution, observa Quinn. Choisis-toi une autre chambre.

— Elle va croire que j'ai peur de toutes ces bestioles, répondit Gregor en souriant. Non, je vais la remercier… chaleureusement. Peut-être qu'elle voudra passer un moment dans mon petit zoo. Ce serait… excitant.

— Bas les pattes, mon vieux !

Quinn n'avait pas cessé de sourire, ni élevé le ton, mais Gregor fit un geste de soumission.

— Le pauvre moujik n'oserait jamais braconner sur les terres de son seigneur, soupira-t-il d'un air comique.

— Appelle-moi encore une fois seigneur ou milord et je te brise le crâne, répondit Quinn tandis qu'ils se dirigeaient tous deux vers l'escalier. Et Mlle Haddon n'est pas mon gibier.

« Menteur ! » se dit-il tandis qu'ils pénétraient dans la salle à manger où les attendait Celina, déjà assise à table, ses cheveux rassemblés en un chignon strict sur la nuque, quelques mèches folles échappées sur ses tempes et dans le cou. Ses joues étaient très rouges et elle regarda Quinn entrer d'un air de méfiance plein de défi.

« Oh, que si, je la traque et elle le sait parfaitement. Mais de quel bel animal au juste, ai-je pris la trace ? D'une timide biche ou d'une souple et féline panthère ? Voilà toute la question. »

Chapitre 6

Comme Lina le lui avait prédit, le notaire avait ouvert la voie aux visites. Il fut suivi dès le lendemain par le Dr Massingbird, puis par M. Armstrong, le directeur de l'agence bancaire de feu lord Dreycott, enfin par le révérend, lequel, comme Michael l'avait rapporté à l'office, « avait l'air, sur son fauteuil, d'être assis sur les braises de la cheminée ».

Aucun d'eux ne fit la moindre tentative pour évoquer les douloureux événements du passé. Le Dr Massingbird paraissait ravi de rendre visite à un gentleman qui lui offrait un excellent havane et pouvait évoquer avec lui des souvenirs de la péninsule Ibérique, où il avait servi en tant que médecin militaire. M. Amstrong, quant à lui, paraissait vouloir s'en tenir strictement aux intérêts de sa banque, quant au pasteur, on eût dit qu'il était prêt à exorciser la maison et tous ses occupants.

Lina comprit alors que Quinn n'avait pas exagéré sa mauvaise réputation dans le voisinage et s'aperçut qu'elle pensait à lui non plus comme lord Dreycott, ni comme Quinn Ashley, mais bien comme Quinn, tout court. Après tout, il l'avait embrassée et peut-être cette circonstance expliquait-elle un certain degré d'intimité, bien qu'évidemment, cela ne l'excusât pas pour autant.

Elle continuait à se chercher des excuses, tandis qu'elle traversait le hall, ne pouvant s'empêcher de surveiller du coin de l'œil la porte du cabinet de travail, s'attendant plus ou moins à entendre le révérend tempêter contre la présence évidente du péché dans ce château, comme son père n'aurait certainement pas manqué de le faire, ou Quinn exploser de fureur après avoir reçu un sermon sur ses mœurs dissolues.

Ni l'un ni l'autre ne se produisit.

Elle arrangeait des fleurs dans un vase lorsque le pasteur sortit finalement du cabinet de travail, un peu moins raide que lors de son arrivée. Les tiges toujours à la main, elle esquissa une révérence.

— Mademoiselle Haddon, j'espère que nous vous verrons à l'église dimanche, comme d'habitude…

— Mais certainement, révérend.

Elle assistait à l'office chaque semaine depuis son arrivée au château. Ce rite dominical l'apaisait, alors qu'il lui avait été un tourment chez elle, en raison de ses différends avec son père et bien que le vieux lord eût, dès l'abord, catégoriquement refusé de l'accompagner.

Le pasteur hocha la tête et lui sourit.

— Parfait… Dites-moi, mademoiselle Haddon, avez-vous trouvé une dame respectable qui puisse vous tenir compagnie, à présent que les circonstances de votre séjour à Dreycott Park ont changé ?

— Oui, Mme Bishop, révérend.

— Hmm… Une excellente femme, bien entendu, mais je pensais plutôt à une lady qui aurait pu vous tenir lieu de dame de compagnie et de… chaperon…

— Je vous remercie, révérend, mais je ne me sens pas du tout embarrassée par les circonstances, comme vous dites.

C'était une affirmation pour le moins optimiste et exagérée, mais la recherche d'une dame de compagnie eût impliqué trop de dangers pour pouvoir être sereinement envisagée.

— D'ailleurs, si j'avais besoin des conseils avisés d'une dame, je suis bien certaine que mademoiselle votre sœur ne manquerait pas de m'en donner d'excellents, acheva-t-elle.

Mlle Perrin, une petite personne timide, au nez perpétuellement rouge et au visage toujours empreint d'une piété anxieuse, n'était de toute évidence pas le genre de femme qui pût offrir une véritable protection contre un libertin expérimenté, mais cette idée parut plaire au révérend.

— Mais certainement, mademoiselle Haddon, lui répondit-il avec chaleur. Peut-être même pourriez-vous vous joindre à l'ouvroir de dames dont elle s'occupe ?

— J'en serais ravie, révérend... Hélas, je suis désespérément maladroite avec une aiguille et du fil à la main...

Elle était en fait fort habile de ses doigts au contraire, mais avait suffisamment cousu pour les pauvres de la paroisse de Martinsdene pour ne plus avoir envie de toucher un dé avant bien longtemps.

Trimble tendit au pasteur son chapeau à large bord, ses gants et sa canne, puis le raccompagna à la porte, tandis que Lina se disait que Quinn venait probablement de recevoir la dernière visite protocolaire qu'il était en droit d'attendre de tout le voisinage.

— Vraiment, Celina, l'ouvroir de dames du révérend Perrin ne vous amuserait pas ?

La voix chaude de Quinn résonnait dans le hall. Lina se retourna vers le cabinet de travail et vit le nouveau maître des lieux nonchalamment appuyé au chambranle.

— Est-ce que vous écoutez aux portes ? demanda-t-elle sévèrement, en essayant de dissimuler le tremblement de ses mains sur le bouquet de fleurs.

— Mais bien sûr ! Et vous, vous n'imaginez même pas tous les ragots bien croustillants dont vous allez vous priver, en ne vous joignant pas à ces dames...

— Je ne veux plus toucher une aiguille aussi longtemps que je vivrai ! Il doit tout de même bien y avoir d'autres moyens de pratiquer la bienfaisance, non ?

Tout de suite, elle regretta ses paroles qui suggéraient un élément de son passé, et en effet, une lueur de curiosité s'alluma dans l'œil vert du jeune aristocrate.

— Je… ma tante est une femme extrêmement dévote, bredouilla-t-elle, embarrassée. J'ai beaucoup cousu et tricoté pour les pauvres, en sa compagnie.

Sur cette justification, elle laissa les fleurs et s'éloigna.

— Il est inutile de vous presser comme cela, Celina… Je ne vais pas me jeter sur vous et vous déshonorer sur le dallage froid de ce hall.

— Ni ailleurs, milord, du moins tant que j'aurai une arme à la main pour me défendre, répliqua-t-elle du tac au tac en montrant le petit couteau effilé avec lequel elle venait de raccourcir les tiges des pivoines.

— Ah, je ne suis pas pardonné, à ce que je vois…

Il n'avait pas cru bon de devoir faire couper ses cheveux, ni d'adopter une tenue vestimentaire suffisamment formelle pour accueillir ses visiteurs. Lina se demandait s'il se rendait compte à quel point sa culotte de peau ajustée, ses hautes bottes, sa chemise de lin d'une éclatante blancheur et sa jaquette bien coupée sur ses larges épaules lui donnaient fière allure. Sans doute que oui, tout comme il savait qu'il était beau dans sa tenue de soirée à l'orientale….

« Je suis un Dreycott, semblait-il proclamer, prenez-moi comme je suis et pour ce que je suis. »

— Désirez-vous me présenter vos excuses, milord ? Si vous regrettez ce que vous avez fait, alors je suis prête à vous pardonner.

— L'ennui, voyez-vous, c'est que je ne regrette rien du tout, lui répondit-il doucement. A part une chose, peut-être : l'expérience aurait pu être bien plus satisfaisante, pour vous comme pour moi.

— Si vous n'avez pas de repentir, vous ne pouvez pas espérer le pardon !

« Voilà que je parle comme mon père, à présent ! » se dit-elle, contrariée.

— Mais je me repens, Celina, je me repens, croyez-le !

Les yeux verts, moqueurs, démentaient ces bonnes paroles.

— Comment vont vos contusions, et aussi cette partie de votre personne sur laquelle vous vous êtes assise si brutalement ?

— Mes bleus virent au noir et j'ai encore bien des douleurs quand je me déplace, milord.

Elle avait la main sur la poignée de la porte.

— Et maintenant, si vous voulez bien m'excuser, je dois m'occuper des fleurs dans la salle à manger.

— Faut-il vraiment que je redevienne « milord » pour vous ? demanda-t-il en se redressant et en la regardant droit dans les yeux.

Elle espéra ne pas trop rougir en répondant.

— Après ce qui s'est passé hier, je trouve difficile de vous appeler autrement.

— Je comprends que par ce langage plus formel, vous tentez de dresser une barrière autour de vous. Mais je me demande si c'est bien sous cette appellation ronflante que vous pensez à moi…

Elle se sentit rougir violemment et vit qu'il s'en amusait. Ce sourire coquin et cette petite flamme au coin de son œil le disaient assez.

— Je me demande si au fond de vous-même, vous ne m'appelez pas plutôt… Quinn, tout simplement…

Les leçons de flirt qu'elle avait reçues de ses amies vinrent à son secours. Elle baissa les paupières, le regarda sous ses longs cils et répondit d'un ton badin :

— Je ne saurais le dire… *milord*…

Comme elle l'espérait, il comprit qu'elle se moquait gentiment de lui et il se mit à rire.

— Le pasteur pense que vous devriez avoir un chaperon. Il est clair que pour lui, ce château est la maison du péché.

— Il m'a demandé si j'en avais un et je lui ai répondu que Mme Bishop pouvait tout à fait en tenir lieu. Mais vous le savez déjà, puisque vous écoutez aux portes. Quant à ce château, il n'est en aucun cas ce que vous dites, milord.

Sur ces mots, elle se décida à entrer dans la salle à manger et referma la porte derrière elle. Allait-il la suivre ? Non, elle entendit le bruit de ses pas s'éloigner vers la porte d'entrée.

Elle resta un moment à fixer sans le voir le vase qui attendait ses fleurs. Elle aimait ces rencontres impromptues avec Quinn, et pour être tout à fait honnête elle devait avouer qu'elle les espérait même. Elle appréciait sa franchise, sa façon de la titiller, son absence totale d'hypocrisie et de dissimulation, et se méfiait surtout de ses propres réactions à son charme insidieux.

Le frisson de sensuelle anticipation qui la saisissait chaque fois qu'elle le voyait était, somme toute, assez prévisible ; elle avait si peu d'expérience du sexe opposé que n'importe quel homme séduisant qui se serait intéressé à elle aurait probablement produit le même effet. Quinn était, elle le comprenait clairement, le premier homme adulte, autre que son père, dont elle était proche. Or, il se trouvait qu'il était attirant, viril, intelligent, et assez peu scrupuleux, apparemment, sur les moyens d'arriver à ses fins. Si la tentation avait un nom, celui-ci serait certainement Quinn Ashley.

Fort heureusement pour elle, Lina avait pu souvent observer ce que pouvait devenir une fille séduite. Beaucoup de celles qui travaillaient à la Porte Bleue y étaient arrivées par la faute d'un galant qui les avait abandonnées sitôt séduites, et c'était exactement ce qui était arrivé à sa propre mère et à sa tante Clara.

Elle se piqua le doigt sur l'épine d'une rose et le suça en faisant la grimace, à cause du goût fade du sang. Son père n'aurait pas manqué d'en faire le thème de l'un de ses sermons ; la beauté apparemment inoffensive de la rose cachant le danger et la douleur. Mais elle n'avait certainement pas besoin d'un prêche pour savoir qu'en ce qui la concernait, flirt était synonyme de péril.

Le dos bien droit, comme si elle voulait se prémunir contre la tentation, elle commença d'arranger son bouquet. Quinn Ashley eût été une menace pour n'importe quelle femme, même une femme d'expérience, c'est pourquoi elle devait l'éviter autant que possible.

Elle y parvint souvent, s'appliquant à rester en dehors du chemin du jeune lord. Elle ne réapparut qu'au déjeuner et au dîner, ne s'autorisa que les sujets de conversation les plus neutres et les plus insipides, refusant obstinément de comprendre toute plaisanterie ou remarque à double sens, et en dehors des repas, elle ne circula dans le château que lorsqu'elle était certaine que Quinn et Gregor étaient occupés dans la bibliothèque.

Ils y avaient fait installer de longues tables à tréteaux, afin de pouvoir y déposer et classer les dossiers et papiers divers du vieux Simon. Il paraissait surprenant que le malicieux et séduisant lord Dreycott put s'absorber autant dans des recherches dignes d'un moine copiste. Lina aurait préféré l'imaginer passer du temps avec ses chevaux, ses pistolets, son brandy et ses cartes, ce en quoi il se serait montré plus conforme à l'image qu'elle voulait à toute force se faire de lui. Le fait qu'il échappât complètement à ce stéréotype l'agaçait terriblement.

Quatre jours après leur rencontre dans la gloriette, la vie à Dreycott Park était devenue une telle routine studieuse que Lina se demandait parfois si elle n'avait pas tout simplement rêvé leur baiser et son retour au château dans ses bras. En fait, il semblait qu'elle partageât ni plus ni moins la vie d'un distingué savant et de son assistant.

Le matin, après avoir pris leur petit déjeuner, durant lequel ils dépouillaient une masse importante de courrier, les deux amis montaient à cheval ou partaient pratiquer quelque autre exercice physique. Ainsi ils avaient investi, le sabre à la main, une longue grange, dans laquelle ils pratiquaient intensivement l'escrime sous les applaudissements et les encouragements de toute la partie masculine du personnel, ce qui, par voie de conséquence, exaspérait toute la partie féminine à qui revenait le plus gros du travail quotidien.

Ensuite, on leur remplissait leur vaste baignoire et, une fois le déjeuner pris, ils s'enfermaient dans la bibliothèque. Après le dîner, Quinn s'asseyait à sa table de travail et noircissait des pages et des pages, tandis que Gregor continuait à explorer toutes les étagères afin de classer et répertorier livres et documents.

Quinn avait expliqué à Lina qu'une fois cette tâche terminée, il pourrait enfin s'attaquer à la rédaction de la dernière partie des mémoires de son grand-oncle.

Le premier dimanche après l'arrivée de Quinn à Dreycott Park, Lina s'apprêta comme d'habitude pour l'église. Elle mit une toilette autrefois blanche qu'elle avait teinte en gris perle, avec un discret laçage bleu améthyste sous la poitrine et des poignets dont on retrouvait la dentelle en une fine bordure autour du corsage. Puis elle noua ses cheveux en une complexe coiffure à bandeaux, comme sa tante le lui avait appris. Sa croix en or, de petites bottines toutes simples et une capeline au ruban améthyste assorti à celui de sa robe complétaient l'ensemble.

Elle prit son missel à la main et descendit déjeuner, décidant qu'il était tout de même plus correct de rejoindre ces messieurs dans la salle à manger plutôt que de prendre une vague tasse de thé et des toasts dans la cuisine, comme elle en avait l'habitude.

Ils se levèrent à son entrée et elle nota qu'ils étaient habillés de façon plus formelle que les autres matins : culottes ajustées impeccablement prises dans des bottes à la hongroise et jaquettes bien coupées.

— Bonjour, Celina. Nous sommes tous habillés pour aller à l'église, on dirait…

Ils détaillaient eux aussi sa tenue. Il ne l'avait encore jamais vu *endimanchée*.

— Parce que vous y allez aussi ?

Il ne lui était pas venu à l'idée qu'ils puissent se rendre à un office, Gregor parce qu'il était de culte orthodoxe, Quinn, parce qu'il était difficile de l'imaginer assis, en train d'écouter un sermon, tandis que toute la congrégation aurait les yeux fixés sur lui, chuchotant à mi-voix d'acides propos sur ses péchés d'hier et sur ceux qu'on le soupçonnait sans doute de commettre aujourd'hui.

— Gregor et moi, nous mettons toujours un point d'honneur à assister au culte des communautés dans lesquelles nous séjournons, lui expliqua Quinn, sauf bien sûr si les incroyants n'y sont pas les bienvenus, ce qui arrive dans certains coins du monde. Souvent, l'observation des rites religieux est d'une grande importance, au sein d'une tribu nomade, par exemple…

Il parlait de ces questions d'un ton détaché, comme s'il lui donnait des précisions sur une manière exotique de se vêtir, ou un régime alimentaire.

— Vous n'êtes pas croyant ? lui demanda Lina, surprise et choquée que de bons paroissiens anglais puissent être comparés à une tribu sauvage.

Elle ne se souvenait pas d'avoir jamais rencontré un athée déclaré auparavant.

— Disons que je suis un sceptique. D'ailleurs, le fantôme de mon grand-oncle ne m'a pas encore rendu visite pour m'informer que nous avions tous les deux tort sur ce point et qu'il fallait me repentir immédiatement.

C'étaient là des paroles choquantes, mais l'image du spectre du vieux Simon apparaissant en pleine nuit dans la chambre d'un Quinn effaré, pour le sommer de s'amender et de faire repentance, faillit la faire éclater de rire. Elle dut lutter pour conserver un visage impassible.

— Ma foi, répondit-elle calmement, c'est une très jolie

église de campagne et les sermons du révérend Perrin sont toujours très intéressants.

C'était vrai ; sous ses dehors sévères, le pasteur avait un agréable sens de l'humour et surtout beaucoup d'empathie avec ses ouailles et d'attention pour elles.

— Y a-t-il un banc privé pour les gens du château ?

— Oui et non. Nous avons… Enfin, vous avez un banc réservé à la famille, mais il n'est pas séparé des autres. Ce sont de très beaux bancs médiévaux sculptés, mais ils ne sont pas clos, ce ne sont pas des stalles, si vous préférez.

« De cette façon, songea-t-elle, la congrégation pourra jouir d'une vue complète sur son sulfureux nouveau châtelain. » Etait-ce pour cette raison qu'il posait la question ? Il ne semblait pourtant pas particulièrement contrarié par sa réponse.

Trimble apparut avec un journal sur un plateau d'argent.

— Enfin quelques nouvelles, milord, annonça-t-il. Le *Morning Chronicle* de vendredi vient tout juste d'arriver. Dieu seul sait ce qu'il est advenu du *Times*, je suis au regret de le dire… Sans doute quelque négligence du service postal… Je vais m'informer. J'imagine que milord attendait ces deux périodiques ensemble ?

— En effet, Trimble. Merci.

Celina regarda avec effroi le quotidien sur le plateau du majordome. Elle ne se serait pas inquiétée s'il s'était agi du *Times*, car ce n'était pas le genre de journal à revenir sur un vol commis des semaines auparavant. Mais le *Chronicle*, lui, publiait de véritables feuilletons à suivre sur des affaires policières et le risque subsistait que l'on y parlât encore d'une fugitive nommée Celina Shelley dans ses colonnes.

Quinn ne montra aucune hâte à l'ouvrir, quant à Gregor, c'est tout juste s'il l'avait regardé. Lina s'enhardit.

— Vous permettez ? demanda-t-elle en tendant la main vers le journal. Il y a une réclame dont j'aimerais bien savoir si elle se trouve dans cette édition…

— Bien sûr !

Quinn le lui tendit, puis se concentra sur ses œufs au jambon.

La première page était, comme d'habitude, couverte de publicités et d'annonces diverses. On y vantait des fausses dents, des jambes articulées, de l'essence de graisse de baleine contre la toux ; on y annonçait la réunion annuelle de la société philanthropique de Saint-Patrick et diverses loteries. Les deux pages intérieures n'offraient rien de notable, il s'agissait de nouvelles intérieures et internationales. Enfin, la dernière page était celle des faits divers : incendie à Kentish Town, manifestation contre l'installation de machines à tisser, étrange incident survenu à un piéton dans une rue de Newcastle… Le saphir des Tolhurst…

Quelques lignes seulement mais qui semblèrent à Celina imprimées à l'encre rouge : « Sir George Tolhurst, qui a récemment succédé à son père, sir Humphrey Tolhurst, décédé en de tragiques circonstances, a offert une récompense de cent guinées à toute personne qui apporterait une information susceptible de faciliter la capture de Celina Shelley, personne de réputation douteuse qui aurait volé le fameux saphir des Tolhurst en le retirant du doigt de sir Humphrey, après s'être introduite par la ruse dans son hôtel particulier de Duke Street. Celina Shelley, qui peut passer pour une personne de bonne famille, a une agréable silhouette, de longs cheveux blonds et des yeux bleus. »

Lina reposa le *Chronicle* sur le plateau, le sang aux tempes, luttant contre une envie presque irrépressible de prendre ses jambes à son cou.

— Encore un peu de café ? proposa-t-elle, essayant de maîtriser le léger tremblement qui s'était emparé d'elle.

Elle prit la cafetière que Michael venait de remplir et la pencha au-dessus de la tasse de Quinn. Puis elle poussa un cri, renversant délibérément le contenu sur le journal.

— Oh, mon Dieu ! Je suis désolée ! s'écria-t-elle, tandis que Quinn venait à son secours en lui prenant des mains le récipient. Je ne l'imaginais pas si lourd et mon bras est encore un peu raide de l'accident de l'autre jour. Votre journal !

Elle saisit précipitamment sa serviette et essuya vigoureusement le papier détrempé, ce qui acheva de le mettre en pièces.

— Permettez, mademoiselle Celina, intervint alors Trimble.

Il souleva le journal.

— Je vais le faire sécher. Il y a un trou, mais le reste pourra être lisible, je pense.

— Vous ne vous êtes pas brûlée ? demanda Quinn.

Il paraissait plus préoccupé par elle que par l'état de son journal. Au moins, on ne pouvait pas dire qu'il était soupçonneux. Mais pourquoi l'aurait-il été ?

— Non ? Mais cependant, vos contusions demeurent… Gregor, il faudra faire passer à Celina ton pot de graisse d'ours. C'est un remède tout à fait souverain.

— Merci, mais de l'arnica suffira bien.

Elle sourit à Gregor, ne voulant pas l'offenser, tout en se disant qu'il avait sans doute occis l'animal en question à mains nues…

— Nous devrions y aller, fit-elle remarquer après avoir jeté un coup d'œil à la pendule. La voiture doit nous attendre.

Jenk, le chef palefrenier, avait attelé la calèche, ainsi ils pourraient profiter de l'air et du soleil. Comme elle avait évité le danger du journal, Lina sentit son esprit s'alléger. Elle aurait aimé avoir une ombrelle à faire tournoyer au-dessus de sa tête. Faute de cette petite joie, elle s'installa sur le siège opposé aux deux hommes et se prépara à profiter de la jolie promenade à travers le parc.

Les cloches sonnaient à toute volée et le ténor à la voix mal assurée qui ennuyait tant Simon massacrait déjà les hymnes, à l'intérieur de l'église.

— Tenez, écoutez, dit-elle à Quinn avec malice, voici la cloche qu'il faut remplacer.

Ils passèrent sous le portail et leur attelage s'arrêta sur la pelouse, autour de laquelle les groupes de paroissiens se rassemblaient déjà, bavardant au soleil, la tête tournée vers la calèche qui venait d'arriver.

Lina descendit de voiture, attentive à prendre son réticule et son missel, puis lissa sa robe du plat de la main. Elle perçut des murmures et releva tête. Tout autour d'eux, parmi les petits groupes, le silence se faisait progressivement et les visages qui les regardaient étaient dépourvus de toute chaleur, comme de toute bonhommie.

« Les ragots ont déjà fait leur office, se dit-elle, et la vieille histoire est revenue à la surface. Chacun se hâte de condamner Quinn, a priori. » Il y avait là des gens dont elle avait cru se faire accepter, avec qui elle avait échangé des sourires, des saluts, avait eu des conversations. A présent, ils la dévisageaient tous avec la même réprobation que celle qu'ils témoignaient aux deux nouveaux venus.

Elle releva fièrement le menton pour faire face à la désapprobation de ceux qui les jugeaient un peu vite. Puis elle carra ses épaules et se dirigea vers le groupe que formaient M., Mme Willets et leur famille. Mme Willets s'était montrée aimable avec elle dès qu'elle était descendue de la diligence, à l'arrêt de Sheringham. Lina était d'abord entrée en contact avec la nouvelle gouvernante de la famille, qui avait pris le même moyen de transport qu'elle, pour venir occuper son poste. Quelques mots d'introduction de sa part lui avaient permis d'être prise en charge par la famille Willets, qui l'avait escortée jusqu'au château. A présent, M. Willets la regardait avec un sourire embarrassé, son épouse la fusillait du regard et ses filles se réfugiaient derrière leur père comme si on les menaçait personnellement.

— Bonjour, leur dit Lina avec son entrain coutumier. Avez-vous fait la connaissance de lord Dreycott ? Il est si impatient de se conformer au vœu de feu son grand-oncle de voir restaurer la cloche de l'église, qu'il a tenu à venir immédiatement se rendre compte des travaux à entreprendre. Est-ce que cela ne sera pas agréable d'entendre de nouveau un son pur nous appeler à la prière ?

— Non. Je veux dire… si, bredouilla M. Willets. Je vous souhaite le bonjour, milord.

Il se cassa en deux, avec raideur, pour le saluer et Quinn inclina la tête en réponse.

— Monsieur Willets, madame… Puis-je vous présenter M. Vassiliev ?

Gregor s'inclina à son tour, et Mme Willets fusilla de nouveau Lina du regard tandis que ses filles se mettaient à glousser sottement. Lina lui sourit en réponse et entraîna Quinn vers un autre groupe, qu'elle aborda exactement de la même manière, avec le même résultat : sourires embarrassés de la part des hommes et sourde hostilité des femmes, qui prenaient grand soin de ne pas présenter leurs filles.

Le temps d'arriver jusqu'à la porte de la petite église, la nervosité de Lina s'était muée en colère contre les paroissiens et en sympathie pour Quinn. Comment ces gens pouvaient-ils se montrer aussi grossiers et hostiles envers un homme qu'ils n'avaient jamais rencontré auparavant, et sur la fois de ragots anciens ?

« Peut-être ne s'en formalise-t-il pas, songea-t-elle. Peut-être croit-il que c'est là l'ambiance typique d'un village de la campagne anglaise ? » Mais en passant sous le porche, elle se tourna pour regarder le visage de Quinn. Il souriait, mais ses yeux étaient comme deux morceaux de glace.

Chapitre 7

« Ils ne crachent pas sur mes bottes à mon passage, mais peu s'en faut », songeait Quinn en suivant Lina. C'était comme se trouver dans le sillage d'une corvette corsaire, toutes voiles dehors et pointant ses canons vers tout navire ennemi passant à proximité. Il se sentait très touché par la façon dont la jeune femme prenait sa défense, mais il n'était pas le moins du monde surpris par l'accueil qu'il recevait et qu'il pensait même avoir, d'une certaine manière, mérité. A son avis, c'était Celina qui ne méritait pas de se voir regardée de haut par tous ces imbéciles qui avaient également tourné le dos à Simon. Il redoutait de la voir subitement rejetée parce qu'elle se rangeait à son côté et cette idée ne lui plaisait guère.

Sous le porche, il lui murmura à l'oreille :

— Détendez-vous, Celina, ne prenez pas tout cela autant à cœur.

— Je n'aurais jamais cru qu'ils se conduiraient ainsi, lui répondit-elle sur le même ton. Je pensais que c'étaient des gens honorables !

Quinn sentit que d'instinct, Celina évitait la confrontation, au lieu de la rechercher, ce qui rendait vraiment très touchant le fait qu'elle prît sa défense avec autant de fougue. Elle lui faisait l'effet d'un chaton s'interposant, toutes griffes dehors et la queue en sapin de Noël, pour défendre un gros chien.

— Eh bien, eux pensent que je ne suis pas honorable, apparemment, ce qui est assez perspicace de leur part, il faut bien le dire…

Il fut surpris du regard de reproche qu'elle lui décocha.

— Ne dites pas une chose pareille ! Ils doivent vous respecter, même s'ils ne vous aiment pas. Vous avez des responsabilités ici…

— Pas pour longtemps et je serai aussi satisfait de me débarrasser d'eux, qu'eux de moi…

Il lui sourit, mais son sourire était si féroce que le sacristain, venu les escorter jusqu'à leur banc, eut un mouvement de recul.

— Bonjour monsieur Bavin, dit Lina en s'avançant vers le pauvre homme que Quinn vit se détendre instantanément. Comment vont vos rhumatismes, ce matin ? Vous avez l'air beaucoup plus fringant que la semaine dernière, si je puis me permettre cette remarque…

« Elle montre de la bonté envers ces gens », songea Quinn, tandis que le visage du sacristain semblait s'illuminer le plaisir.

— Bien mieux, grâce à la lotion que vous m'avez envoyée, mademoiselle Haddon. Elle a fait merveille !

Il les précéda dans l'allée centrale et s'arrêta devant un banc de la travée de droite. Quinn sentit un petit picotement familier sur sa nuque. La congrégation tout entière devait être en train de les observer. « Bah, qu'ils s'usent donc les yeux, si cela les amuse ! »

Celina s'était agenouillée sur le prie-Dieu, la tête inclinée, les mains jointes. Quinn la regardait du coin de l'œil. Ainsi, sans que personne lui eût rien demandé, elle avait déjà pris sur elle de se plier aux devoirs d'une lady dans sa paroisse : s'occuper des grands et des petits malheurs des uns et des autres. Sa tante était pieuse, à ce qu'elle lui avait dit. Etait-ce d'elle qu'elle tenait cet instinct-là ?

Assis sur le banc de bois, Gregor se tenait silencieux à côté de lui. Quinn repensa à l'incident du journal et du café au petit déjeuner. Etait-ce vraiment une maladresse ? Lina ne lui avait jamais paru maladroite, bien au contraire ; il l'observait bien souvent, espérant que c'était à son insu, et la voyait toujours se mouvoir avec grâce et agilité. Il avait bien de la peine à croire que son bras lui faisait mal au point de l'empêcher de manipuler correctement une cafetière.

Des notes d'orgue retentirent et toute la congrégation se leva pour entonner le premier hymne. Quinn remarqua que Celina tournait nerveusement les pages de son missel et s'en étonna. Pour quelle raison la perspective d'assister à un office religieux dans une petite église de campagne la troublait-elle à ce point, au petit déjeuner d'abord, puis à présent au cours de l'office ? Ses mains tremblaient, il n'y avait aucun doute là-dessus.

Il lui prit le livre de mains, consulta l'écriteau suspendu à l'un des piliers de la nef indiquant les différents hymnes du jour, et trouva la bonne page.

— Voilà, vous y êtes, lui souffla-t-il.

Elle le gratifia d'un sourire reconnaissant et commença à chanter d'une voix claire de contralto, tandis que Quinn cherchait à se souvenir quand, pour la dernière fois, il s'était trouvé dans une église anglicane, à rechercher une page de missel pour une charmante jeune personne. C'était sans doute ce dimanche où Angela Hunton, la fille aînée du comte de Sheringham dont il s'était cru tellement amoureux, lui avait suggéré de prendre de l'avance sur leur mariage en faisant l'amour dans le pavillon d'été.

C'était probablement la première et la dernière fois que son innocence et son idéalisme romantique lui avaient sauvé la mise. S'il n'avait pas refusé tout net, sincèrement choqué par cette proposition venant de celle dont il vénérait la pureté, il serait marié depuis dix ans à une perverse petite menteuse, qui aurait réussi à lui faire endosser la responsabilité d'un enfant qui n'était pas de lui.

Gregor, qui avait mémorisé le refrain de l'hymne, joignit bientôt sa basse profonde au chant choral et sa voix chaude s'éleva sous la voûte, stupéfiant toute l'assistance. Surprise elle aussi, Lina se pencha pour vérifier que son oreille ne la trompait pas, croisa le regard amusé de Quinn et eut en retour un petit sourire de connivence.

Il s'était un peu trop précipité pour lui voler ce baiser dans la gloriette, songea-t-il avec une pointe de regret. Tenir Celina dans ses bras et goûter ses lèvres avait été un grand plaisir, dont il gardait un souvenir aussi agréable que précis. Mais l'aventure s'était mal terminée. Il n'avait pas compris la réaction de la jeune femme et ne la comprenait pas mieux aujourd'hui.

Pour lui, les femmes se rangeaient en quatre catégories bien définies : les professionnelles, les épouses et les veuves qui ne demandaient qu'à se laisser persuader de vous ouvrir les bras, les « respectables » parmi cette même catégorie, qui vous demandaient plus d'efforts de persuasion, et enfin les servantes et les jeunes filles, deux catégories qui pour des raisons différentes n'étaient pas un gibier digne d'un gentleman et ne pouvaient guère offrir de réelles satisfactions.

L'hymne religieux se termina et l'on se rassit. Quinn avança sa main pour tenir le missel de Lina, tandis qu'elle ordonnait les plis de sa robe sur le banc, puis il le lui rendit et leurs doigts se touchèrent. Lina retira bien vite sa main, en regardant droit devant elle, les joues très rouges. Mais Quinn remarqua qu'elle avait cessé de trembler.

A quelle catégorie appartenait-elle donc ? Jouait-elle — mais alors avec quel talent ! — l'innocence et la vertu ? Etait-elle une femme mariée ou bien une veuve qui devait se cacher pour une raison ou une autre ?

Il trouvait assez étrange cette histoire de tante qui se trouvait momentanément dans l'incapacité de veiller sur elle… A moins que la jeune femme ne fût exactement ce qu'elle semblait être : respectable et innocente. Mais alors une étrange innocente, qui connaissait des expressions en usage dans les maisons closes, fondait entre ses bras et semblait maîtriser l'art du flirt.

Le sermon du révérend Perrin fut, comme le lui avait annoncé Celina, chaleureux et aussi plein d'humour que ce genre d'exercice le permettait. Il incitait largement ses auditeurs à la charité chrétienne, mais dès la fin de l'office, lorsque la congrégation se retrouva de nouveau sur le parvis ensoleillé, Quinn, Gregor et Lina purent constater que le pasteur n'avait guère été entendu : on leur tournait ostensiblement le dos et ceux qui ne les avaient pas salués à leur arrivée, s'écartaient de leur chemin pour ne pas avoir à le faire.

Gregor, comme chaque fois qu'une vague menace se présentait devant Quinn, se tenait très près de lui, légèrement en arrière. Une attitude qui ne manquait pas de troubler Lina qui lui jetait des coups d'œil surpris par-dessus son épaule. Elle avait l'impression qu'ils avaient tous deux un ours sur les talons. Le Russe grondait même sourdement par instants — ce dont il n'était sans doute même pas conscient —, ce qui ajoutait à la ressemblance.

— Tout va bien, Gregor, lui murmura Quinn. Ces paysans ne risquent pas de se révolter et de nous clouer à la porte de cette église avec des fourches…

Gregor marmonna quelques mots entre ses dents.

— Qu'est-ce qu'il a dit ? demanda Celina.

— Oh, quelque chose que je ne me permettrai pas de répéter à propos de la parenté de ceux qui nous entourent, et d'actes contre nature qu'ils auraient commis avec un âne…

Il lui lança un coup d'œil de côté pour voir si elle était choquée, mais s'aperçut qu'elle penchait la tête pour cacher son sourire.

— C'était effrayant ! soupira Celina lorsque leur attelage s'ébranla. Je croyais qu'à l'office, au moins, les bonnes manières prévaudraient…

— Le comte de Sheringham a beaucoup de pouvoir dans la région, lui expliqua calmement Quinn. Les gens prennent son parti…

Dix ans auparavant, l'ostracisme dont il avait été victime, les accusations mensongères, la honte de ne pas parvenir à imposer un duel à son principal accusateur pour laver son honneur, tout cela avait brûlé son âme idéaliste et fière comme un acide. Mais à présent, il était devenu un homme à la résistance et la volonté trempées dans l'acier ; il avait la force de faire face à ses détracteurs d'autrefois, et de leur faire rentrer leurs mensonges dans la gorge. Dans l'immédiat, cependant, ce qui le rendait furieux, c'était l'attitude distante et froide que tous ces gens avaient montrée vis-à-vis de Celina. Jamais il n'aurait dû l'accompagner à l'église.

Le fait qu'il s'inquiétât de ce qu'elle pouvait ressentir le frappa comme une révélation. Que lui importait donc que cette fille, qui avait déboulé dans sa vie avec ses secrets, pût être atteinte par les piques qu'on lui décochait ? Une semaine à peine auparavant, il en aurait haussé les épaules…

— Gregor, demanda soudain la jeune femme, le tirant de ses interrogations, pourquoi faites-vous toujours bonne garde autour de lord Dreycott ? Lorsque vous êtes arrivés au château, Trimble m'a dit que vous avez vérifié toutes les serrures et toutes les fenêtres…

Quinn essaya de faire un signe discret à son compagnon pour qu'il élude la réponse, mais trop tard. Gregor répondait déjà.

— Quinn a sauvé ma vie en me rachetant. A présent, je protège la sienne.

— Racheté ?

Lina le regardait, éberlué.

— Vous voulez dire que vous étiez un esclave ?

Elle se tourna vers Quinn.

— Mais… c'est barbare… et illégal !

— Je suppose que oui, mais le laisser mourir l'aurait été bien davantage, répondit tranquillement Quinn. Gregor était un esclave chrétien des Turcs. Il a été capturé au cours d'une bataille. Voyez-vous, il n'aime pas beaucoup qu'on lui donne des ordres.

A la grande surprise de Lina, le Russe décocha à son ami un sourire radieux.

— Ils l'ont presque battu à mort pour essayer de le faire obéir et comme ils n'y parvenaient pas, ils ont voulu le vendre… Alors je l'ai acheté.

— Moi et une fille blessée, précisa Gregor. Quinn m'a rendu liberté. Alors je rembourse en m'assurant que sa vie, dont il fait si peu de cas, n'est pas en danger. Je pourrais lui donner de l'argent, à présent, mais il refuserait…

— Bah, tu étais très bon marché, dit Quinn que ces manifestations de gratitude embarrassaient visiblement. J'aurais eu mauvaise grâce à exiger le remboursement. Sans compter que depuis, tu m'as sauvé la vie une demi-douzaine de fois au moins.

— Et toi, la mienne. Je suis toujours ton débiteur.

Lina songea que c'était sans doute encore une de ces mystérieuses manifestations de l'honneur des mâles. Ces deux-là étaient aussi proches que des frères, davantage même, et pourtant ils feignaient une certaine indifférence et faisaient semblant de tenir le compte de leurs bonnes actions l'un envers l'autre.

Elle se sentait légèrement mal à l'aise en regardant la montagne de chair qu'était Gregor. Qu'avait-on bien pu lui faire pour être à deux doigts de le tuer ? Et quel genre d'homme était capable de racheter une épave humaine pantelante et de tout faire pour la ramener à la vie ? « Sans doute quelqu'un de très bien, se dit-elle. Mais il ne me serait pas reconnaissant de le qualifier ainsi. Par ailleurs, un homme capable d'en sauver un autre peut tout de même être un danger pour une femme. Et cette femme blessée, qu'est-elle devenue ? » Ni l'un ni l'autre ne paraissait vouloir en parler.

— Eh bien, c'est un soulagement de savoir que nous ne contrevenons pas à la loi en hébergeant un esclave, dit-elle, prosaïque. Et la femme que vous avez rachetée ?

— Elle a recouvré sa liberté, répondit Quinn, sans développer davantage.

— J'espère que vous ne vous formaliserez pas de la simplicité du déjeuner, continua-t-elle pour passer à un sujet plus anodin. Feu votre grand-oncle donnait toujours congé aux domestiques le dimanche, si bien que le repas de midi se réduit à un buffet froid.

— Cela ne me dérange pas, répondit Quinn alors que la calèche s'arrêtait devant le château et que Gregor sautait sur le gravier. Feriez-vous un tour de jardin avec moi avant de manger, Celina ?

Le petit signe de tête, destiné au colosse russe et lui signifiant de les laisser seuls, n'échappa pas à Lina. Quinn voulait-il lui parler en particulier ?

— Volontiers, fit-elle, l'esprit toujours agité par l'hostilité des paroissiens et la sinistre histoire de Gregor.

Ils se dirigèrent vers le jardin d'agrément, auquel on accédait par un petit portail.

— Il a été bien négligé, j'en ai peur… Votre grand-oncle ne s'y intéressait guère.

— Et vous ? Est-ce que vous connaissez quelque chose au jardinage ?

Il lui saisit le bras et l'emmena vers le petit pavillon d'été qui avait connu des jours meilleurs.

— Je suppose que je ferais bien de faire remettre tout cela en état avant la mise en vente, mais bien que je puisse vous réciter des dizaines de poèmes persans qui parlent de la splendeur des jardins, je crains que ce ne soit guère utile ici, sur cette côte battue par les vents. Nous ne nous reposerons jamais sous les palmiers et je ne vous offrirai jamais de lourdes grappes de mes vignes…

A l'intérieur du petit pavillon, il épousseta de sa main un banc de bois et invita Lina à s'y asseoir.

— Le jardinage ? Ce n'est pas vraiment mon fort, répondit-elle en essayant de conjurer les images que Quinn venait d'évoquer et qui faisaient écho à ses propres fantasmes de harem.

Aimerait-il la voir enveloppée de voiles de soie diaphane ?

— Mais je puis parler au jardinier, si vous le désirez, et

voir avec lui ce que nous pouvons faire pour leur redonner meilleure allure. Mais il est tout seul et je ne sais si…

— Dites-lui d'engager des aides !

Il s'assit sur un autre banc, couvert de lichens, sans aucun égard pour sa culotte d'une blancheur immaculée.

— Merci, Celina.

— De quoi donc ? Il n'est pas bien difficile de parler à un employé…

— Ce n'est pas à cela que je faisais allusion…

Il se pencha, les avant-bras posés sur ses cuisses et les mains jointes.

— Merci d'avoir pris ma défense, à l'église. Je suis sincèrement désolé si ma présence vous a mise dans l'embarras devant vos amis.

— Ce ne sont pas mes amis…

« Mes amies sont des prostituées de Londres et je ne sais même pas où se trouvent mes sœurs bien-aimées… »

— Mais des connaissances, tout au plus…, précisa-t-elle. Et j'ai honte pour eux de la façon dont ils se sont conduits.

Quinn était si calme, assis non loin d'elle, que peu à peu l'indignation qu'elle ressentait s'estompa, au profit du sentiment embarrassant de se retrouver seule dans un endroit retiré avec un libertin qui lui avait déjà volé un baiser.

Pourtant, à présent qu'elle commençait à connaître un peu mieux Quinn Ashley, elle pouvait voir en lui davantage que l'homme à la réputation choquante qu'il revendiquait tout en affectant de s'en moquer comme d'une guigne. Elle l'admirait pour son attitude très digne à l'église ainsi que pour l'histoire de Gregor. Elle avait peur de lui, aussi, ce qui était la moindre des choses, dans sa situation. Elle s'en voulait de sa propre imprudence, en lui laissant voir qu'elle connaissait certaines habitudes en usage dans le monde de la prostitution, par exemple, semant en lui le doute quant à sa respectabilité. Cependant, à part ce baiser, il n'avait rien dit, rien fait pour qu'elle se sente menacée. Peut-être que son attitude, le jour du baiser dans la gloriette, avait achevé de le persuader qu'elle était vertueuse et qu'il ne devrait plus rien tenter auprès d'elle.

— Est-ce que vous avez laissé beaucoup d'amis derrière vous ? lui demanda-t-il soudain.

Elle sursauta. Il se redressa et la regarda. La lueur d'intérêt dans son œil montrait bien que c'était davantage qu'une simple question. C'était la marque d'un intérêt réel et Lina se sentit aussi troublée que s'il avait caressé sa peau nue. Elle savait que beaucoup d'hommes prenaient un plaisir pervers à corrompre l'innocence, mais ne sentait pas cette tendance-là chez lui. Elle n'éprouvait rien d'autre à son égard que l'attirance instinctive d'une femme pour un homme.

— Quelques-uns, des proches, répondit-elle prudemment. Nous vivions dans le même voisinage. Et puis mes sœurs, bien sûr.

En fait, son univers se bornait aux murs de la Porte Bleue et au souvenir de ses sœurs, à son espoir de les revoir un jour, après s'être borné au presbytère de son père. A présent, elle n'était qu'une jeune femme en fuite, sans amis, dépendant de lui, de son hospitalité à Dreycott Park, pour les six mois à venir. Pouvait-il deviner à quel point elle était vulnérable ? Cela l'excitait-il ? Peut-être la croyait-il trop innocente pour avoir peur de lui…

— Vous voudrez les retrouver, je suppose, lorsque vous aurez suffisamment d'argent…

Il chercha sa main. Lina se détendit et le laissa la prendre. Si elle se dérobait, peut-être prendrait-il sa réaction pour de la panique et cela pourrait l'exciter davantage. Mais il se contenta de la retourner doucement pour en étudier la paume.

« Flirt, lui soufflait une petite voix au fond d'elle-même, aie l'air en confiance et sûre de toi. Ne le laisse pas sentir ton anxiété, ni s'apercevoir qu'il te trouble. »

— Vous voulez vous débarrasser de moi, milord ? lui demanda-t-elle avec une petite moue de déception feinte.

Il baissa les yeux vers sa bouche et Lina passa nerveusement la langue sur ses lèvres.

— Pas du tout. Vous êtes un très charmant ornement pour ce château.

Il passa son index sur le petit renflement à la base de son pouce et elle frémit, luttant contre l'envie saugrenue de refermer les doigts pour le capturer.

— Quelle ligne de vie vous avez ! dit-il doucement. Regardez toutes les aventures qui vous attendent.

Il caressa les petites lignes brisées qui coupaient la ligne principale.

— Vous lisez dans les lignes de la main ?

Il lui était difficile de parler de façon naturelle avec la chaleur de ses doigts sur sa peau.

— Une belle bohémienne me l'a appris…

Quinn hésita, puis il lui présenta sa propre main gauche, paume en l'air.

— Vous voyez cette interruption de ma ligne de vie ? Elle vous aurait dit elle-même qu'elle représente la fois où elle m'a planté un poignard dans le dos et m'a laissé pour mort.

— Comment est-ce arrivé ? demanda Lina en refermant nerveusement sa main sur la sienne.

— Gregor m'a sauvé. Nous étions à Constantinople et il était parti pour quelques jours afin de me laisser seul avec la belle. Pris d'une sorte de pressentiment, cependant, il est revenu très vite et m'a trouvé en train d'inonder de mon sang un très beau tapis d'Orient. Il a arrêté l'hémorragie et s'est lancé à la poursuite de la bohémienne, afin de lui reprendre l'or qu'elle m'avait volé.

— Il l'a retrouvée ? Que lui a-t-il fait ?

— Je ne le lui ai pas demandé. Mais il m'a souvent dit depuis de ne jamais faire confiance à une femme, même quand elle est nue.

— Mais… alors… Comment a-t-elle pu dissimuler le couteau ?

Elle était bien déterminée à ne pas être choquée. A dire la vérité, elle était tout aussi passionnée par le récit de Quinn que par le meilleur des romans. Il lui avait fait rouvrir la main et de ses longs doigts, en caressait doucement le dos.

— Sous ses longs cheveux, répondit-il avec un demi-sourire. Vous, vous pourriez cacher une paire de pistolets de duel, sous cette capeline.

— Méfiez-vous, ils y sont peut-être !

Il y eut un petit silence plein de sous-entendus et elle acheva :

— Mais je n'ai pas du tout l'intention de l'enlever pour vous les montrer, Quinn.

Le prénom lui avait échappé et elle se mordit la lèvre de contrariété.

— Vous gardez donc tous vos secrets, Celina ?

— Probablement autant que votre bohémienne, milord. Mais aucun de mes secrets n'est aussi mortel que le sien.

« Mis à part le fait que j'ai tué un homme… Tout au moins que j'ai été l'instrument de sa lubricité, laquelle l'a tué. »

— Allez-vous lire mon avenir ? Si ce n'est pas votre intention, je vais vous demander de me rendre ma main afin que j'aille vérifier si le buffet du déjeuner a bien été dressé…

Elle n'était pas mécontente et plutôt amusée du ton léger, badin, qu'elle venait d'employer.

— Voyons voir…

Il attira sa main à lui, pour mieux l'examiner, et ce mouvement les rapprocha.

— Une longue et profonde ligne de vie… Là… Peut-être un risque encouru… A venir, je pense. Vous devrez prendre garde, du moins si vous croyez à ce genre de choses… Votre ligne de caractère est très nette, elle aussi. Vous êtes honnête et intelligente, mais peut-être un peu trop dominée par vos émotions. Ah, oui… Vous voyez votre ligne de cœur ? Elle est profonde. Vous êtes une sentimentale. L'amour domine votre vie et combiné à ceci…

Il effleura du doigt le renflement à la base de son pouce.

— Le mont de Vénus. Ceci révèle que vous êtes une passionnée…

Il porta la main à ses lèvres et les pressa doucement à cet endroit même, ce qui la fit frissonner.

— Eh bien, merci, milord, il ne manquait qu'un feu de camp et une roulotte à proximité… Vous devriez porter une boucle d'oreille en argent, cela compléterait le tableau. Tout à fait l'ambiance du roman de chez Minerva Press que je lisais il y a quelques jours…

Il la lâcha et elle se remit debout.

— Vous m'appeliez Quinn, il y a quelques minutes encore, lui dit-il en se levant à son tour.

— Un moment d'inattention, répondit-elle en le regardant sous ses longs cils. Je vous verrai au déjeuner, milord.

Et elle s'éloigna.

Chapitre 8

« Une femme mariée, il n'y a pas d'autre explication... Une femme mariée qui a fui le domicile conjugal... » C'était la conclusion à laquelle arriva Quinn, le mardi matin suivant, alors qu'il se débarrassait de ses derniers vêtements trempés de sueur. Il avait fait de la lutte et de l'escrime à la canne avec Gregor et ses muscles échauffés étaient douloureux. Il s'accroupit sous la buse de la pompe de l'écurie et eut un petit sursaut quand l'eau froide se mit à ruisseler sur sa peau brûlante.

Une femme mariée... Il n'y avait que cela qui lui permettait de répondre à toutes les questions qui se posaient au sujet de Celina.

Elle se méfiait des hommes et pourtant, elle s'y connaissait en séduction. Elle avait également une habitude évidente des relations sociales ; cela se sentait quand on la voyait évoluer, ou à sa conversation à table, par exemple. Elle était parfaitement à son aise avec les domestiques ainsi qu'avec leurs rares visiteurs et savait tenir une maison, ce qui supposait qu'elle en avait déjà tenue une elle-même, la sienne à ce qu'il supposait. Est-ce que son mari la battait ou lui imposait des rapports sexuels pour qu'elle le quitte et se cache ainsi comme il était de plus en plus persuadé qu'elle le faisait ?

— Encore !

A son injonction, le valet d'écurie qui manœuvrait la pompe appuya vigoureusement sur le levier. Les domestiques étaient à présent habitués aux manières matinales de Quinn et de Gregor. Ils assistaient avec intérêt et enthousiasme à leurs entraînements et il était devenu habituel, à Dreycott Park, de voir deux lutteurs à demi nus entourés par un cercle de spectateurs du sexe masculin qui les encourageaient de la voix et du geste.

Gregor passa sous la pompe à son tour et Quinn regarda pensivement le dos de son ami, toujours strié de cicatrices pâles, souvenirs des coups de fouet qu'il avait reçus des Turcs. La cruauté envers quiconque, femmes, enfants ou captifs, lui était intolérable et le plongeait toujours dans une rage froide.

Ce qui le ramena au mystère Celina Haddon. Il était pratiquement certain que la vieille tante malade n'existait pas. Celina avait dû faire la connaissance de Simon d'une manière ou d'une autre et le vieux bandit lui avait purement et simplement donné asile pour une raison qui restait encore inconnue de lui mais qu'il brûlait de découvrir. C'était bien de son grand-oncle d'offrir son assistance à une femme en fuite et cela expliquait parfaitement pourquoi le codicille du testament où elle apparaissait ne mentionnait pas son nom ; Haddon était de toute évidence un nom d'emprunt et le mentionner aurait rendu l'acte invalide.

— On est en retard, lui fit remarquer Gregor en jetant un coup d'œil au cadran solaire de l'écurie. L'eau va être froide.

— Allons-y alors, dit Quinn en ramassant ses vêtements.

Il regrettait les bains turcs que l'on trouvait dans tout le Moyen-Orient et en Afrique du Nord, mais se tremper dans l'eau chaude du grand sarcophage en offrait un substitut acceptable, après les exercices physiques.

La porte des cuisines était fermée, afin d'épargner la pudeur des servantes et les deux hommes prirent l'escalier de service vers le premier étage, ouvrant la porte sur le corridor désert qui desservait les chambres.

— J'ai une théorie, dit Quinn alors qu'ils s'avançaient, laissant les marques humides de leurs pieds nus sur le vieux plancher de chêne. J'en suis venu à la conclusion que Celina…

Une porte s'ouvrit devant eux et l'intéressée en sortit, une pile de linge sur les bras. Elle ne les vit pas immédiatement et marcha droit sur Quinn, puis tous les trois s'arrêtèrent net, comme pétrifiés. De surprise, Lina en fit tomber son linge, laissant jupons, dessous et chemises de nuit s'éparpiller sur le sol. Quinn lâcha ses propres vêtements, vaguement conscient du fait que Gregor venait de plaquer sa chemise sur ses parties intimes, préservant au moins l'essentiel de sa pudeur.

Celina et lui se regardèrent, éberlués, Quinn cherchant à fixer son regard afin que la jeune femme n'eût pas l'idée de baisser les yeux. Comme par un fait exprès, ou par instinct, elle se jeta à genoux sur le plancher pour récupérer son linge éparpillé. Il fit de même et ramassa fébrilement le premier bout de tissu qui lui tomba sous la main pour s'en couvrir le sexe.

Celina ramassa le reste comme elle le put, se remit debout, et s'engouffra dans la pièce dont elle venait de sortir, les joues très rouges et les yeux écarquillés. La porte claqua et Gregor partit d'un grand éclat de rire.

Quinn baissa les yeux. Son intimité s'abritait, d'une façon assez peu adéquate, sous une fine pièce de lingerie en dentelle, décorée de petits rubans de soie bleue. Jetant à son ami un regard assassin, il frappa un coup sur la porte, l'entrouvrit sans attendre d'invite et jeta le sous-vêtement. Cela fait, il reprit rapidement le chemin de sa propre chambre. Hilare, Gregor avait les joues inondées de larmes.

— Les rubans bleus, ce n'est pas ce qui te va le mieux, je trouve..., dit-il.

Quinn grimpa dans la baignoire et s'enfonça jusqu'au menton dans l'eau qui refroidissait.

— Je ne pense pas qu'elle ait été choquée, si tu veux mon avis, commenta-t-il. Surprise oui, effarée, tout ce que tu voudras, mais pas choquée. Pas comme aurait dû l'être une pucelle qui se trouve subitement en présence de deux hommes nus.

— C'est juste, dit Gregor dont le rire commençait à peine à se calmer. Lorsque la porte s'est ouverte, tu disais...

— Qu'elle est très probablement une femme mariée qui

a fui le domicile conjugal. En présence d'un homme, elle ne se conduit pas comme une vierge. Elle n'en a ni la timidité ni la gaucherie. Elle ne se conduit pas en effrontée non plus, il faut bien le dire…

— Tu vas prévenir Havers de tes soupçons ? demanda Gregor tout en prenant place à son tour dans la baignoire.

— Non.

Quinn s'immergea complètement un instant, puis refit surface.

— Selon la loi anglaise, l'argent d'une femme mariée appartient à son époux. Si Celina a quitté un salaud qui la battait, ou la maltraitait d'une manière ou d'une autre, le vieux Simon n'aimerait pas que son argent puisse revenir à cet homme-là.

— Que vas-tu faire, alors ?

— Pour l'instant réfléchir…

En fait, il avait déjà son idée. Il allait lui offrir ce que l'aristocratie anglaise appelait, en français, une « carte blanche » et faire d'elle sa maîtresse. Cela lui épargnerait à lui la peine de se chercher une bonne amie à Londres. Quant à elle, accepter était dans son intérêt. L'arrangement serait intéressant et pratique pour l'une comme pour l'autre et lorsqu'ils seraient mutuellement fatigués de cette liaison, il ajouterait sa propre dotation au legs de son oncle et veillerait à ce qu'elle soit définitivement à l'abri de son mari. Il lui fallait juste trouver le bon moment pour lui mettre le marché en main.

Bonté divine ! Quelle émotion ! Ce n'était pourtant pas la première fois qu'elle voyait des hommes nus. Elle en rencontrait parfois dans les couloirs de la Porte Bleue, habituellement fin soûls et poursuivis par des filles secouées de fou rire, et qui cherchaient à leur faire réintégrer leur chambre.

Mais tomber sur ces deux-là, au détour d'un corridor à Dreycott Park, cela avait quelque chose de… Elle chercha le mot. D'ébouriffant ? De troublant ? Pas pour les deux, en tout cas. Ils étaient certes aussi magnifiques l'un que l'autre mais elle ne s'était pas sentie émue par la grande et solide carcasse de Gregor. C'est lui qu'elle avait vu en premier et elle avait tout de suite remarqué les cicatrices sur son torse. Puis très vite, elle s'était trouvée les yeux dans les yeux avec Quinn.

C'est en se jetant à quatre pattes pour récupérer son linge qu'elle avait compris pourquoi il la fixait si intensément ; il ne voulait tout simplement pas qu'elle baisse les yeux sur certaine partie de son anatomie.

Elle s'éventa fébrilement avec un corset plié. Inutile de se mentir, ni de nier le fait qu'elle avait eu très envie de le toucher, de faire courir ses mains sur ses muscles, ses larges épaules et ses hanches étroites. Que ressentait-on quand on caressait sa peau ? Elle aurait bien aimé le savoir... Nu, il était si différent de Tolhurst qu'on eût dit qu'il appartenait à une tout autre espèce. Comment aurait-elle réagi, si Makepeace avait voulu la vendre à Quinn ? Question sans aucune pertinence, elle le savait, car jamais il n'aurait accepté d'acheter une vierge à cette brute et elle voulait croire qu'il se serait de toute façon refusé à forcer une femme. Au reste, il n'en avait nul besoin. Il lui suffisait de déployer tout son charme pour en attirer une dans son lit.

— Dangereux, bien dangereux, murmura-t-elle en commençant à replier son linge. La voie royale vers la perdition, ou je ne suis plus la fille d'un pasteur...

Comme il était plus facile d'être pure, lorsqu'on n'avait pas encore rencontré la tentation !

— Quelle belle soirée ! fit remarquer Quinn lorsqu'ils eurent terminé leur dessert.

Cette remarque interrompit Lina dans son mouvement, qui était de se lever de table pour laisser les deux hommes déguster cet étrange alcool, clair comme de l'eau, que Michael leur apportait glacé chaque soir et dont personne ne lui proposait jamais de le goûter.

— C'est la pleine lune, le vent est tombé et il me semble que j'entends chanter un rossignol. Peut-être pourrions-nous nous promener un peu dans le jardin… Qu'en dites-vous, Celina ?

Elle se tourna vers Gregor, comme pour lui demander, sans paroles, s'il voulait se joindre à eux. Par une sorte d'accord tacite, personne n'avait fait allusion à l'incident qui s'était produit dans le corridor le jour même et après un petit silence embarrassé au début du repas, la conversation était rapidement redevenue normale.

— Non, pas moi, répondit le Russe. Je fais… bagages. Demain… je pars pour Londres.

— Oh…

Elle savait qu'il en avait le projet, mais la perspective de demeurer seule avec Quinn ne l'avait pas encore sérieusement effleurée.

— Alors, je ne sais pas si…

Elle se méfiait des probables tentatives de séduction de Quinn, et plus encore de sa propre capacité à y résister, car la perspective de se promener au clair de lune en écoutant chanter le rossignol était bien romantique et de nature à faire fleurir les émotions. Et son existence, songea-t-elle avec un sursaut de révolte, avait jusqu'ici manqué singulièrement de romance et de douces émotions.

Il lui sourit, avec les yeux. C'était la première fois qu'il laissait passer une expression spontanée, depuis qu'il avait tenté sans grand succès de dissimuler ses attributs derrière des sous-vêtements féminins.

La tentation, toujours la tentation… Leitmotiv de son père… Si elle faisait attention, *très attention*, peut-être pourrait-elle, sans trop de danger, faire cette agréable promenade ? Il n'allait pas tenter de l'embrasser de nouveau, elle en était sûre, enfin presque, et de toute façon, elle serait sur ses gardes.

— Ce serait très agréable, répondit-elle, sa voix sonnant étrangement à ses propres oreilles.

Quinn lui drapa alors son châle autour des épaules, ses

doigts l'effleurant à peine au passage, et ouvrit les portes-fenêtres qui donnaient sur la terrasse. La brise était douce et, venant de la terre, portait les senteurs de la forêt plutôt que celles de la mer. Le chant des oiseaux les entourait comme un voile sonore.

Quinn prit son bras et l'entraîna à travers la pelouse. Ils marchèrent un instant en silence. Il était si simple et si doux d'être ainsi à côté de lui, la tête dangereusement attirée vers son épaule comme la limaille de fer par un aimant.

Mais même la lumière d'argent de ce clair de lune ne parvint pas à apaiser ses craintes bien longtemps. « Gregor part pour Londres, songea-t-elle. Va-t-il entendre parler du saphir des Tolhurst et d'une jeune blonde nommée Celina Shelley que la police recherche ? Et pourquoi n'ai-je aucune nouvelle de tante Clara ? »

— Que vous a-t-il fait ? lui demanda soudain Quinn.

— Qui donc ?

C'était presque un cri. Elle s'était laissé surprendre.

— Votre mari.

— Mon…

« Il croit que je suis mariée ? »

— Mon mari ?

— Oui. Je suppose que c'est lui que vous fuyez…

Il resserra son bras contre lui.

— Voyez-vous, Celina, j'ai eu beaucoup de mal à vous cerner. Je savais que vous n'étiez pas la parfaite innocente que vous vouliez paraître mais votre réserve ne vous classait pas non plus dans la catégorie des intrigantes. Alors j'ai compris que vous deviez être une femme mariée.

Lina réfléchit à toute vitesse, essayant de mesurer où pourrait l'amener ce nouveau mensonge, si elle le reprenait à son compte. Au moins, cela lui permettrait de mieux dissimuler ses craintes réelles et d'empêcher — de retarder du moins — tout rapprochement qu'il serait susceptible de faire entre elle et la voleuse de Londres dont il pourrait entendre parler.

— Qu'est-ce qui vous fait penser que je pourrais fuir quelqu'un ?

— Mon instinct. J'ai été en fuite, moi aussi, et recherché. Lorsque je rencontre quelqu'un qui est dans cette situation, je peux le sentir.

Il enchaîna, n'attendant pas de réponse et c'était tant mieux, car elle ne trouvait rien à répliquer.

— Est-ce qu'il vous battait ? Ou bien vous forçait-il à…

Il lui parlait doucement, mais elle pouvait entendre la colère vibrer dans sa voix et elle en fut heureuse.

— Il… me forçait oui, dit-elle dans un souffle, s'accrochant à cette faible part de vérité. Il avait presque trois fois mon âge et…

Elle ne put réprimer un frisson.

— C'est pour cela que le vieux Simon vous a donné refuge ?

— Oui, c'était vraiment un vieil ami de ma tante. Elle est malade, et je ne pouvais pas rester chez elle, alors elle lui a écrit.

— Haddon n'est pas votre véritable nom, n'est-ce pas ?

Elle secoua la tête.

— Quel est-il ?

D'un nouveau signe de tête, elle refusa de répondre.

— Vous n'avez pas confiance en moi ? Non, bien sûr, je suppose que c'est beaucoup vous demander… Mais j'attends pourtant un peu de confiance de votre part, Celina.

Ils étaient arrivés devant un vieux banc de bois posé sous la voûte d'un grand chêne.

— Voulez-vous que nous nous asseyions un instant ?

Sans répondre, elle se laissa mener vers le banc en se demandant ce qui allait se passer ensuite. Quinn s'assit à côté d'elle et prit sa main.

— Je me demandais, lui dit-il doucement, si voudriez devenir ma maîtresse…

Distraite par l'évocation de ses problèmes personnels, Lina avait oublié le danger immédiat. Elle se leva d'un bond en retirant sa main.

— Non !

Elle s'était attendue à plus de subtilité ; cette question la choquait terriblement.

— Comment osez-vous ? Vous voulez donc ruiner ma réputation ?

Elle fit nerveusement quelques pas avant de se retourner vers lui pour attendre sa réponse. Il se leva à son tour.

— Mais que je suis sotte ! Bien sûr que vous le voulez !

— Vous l'avez ruinée bien plus sûrement vous-même, le jour où vous avez quitté votre mari, lui fit-il calmement remarquer.

— Ce n'était pas ma faute !

Il haussa les épaules.

— Je crains que la société ne voie pas les choses de cette manière…

— Et vous non plus, je suppose ?

Oh, il pouvait être gentil et délicat, lorsqu'il en avait besoin, mais il pouvait aussi se montrer bien brutal. La cruauté et les abus dont elles étaient victimes rendaient les femmes bien vulnérables et Quinn Ashley semblait n'avoir aucun scrupule à profiter de cette vulnérabilité. Cela dit, il était probablement généreux avec ses maîtresses, devait les traiter bien, un peu comme ses chevaux, que très certainement il ne brutalisait pas non plus. Il n'était pas cruel, ni vicieux. « C'est seulement un homme », songea Lina en réprimant un soupir, s'étonnant de constater à quel point elle était déçue qu'il ne fût pas conforme à son rêve.

— Disons que je prends le monde comme il est, répondit Quinn en s'appuyant à un tronc d'arbre, sans chercher à l'approcher davantage.

Dans le clair de lune, avec le chant des rossignols et sa tenue de soirée orientale, il ressemblait à un prince des *Mille et Une Nuits*. Un être mystérieux et romantique…

« Tout ceci n'est qu'apparence, rideau de fumée ! Il n'est pas ce qu'il paraît. Là où l'on ne voit que charme et prestance, il y a une venimeuse séduction qui mène à la ruine et à la honte… »

— Non, je ne le crois pas. Vous pliez plutôt le monde pour qu'il soit conforme à votre idée. Vous avez refusé d'obéir aux conventions et d'épouser la fille de lord Sheringham, vous répandez le scandale, suscitez les ragots partout où vous passez et vous ne voulez vous encombrer de rien ni de personne, à part Gregor. On trouve les hommes romantiques et séduisants lorsqu'ils suivent égoïstement leurs inclinations, mais qu'une femme se hasarde à faire la même chose et elle sera traînée plus bas que terre. On la traitera de fille perdue, de catin !

— J'ai dit que la société jugerait que votre réputation est perdue. Pas moi, corrigea Quinn qui refusait toujours de se laisser aller à la colère. Et je n'ai jamais pensé que vous étiez une fille perdue ou une catin.

— Je le serai, après une nuit avec vous.

« Je le suis déjà, rien que d'y penser ! »

Elle avait la bouche sèche et ressentait une étrange sensation, tout au fond d'elle-même, une sorte de chaleur, bien loin de l'appréhension, comme une brûlure entre ses cuisses.

— Mais je l'espère bien, dit-il avec un sourire coquin très visible dans le clair de lune.

— Oh ! Vous êtes impossible !

Il était si sûr de lui, qu'il ne lui avait guère posé la question que pour la forme ! « Je n'ai pas besoin de lui. Nul ne peut me sauver, que moi-même ! »

Elle marcha vers lui, jusqu'à se trouver pratiquement contre lui, les bouts de ses chaussures contre ceux des souples bottes orientales qu'il portait toujours.

— J'ai assez d'ennuis comme cela sans avoir envie en plus de devenir votre maîtresse !

— Nous n'avons pas encore discuté les conditions, objecta-t-il en souriant, l'air très sûr de lui.

Lina se dit alors que la colère n'était peut-être pas la meilleure attitude à lui opposer, car elle semblait plutôt le stimuler. Mais peu de choses, en fait, semblaient le décourager, quand il avait une idée derrière la tête.

— Vous pourriez peut-être changer d'avis…

— J'en doute…

— Je sais me montrer généreux…

— Si j'avais dit oui, nous pourrions discuter de savoir si je serais plutôt une putain à bon marché ou dispendieuse. Mais comme je ne relève d'aucune sous-espèce de cette catégorie, la question est sans objet.

— N'utilisez pas ce terme, Celina, lui dit-il, les sourcils enfin froncés.

« Ah, ah ! J'ai réussi à te faire enfin sortir de tes gonds, on dirait ! Serais-tu un hypocrite, en plus ? »

— Je vous ai offert de devenir ma maîtresse, non de dispenser vos faveurs à la ronde.

Ils étaient dangereusement proches l'un de l'autre, même si Quinn demeurait immobile, les bras croisés sur sa poitrine.

— Quels termes voudriez-vous que j'utilise ? Comment appelez-vous une femme qui consent à une relation physique contre un arrangement financier ?

Elle ne savait pas où elle trouvait le courage de l'affronter ainsi. C'était comme si ce qui était en train de se passer était trop important pour qu'elle pût reculer. Une question de principe, sur laquelle il n'était pas question de déroger. Elle sentait en elle autant de courage que lorsqu'elle avait fait face à Makepeace, bien qu'à l'évidence Quinn ne la menaçait pas de la même manière.

Depuis sa fuite éperdue de la maison de son père, il semblait qu'elle avait acquis la force de tenir bon et de se battre. Elle qui avait été si longtemps la petite dernière timide et nerveuse qui s'effrayait d'un rien, elle s'apercevait qu'elle avait bien changé et cette découverte était pour le moins aussi surprenante que la scandaleuse demande du jeune lord Dreycott.

— Le mariage est lui aussi un arrangement financier, fit-il remarquer, la ramenant à l'instant présent. A moins que vous vous soyez mariée par amour, ce dont je n'ai pas l'impression.

— Je n'avais guère le choix, répondit-elle, les lèvres pincées.

« On a toujours le choix, en fait, ne serait-ce que celui de s'enfuir. Je l'ai fait une fois, mais pas deux. Je ne suis plus la petite souris du presbytère. Même mon départ pour le Norfolk n'était pas une fuite. Une retraite momentanée, rien de plus. »

— J'y ai été forcée... par les circonstances. Mais le mariage, ce n'est pas la même chose. C'est un état permanent... enfin... qui devrait l'être. Il offre une protection pour les enfants...

Sa voix se brisa un peu en songeant au genre de « protection » assez douteuse que son mariage avait assurée à sa mère et ses trois enfants.

— Que serai-je censée faire, lorsque vous serez reparti au-delà des mers ? Ou que vous vous serez lassé de moi ? Trouver un autre homme ?

— Vous avez déjà une part de l'héritage de mon grand-oncle. Et je m'assurerai, lorsque nous nous séparerons, que vous n'ayez jamais besoin de vous donner à un autre homme, si tel n'est pas votre désir. Je ne vous promets pas de vous faire vivre éternellement dans le luxe, mais j'assurerai votre indépendance, pourvu que vous soyez raisonnable.

« Pourquoi moi, Quinn ? »

Pourquoi cet homme tellement attirant et expérimenté prenait-il la peine de lui faire cette offre que plus d'une, à sa place, eût jugée mirifique, une offre qui malgré ses craintes et ses scrupules la troublait et la flattait à la fois ?

« Parce que je suis là, à portée de sa main tout simplement, et non parce qu'il tient à moi d'une quelconque manière. Il est tenu de suivre les dernières volontés de son oncle et notamment de terminer ses mémoires. Il n'a pas le temps de se chercher une maîtresse à son goût, ni de lui faire longtemps la cour. Alors que je suis là, moi, de l'autre côté du couloir. Une femme de quelque expérience, du moins le croit-il, et dans une position de faiblesse qu'il peut exploiter. »

— Pourquoi moi ? demanda-t-elle tout haut, en essayant de ne pas trop montrer sa colère, laquelle était d'ailleurs moins dirigée contre lui que contre sa propre folie, qui la rendait sensible à son charme et l'aurait presque poussée à accepter son « marché ».

Visiblement, la question le prit de court, et c'était bien la première fois qu'elle le voyait ainsi déstabilisé. Les femmes ne devaient pas demander pourquoi, quand un homme tel que lui jetait son dévolu sur elles.

— Je… vous trouve très attirante. J'ai plaisir à être près de vous et… il m'a semblé que je ne vous déplaisais pas, moi non plus…

— Et puis, je suis là, sous le même toit que vous. C'est bien commode, commenta-t-elle en adoucissant toutefois ses paroles d'un sourire.

— Si vous voulez…

Il dut voir le piège qu'elle lui tendait, car il s'écarta avec élégance de la trappe qui s'ouvrait sous ses pieds.

— Si du moins vous pensez que la commodité a quelque chose à voir là-dedans… Il me semble que l'attraction mutuelle est plus importante.

— Quelle chance pour vous que vous soyez si attirant, charmant et distingué, milord, lui dit-elle doucement.

Quinn décroisa ses bras et l'examina plus attentivement. Quelque chose dans le ton de Celina ne lui disait rien qui vaille.

— Toutefois, continua-t-elle, tous ces avantages ne parviennent pas à contrebalancer le fait plutôt embarrassant que vous cherchez à profiter de mes ennuis pour satisfaire vos désirs.

— Celina…, commença-t-il, en avançant sa main pour lui toucher le bras.

Elle recula d'un pas.

— L'ennui, c'est que je me moque bien qu'un homme ait du charme, une belle allure et de l'argent. Ce que je veux, c'est qu'il ait de l'affection pour moi en tant que personne et non en tant que commodité !

Elle se souvenait de la façon dont les filles de la Porte Bleue parlaient de certains hommes qui étaient pour elles un peu plus que des clients ordinaires, chose rare, mais qui arrivait, parfois. « Ce n'est pas qu'il n'est pas gentil, disait l'une d'elles, mais il ne voit pas ce que je suis, seulement ce que j'ai à lui offrir. C'est comme s'il regardait à travers moi. »

— Vous voulez une déclaration d'amour ? Ma foi, si vous souhaitez entendre des mensonges, c'est toujours possible… Mais je vous croyais différente.

— Rien de ce que vous pourriez dire ne saurait me convaincre que vous m'aimez et rien non plus ne pourra me persuader d'entrer dans votre lit. Est-ce suffisamment clair pour vous ?

— Vous ne craignez pas que j'aille trouver votre mari et que je lui dise la vérité ? demanda-t-il, un pli ironique au coin de la lèvre, puisque aussi bien, vous me jugez capable des pires intentions…

— Je ne crois pas que vous feriez une telle chose, répondit-elle calmement. Agir ainsi serait renier votre sens de l'honneur et vous ne voudriez pas baisser dans votre propre estime, n'est-ce pas ?

Elle tourna les talons et s'éloigna, le cœur battant. C'est à peine si elle pouvait respirer, tant l'émotion l'étreignait. Derrière elle, le silence était plus terrifiant que n'importe quelle explosion de colère.

Chapitre 9

Quinn regarda Celina s'éloigner avec un mélange d'incrédulité et de fureur. Oui, de fureur. De toutes les femmes raisonneuses et opiniâtres qu'il avait eu la mauvaise fortune de rencontrer, celle-ci était bien la pire ! Elle n'était pourtant pas insensible à sa personne, c'était évident. Ou alors, elle était une excellente comédienne. Elle se trouvait dans une situation où l'on aurait pu s'attendre qu'elle accepte n'importe quelle offre et au lieu de cela, elle relevait son adorable petit nez et rejetait sa proposition comme s'il n'était qu'un vil débauché cherchant à corrompre une vierge. Quel choix pensait-elle donc avoir ? Retourner se jeter au pied de son mari et implorer son pardon ? L'homme ayant été brutal avec elle, c'était bien improbable. Ce serait se mettre elle-même la tête sur le billot… Et si elle comptait continuer à le fuir, elle n'avait que peu d'échappatoires. Elle aurait pu lui répondre qu'elle ne serait sa maîtresse que s'il éprouvait des sentiments pour elle, puis lui tourner le dos quand il aurait refusé, à bon droit, de la suivre dans ce genre d'errements. Mais au lieu de cela, elle en appelait à son sens de l'honneur !

« Tout ce que mérite cette dame, c'est que je découvre qui elle est exactement, se dit Quinn en traversant la pelouse en direction des écuries. Cela lui apprendra peut-être quelle chance est la sienne de se voir faire une offre généreuse par un homme capable de la protéger… »

Mais non, cela ne ferait que confirmer, hélas, ce qu'elle pensait déjà de lui.

En pénétrant dans le bâtiment, il émit un petit claquement de langue et Falcon passa sa tête élégante au-dessus de la demi-porte de son box, avec un hennissement de bienvenue.

— Tu le crois, toi, que je suis une ordure ? murmura-t-il au bel animal qui vint, en confiance, placer son museau soyeux dans sa main. Tu t'en moques, pas vrai ? Tant que je t'apporte un sucre de temps en temps…

Falcon poussa un nouveau hennissement profond, roulant des yeux, comme s'il voulait exprimer son désaccord.

— C'est comme Gregor… Si je lui en parle, il me dira que je suis un imbécile et me conseillera d'aller soigner ce qui me démange au bordel le plus proche…

— Ah, c'est vous, milord ? Je m'inquiétais…

C'était Jenk, le chef palefrenier, sa chemise mal fermée sur une culotte passée à la hâte et un fusil de chasse à la main.

— Ce cheval m'empêche de dormir…, dit-il. Vous savez qu'il arrive à ouvrir tout seul la porte de son box, avec son sabot ?

— Désolé de vous avoir dérangé, Jenk. Et mes excuses pour Falcon, aussi. Il n'a pas l'habitude d'être enfermé et de ne pas pouvoir courir où il lui plaît.

« Moi non plus, d'ailleurs. Ni de faire attention aux autres. Pauvre diable de Jenk… Il se lève probablement avant l'aube et moi, je me permets de le déranger dans son sommeil… »

— Ne vous inquiétez tout de même pas trop, reprit-il. Je crois qu'il mettrait sérieusement à mal le voleur de chevaux qui aurait la mauvaise idée de s'attaquer à lui.

Il caressa sa crinière tandis que le grand étalon posait doucement son front contre son épaule.

— Je vais le prendre pour une petite heure. Retournez vite vous coucher et ne vous dérangez pas quand je rentrerai…

Assise dans son lit, les bras autour de ses jambes et son menton posé sur ses genoux, Lina essayait de chasser les émotions qui l'assaillaient.

« J'ai envie de lui, mais il n'est qu'un libertin arrogant et dénué de toute sensibilité. Quant à moi, je ne suis plus cette petite souris effrayée. Je suis brave. Enfin… je crois… Il se moque bien de moi ; il ne veut que mon corps. Est-ce que ça compte seulement, si je le désire aussi ? Et pourtant, c'est vrai que je le désire. Mais je ne dois pas céder, je dois lui résister. Si je lui disais oui, je risquerais de voir ma vie entière aliénée par le seul fait que je me sois donnée à un homme. Va-t-il donc falloir que je passe le restant de mes jours sans savoir ce que c'est que l'amour ? De toute façon, peut-être bien que je monterai à l'échafaud sans jamais le savoir. »

L'échafaud ! C'était la seule réalité qui valait qu'elle s'en préoccupât, bien davantage que de se poser des questions sur l'égalité entre hommes et femmes ou de se demander si devenir la maîtresse d'un homme serait quelque chose qu'elle regretterait toute sa vie, étant donné que celle-ci risquait fort d'être brève et de lui laisser peu de temps pour les regrets. Dans ces conditions, pourquoi ne pas tout simplement accepter d'être la maîtresse de Quinn ?

Et se dire qu'elle ne parviendrait peut-être jamais à prouver son innocence dans l'affaire du vol de bijou ?

Elle retomba lourdement sur ses oreillers.

Abandonner la lutte ? Jamais !

Du point de vue légal, Quinn avait obéi aux dernières volontés de son grand-oncle en lui permettant de demeurer au château. Elle y resterait donc, qu'elle s'entende avec lui ou non. Et pour ses besoins pressants, eh bien, il n'avait qu'à se rendre à Norwich et se trouver une hétaïre de luxe !

Elle se souleva légèrement pour souffler sa chandelle. La chambre n'était plus éclairée à présent que par la lumière de la lune, qui teintait d'argent les contours des meubles et peuplaient les murs d'ombres étranges.

Par la fenêtre entrouverte, la brise agitait doucement les rideaux ainsi que les cordons qui les retenaient. Les cordons. La corde. L'échafaud…

Lina ferma les yeux et essaya de penser à Bella et à Meg. Si elle se concentrait très fort, qui sait, peut-être pourrait-elle faire naître un rêve où elles seraient réunies toutes les trois, heureuses et pleines de joie ?

Quinn posa doucement sa main sur la rambarde du grand escalier, tenant ses bottes de l'autre. A l'étage, le vieux parquet de chêne verni, qui n'était pas moquetté, craqua bruyamment sous ses pas, comme celui de cet empereur de Chine du conte, qui voulait entendre arriver ses assassins. Gregor avait certainement l'oreille aussi affûtée que celle du légendaire monarque. Il n'allait pas manquer de s'éveiller de son sommeil particulièrement léger et de se demander ce qui se passait. Rien. Il n'y avait rien à signaler. Quinn allait dormir, tout simplement.

Falcon, lui, était déjà assoupi dans son box, détendu par le galop qu'il venait de prendre dans la forêt endormie et Quinn ressentait une agréable fatigue, les muscles encore tendus d'avoir dû contrôler de la main et des jambes le puissant animal. Mais son esprit, au moins, était apaisé. Celina ne voulait pas de lui, pas contre de l'argent en tout cas, et lui n'était pas prêt à payer le prix sentimental qu'elle exigeait. Les prochains jours s'annonçaient difficiles, car il était probable qu'elle se hérisserait comme un porc-épic chaque fois qu'il la croiserait dans un couloir.

C'était bien dommage ! Il allait devoir embrasser un célibat forcé pendant quelque temps car étrangement il n'avait guère envie de galoper jusqu'à Norwich pour se chercher une femme. Quant à Celina, elle allait devoir s'habituer à le voir guetter en elle le moindre signe de faiblesse...

Il longea le corridor à pas de loup, ses bottes toujours à la main, passa devant la chambre de Gregor et esquissa un sourire, à l'écoute de ses ronflements sonores. Puis il s'arrêta devant la porte de Celina et s'immobilisa, pétrifié. Il venait d'entendre un choc sourd, un cri étouffé et le bruit d'une lutte. Il posa ses bottes sur le plancher, tira de la tige de celle de droite le fin poignard qu'il y tenait dissimulé, l'introduisit entre le battant et le chambranle et repoussa la clenche. La porte tourna silencieusement sur ses gonds.

La lune éclairait le lit et durant un instant, Quinn ne comprit pas exactement ce qui se passait. Puis il découvrit Celina, entortillée dans ses draps, ses mains serrées sur sa gorge et ses jambes nues battant frénétiquement l'air. Il ne fit qu'un bond jusqu'au lit et lui prit les mains, s'apercevant alors que le drap lui serrait également la gorge.

— Attendez, attendez, lui dit-il. Laissez-moi faire…

Il posa son poignard sur la table de nuit et entreprit de démêler le drap, repoussant les mains de Celina, qui luttait pour se libérer, toujours prisonnière de sa literie, mais aussi de son cauchemar. Ses ongles laissèrent des traces ensanglantées sur les mains de Quinn, qui dut réprimer un soupir de douleur. Enfin, il la libéra et elle retomba sur le dos, cherchant désespérément son souffle, tenant encore les poignets du jeune lord dans ses mains crispées, sans se réveiller.

— Non, non ! Je suis innocente !

— Celina !

Il la secoua, plus fort qu'il ne l'aurait voulu, tandis qu'elle le tenait convulsivement.

— Réveillez-vous ! Vous êtes en train de faire un cauchemar.

Enfin, elle ouvrit les yeux tout grands, dans son visage très pâle. Elle ouvrit la bouche pour crier et Quinn n'eut plus qu'une seule chose à faire pour la réduire au silence : il l'embrassa.

Il sentit alors son corps se tendre, s'arc-bouter, reçut ses seins contre sa poitrine… Puis soudain, elle s'amollit. Elle venait de s'évanouir. Cela n'avait rien d'une ruse, mais c'était pourtant exactement comme s'il venait de la prendre de force, sur ce lit. Il repoussa cette idée avec dégoût, se remit sur ses pieds et alla allumer un chandelier, afin de pouvoir juger des dégâts. Les blessures qu'elle lui avait infligées aux mains saignaient et elle avait du sang sur sa chemise de nuit ainsi que des marques rouges qui striaient sa gorge, là où le drap l'avait serrée. Le lit était un champ de bataille et Celina avait les jambes nues jusqu'au milieu des cuisses.

Il n'était pas question d'appeler une servante. Comment lui aurait-il expliqué la situation ? Mais il ne pouvait non plus la laisser ainsi. Il retira sa cravate et la mit en charpie pour pouvoir bander ses mains ensanglantées. Puis il souleva la jeune femme toujours évanouie et la porta sur la chaise longue, près de la fenêtre. Il rabattit pudiquement sa chemise de nuit sur ses jambes, trouva la couverture roulée en boule près du lit et l'en couvrit. Puis il retourna le remettre quelque peu en ordre. Par chance, il n'y avait pas de sang sur les draps. Mais il y en avait sur la chemise de nuit de Celina, ainsi que des marques rouges sur sa gorge.

Il la souleva de nouveau pour la remettre sur le lit, mais se rendit compte qu'il ne pouvait pas la laisser tout simplement ainsi, pour que quelqu'un la découvre au matin. Il allait lui falloir la veiller jusqu'à ce qu'elle s'éveille. Comme il la déposait sur le matelas, elle s'étira, murmura quelque chose et ses bras se refermèrent autour de son cou.

Et maintenant, que devait-il faire ? Il ne pouvait tout de même pas s'étendre auprès d'elle au risque de la rendre hystérique quand elle s'éveillerait et le trouverait dans son lit. Elle enfouit davantage sa tête dans son épaule et se serra contre lui, au plus profond de son sommeil. Alors il revint s'asseoir sur la chaise longue, la tenant toujours dans ses bras et l'installa comme il le pût, contre lui. La nuit promettait d'être bien longue.

Un léger bruit éveilla Quinn et le mit immédiatement en alerte. Il chercha machinalement son poignard avant de s'apercevoir qu'il y avait un corps contre le sien. Celina ? Les souvenirs de la nuit lui revinrent brusquement, avec une horrible précision. Le bruit venait de la porte qui tournait doucement sur ses gonds, laissant un bras musculeux apparaître, tenant les bottes qu'il avait abandonnées devant la porte.

Gregor…

Il siffla doucement entre ses dents et une tête apparut dans l'entrebâillement. Le Russe ouvrit de grands yeux en découvrant son ami sur la chaise longue, Celina dans ses bras, puis se renfrogna, avisant les bandages sur ses mains.

« Va-t'en ! » articula silencieusement Quinn.

Gregor leva un sourcil surpris, puis sourit.

« A bientôt ! » articula-t-il en silence à son tour.

Puis il disparut et la porte se referma, aussi silencieusement qu'elle s'était ouverte.

Quinn se laissa aller, la tête en arrière sur le dossier de la chaise longue, et regarda longuement le plafond dans la lumière de l'aube. Gregor devait être parti pour Londres pensant Dieu sait quoi, mais Celina, elle, allait bientôt se réveiller. Déjà, elle s'étirait, ses lèvres remuant doucement dans le cou de Quinn, lequel avait son col ouvert, à présent qu'il n'avait plus de cravate. Il essaya de détendre ses jambes comme il le pût et tressaillit. Ses mains lui faisaient vraiment mal et il allait lui falloir trouver une explication pour ces blessures. Tandis qu'il réfléchissait, Celina s'éveilla, remuant doucement contre lui. Qu'allait-elle croire ?

Elle émergeait délicieusement d'un rêve où elle se sentait protégée et en sécurité, serrée par des bras d'homme, contre un torse d'homme… Puis elle s'éveilla complètement et s'aperçut qu'il y avait bel et bien des bras autour d'elle, qu'elle était sur des genoux, que ce n'était pas un rêve, mais bien la réalité. Elle ouvrit la bouche pour crier mais seul un filet de voix éraillé sortit de sa gorge douloureuse.

— Laissez-moi partir ! parvint-elle à articuler en le frappant à la poitrine de son poing fermé.

Il la lâcha un peu, continuant toutefois à la maintenir sur ses genoux de son autre bras.

Elle se redressa comme elle le put.

— Vous ne souffrez pas qu'on vous dise non, c'est ça ?

— Vous avez fait un cauchemar, répondit-il sans sourire.

Il n'y avait, sur son visage, ni amusement ni désir. Que de l'attention, et des cernes sombres sous ses yeux.

— Le drap s'était enroulé autour de votre gorge et vous étiez en train de vous étrangler, vous avez lutté pour vous libérer.

Il montra son cou.

— Il y a des marques…

Elle baissa les yeux et vit du sang sur sa chemise de nuit.

— Oh, mon Dieu ! s'écria-t-elle.

— C'est mon sang…

Il lui montra ses mains bandées.

— Vous avez lutté contre moi.

Il ne résista pas quand elle le repoussa pour se mettre debout et qu'elle alla examiner la literie de plus près. Il put voir qu'elle avait encore de son sang au bout des ongles.

— Un cauchemar ? fit-elle.

— Vous avez dû croire que quelqu'un essayait de vous étrangler, lui expliqua Quinn, les avant-bras sur les genoux, évitant tout contact avec elle.

Lina posa sa main sur sa gorge. « Pas de m'étrangler, non, songea-t-elle, mais de me pendre. » Elle avait rêvé qu'elle était au pénitencier de Newgate, dans le quartier des condamnés à mort. On l'emmenait à l'échafaud, on lui bandait les yeux, on lui serrait la corde au cou, puis la trappe s'ouvrait…

— Celina !

Quinn la saisit par les épaules alors que la chambre s'était mise à tourner follement autour d'elle.

— Je suis désolée… Ça va mieux, maintenant…

Il la relâcha et ce fut pour elle un déchirement de ne plus sentir sa force la soutenir.

— Oui, je me souviens à présent. Est-ce que j'ai appelé ?

Elle avait certainement crié.

— J'étais dans le corridor… J'allais me coucher après être monté à cheval.

Lina se sentit rougir.

— J'ai entendu du bruit, des bruits étouffés, et j'ai cru que l'on vous attaquait. Mais vous étiez seulement entortillée dans votre drap, tout près de vous étrangler. J'ai essayé de vous libérer, mais… vous vous êtes défendue et puis vous vous êtes évanouie. J'ai voulu vous ramener sur votre lit, mais vous vous êtes accrochée à moi, alors je me suis installé avec vous sur la chaise longue. J'ai pensé que vous n'aimeriez pas vous réveiller et me trouver dans votre lit.

Au-delà de la brume de son cauchemar, Lina se souvenait d'un autre rêve, qui s'était enchaîné au premier d'une étrange manière. Il y avait un homme… Etait-ce Tolhurst ? Il l'embrassait, la caressait ; elle sentait son corps sur le sien et ne pouvait s'en libérer. Mais ce n'était pas du tout déplaisant, c'était plutôt doux et indéfinissable.

— Montrez-moi vos mains, lui dit-elle, sa voix sonnant curieusement dans sa gorge encore douloureuse.

— Tout va bien.

— Non, tout ne va pas bien ! Je vous ai fait mal alors que vous essayiez de m'aider. Et avant que vous m'expliquiez toute l'histoire, j'ai cru le pire, d'emblée.

Elle se leva, et alla verser de l'eau dans la cuvette.

— L'eau froide vous fera du bien. Trempez vos mains dedans, cela décollera les bandages.

Comme Quinn ne bougeait toujours pas pour venir la rejoindre, elle le regarda et lui dit doucement :

— Je suis désolée.

— Oh, il ne faut pas…

Il finit par se lever et s'approcha d'elle.

— Ne me décernez pas un brevet de gentleman parce que vous avez passé la nuit en sécurité dans mes bras… Voyez-vous, je préfère les femmes conscientes…

— Vous essayez de me choquer ? demanda Lina tout en s'apercevant qu'elle pouvait lui sourire. Parce que, après ce que j'ai entendu hier soir… Oh, mon Dieu, mais regardez vos mains ! Quinn, je suis vraiment désolée ! Il va y avoir des cicatrices et quoi que vous puissiez dire, les gens vont croire…

— Que j'ai essayé de violer une femme ?

Il baissa les yeux sur ses bandages, que l'eau décollait.

— Je suis parti me promener à cheval dans la nuit, j'ai trouvé un renard pris au piège, j'ai essayé de le libérer et il m'a ravagé les mains pour ma peine. Cela vous va, comme fable ?

— Oui, répondit-elle en fourrageant dans un tiroir. J'ai un onguent et un peu de charpie, ici. Je vais refaire vos pansements et nous déchirerons un vieux drap pour les faire tenir.

Sans plus penser qu'elle n'était vêtue que d'une légère chemise de nuit, elle sortit dans le couloir. Il y avait, dans une armoire, du linge de maison abîmé que l'on gardait à cet usage. Quand elle revint avec le carré de lin le plus doux qu'elle avait pu trouver, Quinn se séchait déjà les mains, regardant pensivement les zébrures sanguinolentes que les ongles de la jeune femme avaient laissées sur sa peau.

— Voilà… Asseyez-vous…, dit-elle.

Elle badigeonna d'onguent un peu de charpie, puis l'appliqua doucement sur les blessures de sa main droite, avant de recommencer pour la gauche.

Les griffures devaient lui faire très mal et les traînées rouges défiguraient ses mains qui étaient si belles et si élégantes. Elle les banda le plus légèrement qu'elle put, tout en s'assurant que le pansement demeurait bien en place, le temps que l'onguent puisse agir.

— Voilà, lui dit-elle, vous pourrez tenir les rênes ou un crayon et même porter des gants, si vous en avez d'assez larges.

— Et vous ? Vous avez des marques, aussi… Au cou…

Il lui souleva légèrement la tête, un doigt sur son menton.

— Et je ne vois d'autre explication à leur présence que la vérité, laquelle ne convaincra personne.

Lina s'écarta de lui pour aller chercher un miroir à main, regrettant la sensation des doigts de Quinn sur son menton et songeant, tout en se le reprochant, qu'il devait être très agréable d'être touchée par lui, partout. Les marques sur son cou ressemblaient exactement à celles qu'aurait produites quelqu'un qui aurait essayé de l'étrangler…

— Je peux simplement dire que j'ai mal à la gorge, et porter un foulard de flanelle. D'ailleurs, je ne crois pas que les marques se verront au-dessus du col de mes robes et dans quelques jours, lorsque les rougeurs auront disparu, je prétendrai être guérie et j'enlèverai l'écharpe, voilà tout.

— Retournez vous coucher, lui dit Quinn en prenant la cuvette. Je vais jeter l'eau et je vous rapporterai la bassine. Et pour votre chemise de nuit, qu'allez-vous dire ?

— Euh… que j'ai saigné du nez, improvisa Lina en plongeant dans un tiroir pour en extraire une chemise de nuit propre. Il y a décidément beaucoup d'accidents dans cette maison ! J'espère que Gregor a pu partir du château en toute sécurité…

— Il est parti, en tout cas, répondit Quinn en ouvrant la porte, le bassin à la main, tout en parvenant dans le même mouvement à attraper ses bottes. Je frapperai, en revenant…

Lina se changea en hâte, noua autour de son cou un foulard de flanelle rouge qui la fit immédiatement se sentir mieux et retourna dans son lit.

Comment Quinn savait-il que Gregor était déjà parti pour Londres ? Comment Quinn pouvait-il le savoir, puisqu'il avait passé la majeure partie de la nuit sur la chaise longue, avec elle ? Est-ce que cela signifiait que le Russe était au courant ? Et de quelle manière l'aurait-il su ? Curieusement, l'idée que Gregor fût au courant ne lui parut pas aussi dérangeante qu'elle aurait pu le croire. Entre les scandaleuses propositions de Quinn et ses propres pensées impures, elle commençait à se sentir au-delà de la gêne. Ou bien ressentait-elle de nouveau un surprenant sentiment de confiance ?

On frappa discrètement, il y eut une ou deux secondes d'attente respectueuse et Quinn revint, la bassine vide à la main.

— Je ferais mieux de me presser et de retourner dans mon lit avant que Peter ne vienne frapper à ma porte avec la sacro-sainte tasse de thé du matin ! lui dit-il.

Sur le seuil, il se retourna et lui sourit.

— Il ne vous manque plus qu'un bonnet de nuit pour compléter le tableau. On dirait la grand-mère du Petit Chaperon rouge attendant le grand méchant loup.

Lina resserra machinalement son écharpe de flanelle.

— J'ai appris à me méfier des grands méchants loups, milord.

Quinn sourit de nouveau.

— Ça, je l'avais remarqué…

Et il referma la porte derrière lui.

Chapitre 10

Lina craignait que les événements de la nuit ne rendent les relations plus tendues entre Quinn et elle, après l'intimité forcée qu'ils avaient dû partager. Il se trouva au contraire que la nécessité de donner le change aux domestiques ne fit qu'approfondir la complicité qui commençait à naître entre eux. Elle ne manqua pas en effet de feindre la surprise en découvrant les mains bandées du jeune lord au petit déjeuner et s'amusa à le complimenter sur l'humanité qui l'avait poussé à tenter de libérer un pauvre renard pris au piège. Il ne lui fut pas difficile non plus de feindre le mal de gorge, car celui-ci était bien réel, même s'il ne devait rien à un coup de froid et tout à l'étranglement dans son drap de lit. Compatissant, le personnel lui offrit de mettre du miel dans son lait et lui promit de lui faire profiter de l'infaillible recette de feu la mère de Trimble pour apaiser les gorges en feu.

— Je ne vais tout de même pas me laisser abattre par un simple rhume, répondit-elle sur un ton très convaincant à la question de Quinn qui lui demandait si elle ne ferait pas mieux de garder la chambre.

Elle savait qu'elle aurait dû conserver avec lui la plus distante réserve, mais cela lui était impossible, tant elle lui était reconnaissante d'avoir interrompu son cauchemar, en se faisant lacérer les mains au passage, qui plus est. Il s'était conduit ensuite avec énormément de correction, ce qui la troublait profondément, brouillant une fois encore les catégories qu'elle avait en tête et dans lesquelles il était toujours plus facile d'enfermer les gens. Si Quinn avait été réellement le débauché sans scrupules qu'il prétendait être, les choses seraient notablement plus simples et elle pourrait savoir, au moins, à quoi s'en tenir !

— Je crois que je vais marcher jusqu'à Upper Cleybourne et faire quelques courses, annonça-t-elle. Peut-être que l'air frais fera du bien à ma gorge.

— Me permettrez-vous de vous accompagner ? demanda Quinn, et comme le valet les laissait seuls, emportant les assiettes, il ajouta : comme cela, je pourrai renouveler ma demande à la lumière du jour, ce qui nous changera un peu…

— Oh, vous… !

Elle reposa la cuiller de miel qu'elle s'apprêtait à verser dans son lait chaud.

— Cette nuit, vous vous êtes conduit tout à fait correctement. Et maintenant, vous voulez encore essayer de faire de moi votre maîtresse ?

— Mais bien sûr !

Il la regardait entre ses paupières à demi closes, amusé par sa réaction indignée.

— Réfléchissez : si j'avais été le jouet d'une pulsion incontrôlable, j'aurais essayé d'attenter à votre pudeur sur cette maudite chaise longue, ce qui, vous en conviendrez, n'eût pas été digne d'un gentleman…

Il s'interrompit un instant, comme s'il attendait une réponse, mais n'en reçut aucune. Il continua donc.

— Au contraire, le fait que je me sois contenu vous indique que non content d'être parfaitement maître de moi-même, je suis toujours déterminé à obtenir un… arrangement avec vous.

Il s'interrompit de nouveau, attendant une réaction, mais Lina se contentait de le regarder fixement.

— Et contrairement à ce que vous pourriez croire, ce n'est pas du tout, chère Celina, parce que vous seriez « commode », comme vous dites.

— Si ce n'est pas une question de commodité, milord, lui

répondit-elle d'un air suave, tandis que le valet revenait avec une nouvelle cafetière fumante, je vous suggère de faire une promenade à cheval jusqu'à Norwich. Vous devriez trouver là un… *établissement* susceptible de vous fournir en abondance ce que vous recherchez.

— Sans doute, mais pas en qualité, je le crains, soupira Quinn en réponse, avec un petit sourire satisfait.

Il n'y avait guère de réplique à cela, pas devant les domestiques tout au moins. Lina se demanda toutefois ce qu'il dirait, s'il savait que la soi-disant femme mariée expérimentée à qui il faisait des propositions était en fait une vierge, qui n'avait de l'amour physique que des notions parfaitement théoriques.

« Il y a l'art de faire l'amour et puis il y a l'art d'aimer », songeait Lina en traversant le parc une heure plus tard, son écharpe de flanelle remplacée par un foulard de soie. Quinn était probablement versé dans le premier, mais il n'avait à l'évidence ni l'intention ni l'envie d'expérimenter le second, l'amour tout court, avec un grand A. Or, c'était bien la seule chose qui valait les risques qu'une relation amoureuse vous faisait prendre.

Sans amour réciproque, une femme était par trop vulnérable. Plus question pour elle de se marier, alors que le danger d'avoir un enfant ne lui était nullement évité. De plus, si elle était assez folle pour tomber amoureuse d'un homme qui ne l'aimait pas, elle sortirait brisée de leur relation. Il suffisait de voir ce qui était arrivé à sa mère et sa tante Clara : la ruine de leur réputation, la trahison et l'abandon. Leur seul recours avait été de se vendre et encore avaient-elles eu la chance de ne pas être enceintes au moment de la rupture.

La marche dissipa les derniers effets désagréables de son cauchemar et Lina se sentait beaucoup mieux lorsqu'elle arriva devant la vitrine des magasins Morston. On y trouvait de tout, depuis les lacets de chaussures jusqu'au papier à lettres, l'encre ou la cire à cacheter, des aiguilles à coudre jusqu'au tabac à pipe. L'endroit servait également de bureau de poste et de dépôt des journaux de Londres, ce dont Lina se souvint en rencontrant Mme Willets et ses filles sur le seuil du magasin. La dame avait un journal plié dans son cabas, dont la manchette indiquait qu'il s'agissait du *Morning Chronicle*. Lina la salua poliment et lui sourit.

— Madame Willets…

— Mademoiselle Haddon…

Après tout, il lui était peut-être possible de retrouver une relation normale avec les voisins. On devait bien s'apercevoir, à présent, que l'arrivée de Quinn n'avait rien produit de particulièrement scandaleux dans le pays.

— Un mot, s'il vous plaît, mademoiselle Haddon… Anna, June, continuez sans moi, et rentrez à la maison.

Les deux jeunes filles s'étant exécutées, Mme Willets entraîna Lina dans une ruelle adjacente.

— Mademoiselle Haddon, je vous serais reconnaissante de ne plus nous parler, ni à mes filles ni à moi-même, à présent que vous êtes… en relation avec le nouveau lord Dreycott.

— En relation ? Que voulez-vous dire exactement ? J'ai été l'hôte de feu Simon Ashley, lord Dreycott. Je reste dans sa maison selon sa volonté, exprimée dans son testament. Je ne suis pas du tout « en relation » avec son petit-neveu, si par là vous sous-entendez que je puisse entretenir quelque rapport immoral avec lui.

— C'est parfaitement ce que je sous-entendais, en effet, répondit l'autre d'un air pincé. Vous vivez sous le même toit qu'un libertin notoire et sans chaperon !

Puis sa voix monta dans les aigus.

— Que vous ayez eu l'effronterie de l'introduire dans notre congrégation, dimanche dernier, dépasse mon entendement !

— Etant donné que lord Dreycott est le seigneur de ces lieux et que cela fait de lui, il me semble, un membre éminent de la société locale, je pense n'avoir fait que mon devoir, répondit sèchement Lina.

Sa conscience était tout à fait claire sur ce point. Elle avait par ailleurs repoussé les avances de Quinn, mais cela ne regardait personne.

— Votre devoir ? Eh bien, le mien est de protéger les femmes respectables et les jeunes filles de cette paroisse, mademoiselle Haddon, et je puis vous dire que vous n'y êtes plus la bienvenue !

— Et que ferez-vous, madame Willets ? Vous me ferez lapider dans les rues du village ? Vos accusations en disent plus long sur votre propre sécheresse de cœur et sur votre manque de charité que sur ma prétendue immoralité. Bonne journée à vous !

Lina ramassa ses jupons et passa devant la mégère outrée pour entrer dans la boutique.

— Bonjour, monsieur Lucas. Auriez-vous du ruban de satin bleu, assez large ?

L'espace d'une embarrassante minute, elle crut que le commerçant allait refuser de la servir, mais il ouvrit un tiroir et en déposa le contenu sur son comptoir. Il avait beau avoir tourné le dos à lord Dreycott à l'église, comme les autres, une bonne partie de ses revenus venait du château et il n'était sans doute pas désireux de s'en priver.

Lina défit les rubans de sa capeline, afin de les comparer avec ceux que lui proposait l'homme. Il y en avait un qui paraissait de la couleur exacte et de la bonne largeur. Elle prit le carton sur lequel il était enroulé pour s'approcher de la vitrine et juger, à la lumière, si c'était bien celui qui convenait.

Mme Willets la regardait depuis le trottoir d'en face, en parlant avec une autre sorcière dans son genre. Lina présuma qu'enlever sa capeline dans une boutique devait être pour elles un signe certain de dépravation. Le menton levé, elle retourna au comptoir et acheta deux mètres de ruban, ainsi que la cire à cacheter que lui avait demandée Trimble. Le commerçant lui emballa le tout, elle le paya rubis sur l'ongle et quitta le magasin, ignorant superbement les regards des deux femmes, toujours plantées sur le trottoir.

Cet incident stupide lui avait gâché la belle matinée ensoleillée et le plaisir de marcher au grand air sur le chemin du retour et dans le parc. La perspective de devoir demeurer cachée dans un village où on lui battait froid n'était guère réjouissante, encore qu'il devait être possible, après tout, d'aller faire ses courses et de se rendre à l'église dans les bourgs voisins de Cromer ou de Holt.

Si seulement elle avait pu savoir ce qui se passait à Londres ! Sa tante allait-elle mieux ou plus mal ? Avait-elle trouvé le moyen de laver l'honneur de sa malheureuse nièce ? Comment avoir des nouvelles sans risquer de se montrer à la Porte Bleue ?

Elle pensa soudain à Mme Golding, la cuisinière… Cette dernière ne vivait pas dans l'établissement, mais chez sa fille, sur le Strand. Elle savait lire, était toute dévouée à son employeuse et s'était toujours montrée très aimable envers Lina. Elle pourrait certainement faire passer à tante Clara une lettre, sans que personne d'autre le sache dans la maison. Oui, c'était exactement ce qu'elle allait faire…

A présent qu'elle en avait pris la décision, elle ne pouvait plus attendre ; elle courut pour finir le trajet, sa capeline glissant en arrière sur ses épaules, seulement retenue par son ruban. Le souffle court, elle arriva sur le perron du château juste au moment où Quinn en sortait. Tout excitée par son projet, elle lui sourit et il répondit de même, ravi de cette bonne humeur dont elle semblait vouloir lui faire profiter. Il la saisit par la taille et la souleva de terre, en riant de la voir si joyeuse.

— Reposez-moi ! lui cria-t-elle, mais elle ne put s'empêcher de rire, elle aussi, tandis que, pivotant sur ses talons, Quinn la faisait tournoyer dans les airs.

— On dirait que vous avez trouvé un trésor, lui dit-il en la déposant doucement sur le sol.

— Il faut que j'écrive une lettre...

Elle sentit son excitation tomber d'un coup, remplacée par une sensation nouvelle qu'elle ne comprenait pas. Elle se sentait à la fois à bout de souffle et calme, dans l'attente de quelque chose d'indistinct. Ce n'était pas du tout une sensation désagréable, bien au contraire. Quinn dut voir s'opérer ce changement sur son visage, car il redevint sérieux, lui aussi, et s'approcha, ses mains toujours sur sa taille.

Puis il se pencha et déposa un rapide baiser sur ses lèvres entrouvertes.

— A quoi est-ce que je pense donc, soupira-t-il, de rester à bâiller aux corneilles devant une si jolie femme, sans chercher à l'embrasser ? Je dois avoir perdu l'esprit...

Mais son ton, léger, contredisait le sérieux de son visage et la petite ride soucieuse qui s'était creusée entre ses sourcils sombres.

Il la lâcha et s'éloigna à grands pas vers les écuries, la laissant sur les marches du perron, son baiser flottant toujours sur ses lèvres et son cœur battant très fort.

Il n'y avait pas de papier à lettres dans sa chambre, aussi se dirigea-t-elle vers le cabinet de travail de Quinn, dès qu'elle se fût redonné une apparence à peu près normale et assurée que le foulard cachait bien les marques rouges de son cou. La porte n'était pas fermée ; elle en déduisit qu'il n'y avait rien à l'intérieur que Quinn voulût garder secret, mais elle fut surprise par le nombre de dossiers et de piles de papiers dans tous les coins. Tout était visiblement en ordre cependant, répertorié par des étiquettes de couleur intercalées çà et là entre les feuilles.

Elle s'approcha pour y jeter un coup d'œil, par curiosité. Au bout de quelques secondes, elle comprit que les étiquettes bleues signalaient les feuillets des mémoires de Simon, dont beaucoup étaient jaunis, couverts d'une écriture large et élégante dont la finesse trahissait l'âge du scripteur.

D'autres piles, marquées en vert, regroupaient des actes et des comptes qui concernaient le domaine et il y avait également, en moins grand nombre, des documents regroupés sous des marques rouges. Ils portaient les titres : « cour ottomane », « import-export », « rituels religieux », « les harems et la condition des femmes ».

Très intéressée, Lina parcourut chaque pile. Lorsqu'elle eut fait le tour de la pièce, elle en arriva à la conclusion que Quinn était un rude travailleur, un homme de savoir et d'organisation.

Elle s'assit au bureau et prit une feuille vierge, mais ne trempa sa plume dans l'encrier qu'au bout de quelques minutes d'intense réflexion. Elle avait mal jugé Quinn. Elle l'avait pris pour un dilettante, parti en Orient à la recherche d'une certaine douceur de vivre ou d'une idée du luxe. Mais il n'en était rien. Comme il le lui avait d'ailleurs dit lui-même, il possédait de nombreuses facettes. Quel genre d'homme était-il véritablement ? Le libertin se révélait fin lettré et voyageur avide de comprendre le monde, même s'il appréciait les plaisirs de la chair et jugeait qu'il eût été hypocrite de le dissimuler.

« Qu'est-ce que cela peut me faire, après tout ? songea-t-elle en plongeant finalement sa plume dans l'encre, d'un geste décidé. Si je me sens serrée d'un peu trop près, je n'aurai qu'à rester ferme et à garder une servante auprès de moi, en permanence. »

Lorsqu'elle eut terminé de rédiger sa missive, elle la plaça dans une enveloppe à l'adresse de la cuisinière, avec un petit mot pour cette dernière, et se prépara à cacheter le tout en faisant fondre de la cire, qu'elle trouva sur le bureau. Elle hésitait à utiliser le cachet aux armes des Dreycott, car elle ne voulait pas donner d'indice qui permettrait à Makepeace de la retrouver.

En fouillant un peu, elle en trouva un autre, portant des armoiries qu'elle ne connaissait pas. Si la lettre était interceptée, elle ne fournirait aucune indication valable. Elle pressa donc le cachet sur la cire chaude, puis, cela fait, elle sonna Trimble et lui demanda de faire atteler un tilbury. Un valet la conduirait à Holt, plutôt qu'à Cromer, qui était plus proche et ainsi elle pourrait poster sa lettre en toute discrétion. Bientôt, elle l'espérait, elle aurait enfin des nouvelles de la Porte Bleue.

Quatre jours passèrent, sans qu'aucun événement notable vînt troubler la vie du château. A présent privé de l'assistance de Gregor, Quinn passait plus de temps dans son cabinet de travail et Lina, avec son accord, décida de mettre au rebut les plus mités des spécimens d'animaux naturalisés. Tous les produits chimiques furent emballés et envoyés à l'apothicaire local après qu'un examen attentif opéré par Quinn eut révélé qu'il y avait là des produits aussi dangereux que l'arsenic, l'antimoine et d'autres de tout aussi sinistre réputation.

Le dimanche, ils se rendirent de nouveau à l'église, où on leur réserva, une fois encore, un accueil des plus glacials.

Gregor écrivit de Londres, annonçant qu'il avait trouvé les deux hôtels particuliers en bon état. Quinn lut ce passage à Lina au petit déjeuner et se réserva le reste de la lettre, en souriant à sa lecture, ce qui fit deviner à la jeune fille que le Russe racontait son exploration enthousiaste des plaisirs que pouvait lui offrir la capitale.

Aucune lettre n'arriva pour elle. Elle essaya de s'en consoler en songeant que dans son état, sa tante écrivait peut-être lentement et qu'elle devait avoir beaucoup à raconter, mais après cinq jours, il lui fut de plus en plus difficile de faire semblant d'être de bonne humeur et Quinn s'en aperçut.

Il essaya de flirter avec elle pour la faire sourire, mais elle lui répondait par monosyllabes et le fuyait bien vite, l'esprit ailleurs. Elle était si distraite qu'une fois ou deux, elle s'aperçut, alors qu'elle était presque en bas de l'escalier, qu'elle n'avait pas mis le foulard qui dissimulait ses marques au cou.

— Milord vous prie d'accepter ses compliments, mademoiselle… Il vous demande si vous voulez bien vous joindre à lui dans son cabinet de travail, pour le thé.

Lina leva les yeux de sa couture et vit Trimble sur le seuil du salon, qui lui souriait. Elle lui sourit en retour.

— Je vous remercie, j'y vais tout de suite.

Voilà qui était nouveau… Quinn avait-il besoin d'aide pour trier ses papiers, en l'absence de Gregor ?

Elle posa sa corbeille à ouvrage et suivit le majordome.

Une fois dans le bureau de Quinn, Lina versa le thé, découpa le cake aux fruits et posa au moins trois questions pertinentes sur l'avancement du classement des papiers du vieux Simon. Elle crut ne s'en être pas trop mal tirée, lorsque Quinn lui demanda abruptement :

— Bon, que se passe-t-il, Celina ? Il y a quelques jours, vous étiez gaie et paraissiez heureuse. Il s'agit de vos sœurs ? La lettre que vous avez écrite, c'était pour elles ?

— Non.

Elle secoua la tête, néanmoins touchée qu'il se souvînt de Meg et Bella.

— Non, mon humeur n'a rien à voir avec elles. Je suis un peu cafardeuse, voilà tout.

— J'en suis désolé…

Il se tourna soudain vers la fenêtre, car on entendait les roues d'un attelage sur le gravier de la cour.

— Tiens, nous avons de la visite…, dit-il.

Il alla entrouvrir la porte de son cabinet de travail.

— Voyons un peu si nous avons envie de parler à ces gens…

Le grand hall faisant une excellente caisse de résonance, tous deux entendirent Trimble accueillir le visiteur et au son de sa voix en déduisirent que ce n'était pas une connaissance.

— Je vais voir si milord peut vous recevoir. Qui dois-je annoncer ?

Il y eut un murmure indistinct, puis on entendit plus clairement :

— De Bow Street, sur requête du procureur royal.

Lina laissa tomber la tranche de cake qu'elle avait à la main et bondit sur ses pieds. Quinn referma vivement la porte et s'élança pour la retenir par le bras avant qu'elle ne s'effondre, évanouie.

— Là, là, calmez-vous… Vous pensez qu'il vient pour vous ?

Bow Street était l'adresse du siège de la Sûreté. La plus efficace, la plus implacable des polices du royaume.

Lina acquiesça silencieusement, la bouche trop sèche pour pouvoir articuler un seul mot. Elle n'avait aucun moyen de s'échapper, pas avec la main de Quinn sur son bras et le policier à la porte.

— Vite, derrière ce paravent ! lui chuchota-t-il.

De la tête, il lui désigna l'écran tapissé d'une vieille toile de Jouy sur lequel il avait punaisé des cartes et des listes de documents. Comme elle le regardait éberluée, sans bouger d'un pouce, il ramassa en hâte l'assiette, la tasse et les couverts qu'elle avait utilisés et les fit disparaître dans un tiroir. Puis il alla s'asseoir dans un fauteuil.

— Vite ! répéta-t-il.

— Merci, murmura-t-elle en retour. Oh, merci !

Il secoua la tête et lui sourit. La porte s'ouvrait. Elle disparut.

— Milord, il y a là un inspecteur de la Sûreté qui demande à vous parler, entendit-elle Trimble annoncer, tandis qu'elle se pelotonnait dans sa cachette.

— Ne me dites pas que Gregor s'est déjà fait arrêter ? tenta de plaisanter Quinn.

Sa voix avait cette intonation amusée qui, elle le savait, pouvait dissimuler diverses émotions.

— Je ne saurais le dire, milord.

— Eh bien, faites-le entrer…

— Bonjour, milord…

La voix était calme et assurée, avec un accent londonien

reconnaissable. Lina résista à l'envie d'épier la scène entre les charnières du paravent.

— Asseyez-vous…

Le ton de Quinn était courtois, mais suggérait néanmoins qu'il était très occupé et n'appréciait pas particulièrement d'être dérangé.

— Que puis-je pour vous, inspecteur… ?

Il y eut un bruit de papier remué.

— Inspecteur Inchbold…

— Y a-t-il une jeune femme qui réside ici, milord ?

— Il y en a même six. Femmes de chambre ou bien aides de cuisine, quelques lingères et bien sûr, des servantes à la ferme, pour le lait, les volailles…

— Non, je veux parler d'une jeune femme qui se ferait passer pour une dame de qualité, précisa l'inspecteur. Dans les vingt ans, cheveux blonds, yeux bleus, joli visage, silhouette fine… Si vous voulez regarder ceci, milord, c'est un portrait établi d'après différentes déclarations…

— Ma foi, oui, il y a quelque ressemblance avec une jeune personne que j'héberge ici, reconnut simplement Quinn, après un temps durant lequel il avait dû examiner le dessin.

Lina mordit fébrilement son poing, à demi folle de terreur. Allait-il la trahir ?

— Puis-je savoir pourquoi vous me demandez cela ?

— Cette personne est recherchée pour meurtre et pour vol. Elle a dérobé le saphir des Tolhurst sur le cadavre de sir Humphrey en personne et nous pensons qu'elle pourrait également l'avoir tué, bien qu'il soit possible qu'il s'agisse seulement d'une crise cardiaque… Mais le vol, à lui seul, pourrait la faire condamner au gibet.

— Grands dieux !

Dans le silence qui suivit cette exclamation de Quinn, Lina crut bien que les deux hommes allaient entendre les battements affolés de son cœur, tant celui-ci s'emballait. Elle serra frénétiquement les poings pour ne pas s'effondrer sur le plancher. A travers le sifflement de ses oreilles, elle entendit celui qui était supposé être son protecteur déclarer :

— C'est une affaire sérieuse en effet, inspecteur. Vous pouvez être assuré de mon entière collaboration.

Chapitre 11

Quinn allait donc la trahir, l'abandonner ! Un calme effrayant descendit sur elle. S'il n'y avait plus rien d'autre à faire, il lui restait au moins à se conduire avec dignité et courage. Si elle se laissait docilement emmener, elle aurait peut-être une chance, plus tard, de s'échapper. Mais la peine qu'elle avait ressentie en entendant les mots que Quinn venait de prononcer tranchait à vif, comme une lame.

— Comment s'appelle cette personne ?

— Celina Shelley, milord, répondit le policier.

— Il doit y avoir une erreur, alors. La jeune femme qui vit ici se nomme Celina Haddon.

— Un faux nom, probablement. C'est très classique ; beaucoup de gens qui changent d'identité gardent leur véritable prénom, c'est une sorte de défense, vous comprenez ? Comme cela, ils restent un peu eux-mêmes, malgré tout. Ça n'est qu'un indice de plus qu'elle est bien une voleuse et une prostituée. Elle vient de l'une des maisons closes les plus réputées de Londres : la Porte Bleue, près du palais de Saint-James.

Il y eut un silence et on entendit de nouveau la voix de Quinn :

— Quand et où ce vol a-t-il eu lieu ?

— A Londres, milord. Dans l'hôtel particulier de sir Humphrey et en plein jour. Le 5 mars dernier.

— Alors, à moins que vous m'expliquiez comment une femme peut se trouver à deux endroits différents et des deux côtés de la Manche à la fois, vous devez forcément faire erreur, inspecteur. Votre Celina Shelley et Celina Haddon font bien toutes les deux le plus vieux métier du monde, mais je peux vous affirmer que la deuxième était dans mon lit, à l'Auberge de la Couronne à Calais, les 4 et 5 mars de cette année.

— Nous savons pourtant que cette jeune femme est arrivée à Dreycott Park seule et en diligence, milord.

— C'est tout à fait exact…

Derrière son paravent, Lina ouvrait à présent des yeux ronds et s'aperçut avec surprise qu'elle pouvait encore respirer. Quinn ne l'abandonnait pas, du moins, pas tout à fait encore.

— J'avais des affaires urgentes à finir de régler à Calais, mais je savais mon grand-oncle en très mauvaise santé, alors j'ai envoyé Celina Haddon en avant. Je lui avais donné de l'argent pour qu'elle se loue une voiture, mais elle a préféré le dépenser à s'acheter une robe ou je ne sais quoi d'autre et a donc pris la diligence.

— Pardonnez-moi cette question, milord, mais vous avez envoyé votre maîtresse chez votre grand-oncle ?

— Je le savais malade et je pensais qu'elle s'occuperait bien de lui, affirma Quinn d'un ton sans réplique. Ce que j'ignorais, c'est qu'il était en fait à l'article de la mort. Quant à moi, je n'ai pu rentrer en Angleterre que sept semaines plus tard, mes affaires ayant entretemps pris une tournure qui m'a obligé à retourner de Calais à Paris. Quand je suis enfin arrivé à Dreycott Park, mon grand-oncle était mort.

— Je suppose que Mlle Haddon a des papiers, pour prouver qui elle est…

— Cela m'étonnerait !

Lina était certaine que Quinn venait de hausser les épaules.

— Ce genre de femmes n'en a jamais, vous le savez bien. Elle n'a pas de passeport, en tout cas. Je lui ai fait traverser la Manche dans les deux sens, sur un bateau de pêche qui appartient à l'une de mes relations. Pourquoi ? Vous doutez de ma parole, inspecteur ? Ou bien vous croyez que je suis incapable de reconnaître une femme que j'entretiens et qui partage mon lit ?

Il n'y avait plus aucun amusement dans sa voix, mais le ton tranchant du gentleman qui n'admettait pas que l'on pût le soupçonner de faire une fausse déclaration.

— Non, bien sûr que non, milord !

L'inspecteur de la Sûreté paraissait provisoirement dompté.

— Puis-je tout de même parler à cette personne ? demanda-t-il, néanmoins. C'est pour mes supérieurs, vous comprenez… Ils attendent mon rapport.

— Certainement, dès qu'elle rentrera. Elle adore faire de longues promenades dans la campagne. Revenez après le dîner, inspecteur, et vous pourrez l'interroger autant que vous le voudrez.

— Merci, milord…

Lina entendit le policier se lever et marcher vers la porte. Elle entendit également celle-ci se refermer, mais elle ne bougea pas, peu sûre que ses jambes pourraient la porter. La voiture de l'inspecteur s'éloigna sur le gravier de la cour. Quinn tira sur le cordon de sonnette.

Quelques secondes plus tard, la porte s'ouvrait de nouveau.

— Trimble, faites-moi appeler Jenk, qu'il vienne immédiatement… Ah… et… Trimble… aucun membre du personnel ne doit parler à ce policier, ni répondre aux questions de quelque étranger que ce soit, sous peine d'être immédiatement mis à la porte. C'est bien clair ?

— Oui, milord, je fais immédiatement passer vos instructions.

Quand il fut parti, Quinn s'approcha du paravent.

— Ne bougez pas de là et ne vous montrez pas, chuchota-t-il.

Le ton était froid et sec. Lina demeura immobile et entendit de nouveau le bruit des pas de Quinn s'éloigner en direction du bureau. De nouveaux coups résonnèrent à la porte.

— Jenk, je veux que vous rattrapiez la voiture qui vient de quitter le château et que vous la suiviez discrètement. Ne vous faites pas voir, vérifiez si celui qui est à bord reste seul ou si quelqu'un le rejoint et suivez-le jusqu'à sa destination, puis revenez me faire votre rapport.

— Oui, milord, je ferai très attention…

Il s'éclipsa rapidement et lorsque le silence fut revenu dans la pièce, Quinn éleva la voix de nouveau.

— Vous pouvez sortir, à présent, mais évitez de vous approcher de la fenêtre.

— Merci !

Lina parvint, Dieu sait comment, à rejoindre le premier fauteuil à sa portée, dans lequel elle se laissa tomber en tremblant.

— Merci, je croyais…

— Et moi, je croyais que vous m'aviez dit la vérité ! Or j'apprends que vous êtes en fait une fille de joie échappée d'un bordel de Saint-James !

Il se tenait debout devant elle, furieux, et la fixait d'un regard de glace.

— Je viens de donner ma parole à un représentant de la loi que vous n'étiez pas ici. Mais maintenant, vous allez me dire la vérité, sinon je vous jure bien que je le relancerai à vos trousses avant même que vous ayez eu le temps d'articuler le mot « prison » !

— Je n'ai pas volé le saphir et je ne suis pas une prostituée.

— Vous allez peut-être me dire aussi que vous ne connaissez pas cette maison de passe, la Porte Bleue, et que vous n'avez jamais rencontré personne du nom de Tolhurst ?

— Si, je vivais dans cette maison.

Les sourcils de Quinn se haussèrent de surprise.

— Et j'étais dans la chambre de sir Humphrey Tolhurst quand il est mort. Mais je ne lui ai rien volé.

— Expliquez-vous !

— Ma tante est la propriétaire de la Porte Bleue. Elle est malade et c'est elle qui m'envoyée chez votre grand-oncle, parce qu'ils se sont connus il y a longtemps et qu'elle avait confiance en lui. Il savait toute la vérité sur moi. Ma tante pensait que les policiers et les hommes de loi ne croiraient jamais en mon innocence. S'ils n'ont pas encore trouvé qui a vraiment dérobé ce saphir, ils vont me pendre !

— Et vous me verriez bien devenir votre complice, n'est-ce pas ? Cela ne me surprend pas. Après tout, est-ce que je ne viens pas de convaincre ce policier que vous n'étiez pas en cause ? Montons !

— Pour quoi faire ?

Elle ne bougea pas. Elle avait à présent affaire à un homme qu'elle ne connaissait pas : dur, en colère, sans la moindre trace d'humour ou de sympathie.

— Vous croyez que je vais vous demander de me rembourser en nature des mensonges que j'ai dû proférer pour vous protéger ?

Elle pâlit.

— Non, acheva-t-il sans lui laisser le temps de répondre. Rien d'aussi agréable, je le crains. Il nous faut mettre au point une petite représentation théâtrale qui achèvera de convaincre l'inspecteur Inchbold. J'espère que vous savez jouer la comédie ?

— Je... j'essaierai.

Le regard qu'il lui lança semblait lui promettre de nombreuses conséquences si elle n'y parvenait pas et aucune ne paraissait plaisante. Elle le suivit alors en tremblant hors du cabinet de travail puis dans le grand escalier.

Il se dirigea tout droit vers la chambre de la jeune fille et entra, ne s'arrêtant qu'une fois devant sa penderie.

— Montrez-moi vos robes !

Lina ouvrit la double porte et poussa les cintres les uns après les autres, pour qu'il pût bien les voir toutes.

— Mettez celle-ci, lui dit-il en montrant une robe de soie bleu sombre.

Une de celles qu'elle n'avait pas teintes.

— J'ai besoin d'une servante, pour m'aider.

— Vous devrez vous contenter de moi. Moins les domestiques seront impliqués dans toute cette histoire et mieux cela vaudra. Je ne tiens pas à les mettre en danger, eux aussi.

Sur ces mots, il la prit par les épaules, la fit pivoter devant lui et commença à délacer la robe qu'elle portait.

— Quinn ! s'exclama-t-elle, vous ne pouvez tout de même pas me déshabiller !

— Pourquoi ? C'est le fait qu'il n'y a pas d'argent échangé, qui vous gêne ?

Elle agrippait désespérément son corsage, le retenant sur sa poitrine, davantage bouleversée par ses manières abruptes qu'elle eût pu l'être si ses doigts avaient doucement effleuré sa peau nue au passage. Mais les gestes de Quinn étaient rapides et sans précaution. Elle laissa la robe tomber à terre et enfila très vite celle qui devait la remplacer, en la faisant passer par-dessus sa tête, toujours sous le regard glacial de son compagnon.

Il la lui laça de la même façon froide et impersonnelle, puis la fit pivoter de nouveau pour lui faire face. Elle eut un petit sursaut quand il tira sur le tissu pour faire un peu ressortir les globes de ses seins du décolleté bordé de dentelle.

— C'est mieux, grommela-t-il. Vous avez du maquillage ?

— Non, je n'en porte jamais. Je vous ai dit que…

— Venez dans ma chambre, la coupa-t-il. Le tableau n'est pas encore assez édifiant à mon goût…

La tirant sans ménagement par le bras, il lui fit retraverser le corridor.

— Nous allons vous faire ressembler à ce que vous êtes.

— Mais…

— En d'autres termes, ni une vierge ni une nonne. Nous allons exposer le visage de la véritable Celina et lui arracher son masque de vertu. Asseyez-vous !

Il la poussa dans un fauteuil, devant une petite table près de la fenêtre et alla fourrager dans un tiroir de sa commode, puis il revint avec une boîte à la main. Il ouvrit et la déposa devant la jeune fille, qui put voir qu'elle contenait des petits pots, des cubes, des brosses et des éponges.

— Vous avez du maquillage ? bredouilla-t-elle.

— Oui, nous nous sommes parfois trouvés, Gregor et moi, dans des situations où il eût été dangereux de s'afficher comme les Européens que nous sommes…

Tout en parlant, il ouvrait les pots et les déposait sur la table.

— Restez tranquille !

Une petite palette entre ses doigts, il commença à mélanger le contenu de certains pots avec un pinceau.

Lina se tint coite, plus accommodante qu'une poupée de son, tournant la tête d'un côté ou de l'autre comme il le lui ordonnait, ouvrant et fermant les yeux sur ses injonctions. Elle se sentait aussi mal qu'au cours des heures terribles qui avaient suivi la mort de Tolhurst. Le danger était bien réel, ce n'était plus le cauchemar lointain qu'elle avait essayé de tenir à distance. Elle pouvait presque entendre craquer les marches du gibet.

— Ne pleurez pas, lui dit Quinn d'un ton bref, le pinceau à un centimètre de son œil gauche.

— Je ne pleure pas, répondit-elle en refoulant ses larmes.

Il avait l'air tellement en colère contre elle ! Bien sûr, il en avait le droit. Quelles seraient les conséquences pour lui, si la police apprenait qu'il avait menti pour la protéger ?

— Voilà, dit-il en la prenant par les épaules pour la tourner vers le miroir.

Lina ne reconnut tout d'abord pas la femme qui lui faisait face. Un ombrage subtil lui creusait les joues, faisant saillir ses pommettes. Son nez paraissait plus court et ses yeux plus sombres.

— J'ai l'air plus âgé, murmura-t-elle, momentanément distraite de ses craintes par cette surprenante transformation.

— Vous paraissez différente. Cela renforce la vraisemblance…

La tâche qu'il venait d'accomplir semblait avoir apaisé un peu sa fureur. Il la regardait toujours avec sévérité mais au moins, il paraissait moins disposé à la balancer par la fenêtre.

— Des bijoux ?

— Je n'en ai pas beaucoup.

— J'avais remarqué.

Il posa sur la table un écrin recouvert de cuir.

— Vous les avez laissés quand vous vous êtes enfuie ? Il y a là-dedans de quoi faire l'affaire.

Il ouvrit l'écrin, découvrant une paire de grosses perles roses en pendentifs d'oreilles, deux bracelets d'or garnis de perles également et une belle chaîne d'or.

— Ils sont magnifiques ! murmura Lina en levant vers la lumière l'une des boucles d'oreilles pour mieux admirer la perle irrégulière qui l'ornait, mais ils ne vont pas du tout avec la robe bleue.

— Tant mieux, un brin de vulgarité complétera parfaitement le tableau…

Il lui passa la chaîne, qu'il referma autour de son cou avant de s'assurer qu'elle pendait de façon suggestive dans le sillon d'entre ses seins.

— Ce sont des perles d'eau douce, un travail ancien et délicat qu'il convient d'assortir à une toilette simple, pour les mettre discrètement en valeur. Si vous les portez avec n'importe quoi, comme à présent, vous donnerez l'impression d'une femme déterminée à montrer le dernier cadeau qu'elle a reçu, sans se préoccuper du bon goût.

— Je comprends, bredouilla Celina.

Elle avait vu des femmes s'afficher ainsi dans de belles calèches, dans Hyde Park, devant les passants scandalisés.

— Il faudra que je flirte avec vous, que j'évalue l'inspecteur du coin de l'œil, puis que je lui fasse sentir qu'il n'est pas digne de mon intérêt, que je boude si je n'ai pas constamment votre entière attention et que j'aie l'air de ne pas comprendre grand-chose à ce qui se passe…

— Exactement ! On dirait que vous avez fait ça toute votre vie.

— Pas du tout, je…

Quinn l'arrêta d'un geste impérieux de la main.

— Je sais, votre spécialité, c'est de jouer les vierges. Je vous ai vue à l'œuvre ; timide et innocente un moment, hardie l'instant d'après... Du moins, c'était le cas avant que vous ayez décidé de vous fixer une règle de conduite pour le personnage que vous jouez avec moi...

Ce n'était pas entièrement faux et cela la fit rougir. Naturellement, il s'en aperçut.

— Quinn, il faut que je vous explique...

— Vous le ferez plus tard, si du moins nous ne sommes pas bouclés à la prison du comté d'ici là. Il faut que je me change. Vous feriez bien d'aller arranger vos cheveux, aussi différemment que possible de la façon dont vous les portiez le jour du vol. Puis vous descendrez dans le salon. Ne parlez pas aux domestiques. Je répète que je ne veux pas qu'ils soient impliqués dans tout ceci.

Lina ouvrit la bouche pour répliquer et tâcher de lui faire entendre son point de vue, mais Quinn était déjà en train de déboutonner sa jaquette d'une main, tout en défaisant sa cravate de l'autre. Elle renonça et quitta la pièce.

Trimble écarquilla les yeux quand il la vit descendre l'escalier et Michael resta un long moment bouche bée, avant de recouvrer son expression habituelle. Les lèvres serrées, Lina se glissa dans le salon et s'assit sur le sofa en essayant de deviner les intentions de Quinn.

Il ne la croyait pas et pourtant, il ne l'avait pas livrée à l'inspecteur Inchbold. Pourquoi ? Elle réprima l'envie de se lever et d'arpenter le tapis de long en large, comme une bête en cage. Elle devait faire confiance à Quinn. Il n'était pas cruel, elle le connaissait suffisamment à présent pour le savoir. Mais elle savait aussi que sa sécurité dépendait maintenant d'un homme qui se sentait trahi, d'un gentleman en colère et qui avait toutes les raisons de l'être.

« Tu es intelligente et observatrice, se dit-elle. Tu sais comment se comporte une femme qui vit de ses charmes et tu as reçu suffisamment de leçons de la part des filles. Agis, pense comme une courtisane. Deviens une courtisane dans ta tête, sinon dans ton corps. »

Lorsque Quinn entra dans le salon, elle se leva avec un sourire et vint vers lui.

— Comme vous êtes élégant, ce soir ! lui dit-elle en le regardant à travers ses longs cils passés au noir de fumée.

Elle posa sa main sur la manche de soie vert sombre de son habit.

— Même l'inspecteur va en être impressionné…

Quinn l'escorta vers le sofa et quand il s'assit, sa tunique à l'orientale se releva un instant, découvrant une courte dague attachée sur ses reins. Elle savait qu'il en portait une autre en permanence attachée à sa cheville, et en le frôlant elle sentit la forme d'un pistolet sous son aisselle.

— Vous êtes armé ?

— Oui. La créature dont vous jouez le rôle n'aurait pas manqué de faire à ce sujet une remarque à double sens, en me complimentant sur ma panoplie, par exemple.

— Je suis sûre que vous avez un très gros pistolet, répondit Lina, en écarquillant légèrement les yeux.

— Il faudrait parvenir à le dire sans rougir, fit-il remarquer d'un air mi-figue mi-raisin.

Le gong du dîner résonna dans le corridor.

Tandis que Michael lui tirait sa chaise, Quinn fit le tour des portes-fenêtres de la salle à manger et les ouvrit une à une. Il s'assura également que la porte du fond n'était pas fermée.

« Il vérifie que nous avons des issues par lesquelles nous échapper », songea Lina, le cœur battant d'appréhension.

Le dîner passa comme un rêve. Lina se forçait à quitter Quinn des yeux le moins possible, afin de réagir à tout ce qu'il disait par des sourires, des hochements de tête, sans jamais le contredire et en portant sa main aussi souvent que possible sur son scandaleux décolleté plongeant. Il y répondait en soutenant son regard jusqu'à ce qu'elle se sentît devenir rouge de confusion. Quand elle détournait les yeux, ne pouvant plus supporter l'insistance de son regard, elle ne pouvait s'empêcher de regarder ses mains dont les longs doigts caressaient son verre de vin ou jouaient avec le manche de son couteau. Les égratignures qu'elle lui avait infligées de ses ongles s'étaient estompées, laissant toutefois des marques rouges qu'elle aurait voulu pouvoir caresser du bout des doigts.

Son souffle se fit bientôt plus rapide ; une étrange et insidieuse chaleur commença à irradier le bas de son ventre. Elle essayait de ne pas trop s'agiter sur sa chaise, mais ses seins se faisaient lourds et elle ressentait une bien déconcertante pulsation entre ses cuisses, qui la troublait terriblement.

Le repas se termina et Lina se leva, pour laisser Quinn déguster seul son porto.

— Restez, lui dit-il. Notre visiteur sera là d'un instant à l'autre. Michael ?

Le valet déposa les flacons sur la table et attendit, attentif aux ordres de son maître.

— Lorsque l'inspecteur Inchbold se présentera à la porte, que Trimble l'annonce immédiatement.

Michael acquiesça et sortit, les laissant seuls.

— Venez ici…

Quinn sortit un pot minuscule de sa poche et en dévissa le couvercle. Il y trempa le bout de son index. C'était un fard écarlate.

— Faites un peu la moue, Lina…

Avec quelques réticences, elle s'approcha et il lui badigeonna délicatement les lèvres en un mouvement précis et caressant, tantôt glissant et tantôt s'attardant sur leur pulpe.

— Voilà…

Par la fenêtre ouverte, le bruit des roues d'un attelage sur le gravier de la cour leur parvint, à travers les lourds doubles rideaux. Lina voulut retourner à son siège, mais Quinn la retint par la main.

— La touche finale…, murmura-t-il.

Puis il se pencha et l'embrassa sur sa bouche peinte.

Chapitre 12

Lina se retrouva prisonnière de deux bras solides qui ne lui laissèrent d'autre liberté que celle de se cambrer et de presser intimement son bassin contre une évidente érection. La langue de Quinn se fraya un passage dans sa bouche avec une parfaite assurance. S'il se souvenait d'avoir été repoussé dans cette même situation, il ne devait pas s'en préoccuper, cette fois.

Pas moyen pour Lina de se débattre, à peine de respirer. Il n'y avait que sa chaleur, la brûlure de sa bouche sur la sienne, la force de ses mains qui caressaient la peau nue de ses épaules.

Elle aurait voulu qu'il cesse immédiatement, tant elle était effrayée de sa propre réaction, de ce torrent de sensations inconnues qui la submergeaient, mais quand Quinn s'écarta un instant, elle appuya sur sa nuque de ses mains impatientes pour le ramener à elle.

— Oh non, lui murmura-t-il, la voix rauque. Nous n'avons plus le temps…

Il prit une serviette de table, en tamponna les lèvres de Lina, puis la passa sur les siennes, laissant une trace rouge sur sa joue. Puis il la fit se tourner vers le miroir qui ornait le dessus de cheminée et elle regarda leur reflet à tous deux. Sa bouche était rouge et gonflée de baisers. Les yeux de Quinn étaient brillants, en alerte et pleins d'excitation.

— Ça ira, dit-il.

Il se rassit et l'attira de nouveau contre lui.

— Vous êtes prête ?

— Prête à quoi ? murmura-t-elle, confuse, en regardant ses yeux verts si près des siens, essayant de ne pas défaillir.

— Par exemple, à prétendre que vous voulez le gros diamant qui se trouve dans ma chambre, répondit-il à mi-voix au moment où la porte s'ouvrait.

— L'inspecteur Inchbold, milord, annonça Trimble.

Lina n'osa pas regarder le majordome, mais au ton de sa voix, elle sut qu'il n'avait rien manqué de leurs transformations.

— Faites-le entrer.

Il caressa de ses lèvres et de son nez l'épaule nue de Lina, puis la poussa vers une chaise comme le policier entrait.

— Va t'asseoir comme une bonne fille, lui dit-il. Tu as déjà eu les perles, je garde le diamant. J'ai l'intention de le revendre.

Lina virevolta dans une envolée de soie, en remerciant le ciel que la chaise fût aussi proche. Soit à cause de ce baiser, soit à cause de l'arrivée de l'inspecteur, elle ne savait trop, ses jambes étaient en coton. Elle s'assit, posa son menton dans sa main et regarda la porte avec une moue boudeuse.

Inchbold était un homme à la carrure solide, s'il n'était pas très grand, et à la poitrine large. Son visage était celui d'un dur qui avait dû être mêlé à de nombreuses bagarres et ne redoutait absolument pas la prochaine. Il était habillé comme un citadin des classes moyennes, avec des vêtements correctement coupés dans un tissu bon marché, mais ses poches paraissaient rembourrées et ses bottines assez informes.

— Milord... Mademoiselle Shelley...

Il la regarda attentivement, pour voir comment elle réagissait à l'énoncé de son nom. Mais Lina se contenta de laisser glisser sur lui un regard vague et de hocher la tête.

— Asseyez-vous, inspecteur...

Quinn lui désigna une chaise en face de la jeune femme. C'était un grand honneur, pour un homme de sa classe sociale, que de se voir offrir une place à la table d'un aristocrate. Lina se demanda s'il s'agissait d'une manœuvre destinée à le mettre mal à son aise, mais le policier remercia d'un hochement de tête et s'assit tranquillement sur le coussin de satin.

« Un homme d'expérience et qui ne s'en laisse pas conter », se dit-elle, et son estomac se noua d'angoisse.

Quinn remplit des verres de porto et en tendit un à Inchbold.

— Voici donc *ma* demoiselle Haddon, dit-il. Pensez-vous toujours qu'il s'agit d'une sorcière capable de se trouver dans deux endroits à la fois ?

Inchbold mit la main à la poche intérieure de sa jaquette et en tira une feuille de papier pliée, qu'il déposa et lissa sur la table, du plat de sa main charnue.

— L'homme qui a dessiné ce portrait-robot est un de nos meilleurs spécialistes, dit-il tranquillement. En tout cas, il y a pas mal de ressemblance…

Lina regarda le croquis, exécuté au fusain et au pastel. Sans la connaître, l'artiste l'avait parfaitement représentée : les yeux agrandis de frayeur, les lèvres pincées pour les empêcher de trembler… Elle prit bien soin de ne pas s'émouvoir et de conserver sa moue boudeuse et ses paupières lourdes. Comme elle bougeait un peu la tête, une boucle échappée de sa coiffure vint lui caresser la joue. On était loin des cheveux simplement tirés qu'elle arborait chez sir Humphrey.

— Qui c'est qui a dit que c'était moi ? demanda-t-elle d'un air ingénu, en imitant l'accent faubourien de Dorinda, l'une des filles de la Porte Bleue.

— Nous avons eu cette information à la suite d'un appel à témoins paru dans le *Morning Chronicle*, dit le policier, ne s'interrompant de la dévisager que pour consulter de nouveau le dessin, afin, probablement, d'en vérifier les nombreuses ressemblances.

« Mme Willets, sûrement. Et non pas à cause de ma lettre à Mme Golding », songea Lina.

— La fille Shelley a été vue à l'auberge de la Belle Sauvage, à Ludgate Hill, continua l'inspecteur, où il est probable qu'elle a pris la diligence de Norwich…

— Ou celle de Bath, ou de Cambridge ou de Bristol…

— Oui, mademoiselle, c'est possible, répondit le policier avec un sourire carnassier, sans cesser de la regarder. Mais il est aussi possible qu'elle ait pris la diligence de Norwich, comme je le disais, et c'est là qu'un témoin de bonne moralité a attiré notre attention sur une femme mystérieuse qui venait d'arriver dans la région…

— Qui c'est, ça, la femme mystérieuse ? demanda Lina en s'efforçant de grasseyer de plus belle.

— Mais toi, voyons ma douce, lui dit Quinn en lui caressant la joue d'un air possessif. C'est toi, la femme mystérieuse…

Lina se frotta à sa main comme une chatte, pendant que l'inspecteur Inchbold paraissait se rembrunir.

— Vous connaissez Londres, n'est-ce pas, mademoiselle ? demanda-t-il.

— Bien sûr !

Le menton levé, elle le regardait maintenant d'un air de défi. Bonté divine, c'était terrifiant, mais excitant aussi ! Et plus encore de jouer ce double jeu avec la complicité de Quinn. Seule la présence de celui-ci empêchait le policier de la rudoyer comme il devait avoir l'habitude de le faire, avec les filles de joie.

— Vous connaissez la maison appelée la Porte Bleue ?

— Bien sûr ! Toutes les filles la connaissent. Un endroit très classe ! Mais moi, les maisons, ce n'est pas ce qu'il me faut. Je veux mon indépendance et puis un homme pour veiller rien que sur moi.

Elle se tourna vers Quinn et appuya ses paroles d'un sourire enjôleur.

— Que faisiez-vous en France ? demanda le policier, qui ne se laissait pas distraire.

— Mon… protecteur d'avant voulait à toute force voir Paris. Ça, pour le voir, il l'a vu ! Il a perdu tout son argent au Palais-Royal, à jouer aux quatre-vingt-un. Alors il m'a lâchée…

— Et je l'ai rattrapée par les cheveux, compléta Quinn.

Voyez-vous, inspecteur, je ne conçois pas la vie sans de l'argent dans ma poche et une jolie fille à mon bras.

Il avança le bras pour saisir le dessin.

— Allons, inspecteur… Elle est blonde, d'accord, et elle a les yeux bleus, comme beaucoup de blondes, vous le remarquerez… Elle fait commerce de ses charmes, je vous l'accorde encore, mais à part cela, dites-moi un peu où est la ressemblance ? Autant j'ai plaisir à partager avec vous un verre de cet excellent porto, autant je dois vous avouer que j'occuperais volontiers la soirée à tout autre chose…

Il appuya ses paroles d'un petit rire égrillard. Le visage du policier, lui, s'allongeait à vue d'œil.

— On dirait que je me suis laissé mener en bateau, dit-il, amer.

« Ne montre aucun soulagement, ne ris pas nerveusement et ne t'évanouis pas non plus… », s'enjoignit Lina.

— On dirait bien, oui, confirma-t-elle d'un air de souverain mépris, et je peux même vous dire qui vous a mis sur les dents ; c'est cette vieille toupie de Mme Willets, pas vrai ?

— Elle a quelque chose contre vous ?

— Elle trouve que je ne suis pas respectable.

— C'est après moi, surtout, qu'elle en a, intervint Quinn. J'ai une certaine réputation et Mlle Haddon ici présente n'aime pas beaucoup qu'on lui batte froid. Elle a eu une explication un peu orageuse avec la dame en question, qui est du genre vindicatif, si vous voyez ce que je veux dire…

Le policier regarda un instant la tenue de soirée exotique que portait Quinn, puis s'éclaircit la gorge, reposa son verre de porto et se leva de sa chaise.

— Eh bien, je suis désolé de vous avoir dérangé, milord, et je vous remercie de m'avoir écouté. Toutes nos excuses pour cette méprise.

— Bah, vous faites votre métier, lui répondit Quinn sans ciller. Rien à dire là-dessus, aussi longtemps que vous n'outrepassez pas votre autorité et que vous ne vous acharnez pas quand on vous démontre que vous faites fausse route.

Le policier comprit parfaitement l'allusion.

— Je rentrerai à Londres dès demain matin, milord. Nous ne vous ennuierons plus avec cette affaire.

Quinn attendit que la porte d'entrée se fût refermée sur leur visiteur avant de sonner le majordome.

— Trimble, lui dit-il, envoyez-moi Jenk, voulez-vous ? Et faites passer à tout le personnel le message que la tenue et le comportement de Mlle Celina n'étaient qu'un déguisement… Le policier était sur une fausse piste, mais il était délicat de le prouver sans user de certains subterfuges. Il est possible que circulent quelques ragots, à la suite de tout cela…

— Nous ne les écoutons jamais, milord, répliqua dignement le majordome. Je vous envoie Jenk tout de suite.

— Merci pour…, commença Lina, mais Quinn l'arrêta d'un geste.

— Pas maintenant. Pas ici.

Il fit les cent pas dans la pièce jusqu'à ce que le chef palefrenier frappe à la porte.

— En fait, ils étaient deux, milord, lui apprit celui-ci. L'autre s'occupait de poser des questions aux gens du village et alentour, jusqu'à Cromer. Il s'intéressait aux allées et venues de tout le monde au château. Vous voulez que je demande à Tomkin et à quelques gars de monter la garde, cette nuit ?

— Oui, faites donc ça, mais je ne veux aucune brutalité si vous surprenez quelqu'un à rôder. Vous viendrez me prévenir et c'est tout. Il s'agit d'une erreur sur la personne et il est inutile de vous mettre dans les ennuis pour cela. Merci, Jenk, et bonne nuit.

Lina se dandinait, mal à son aise, sous le regard de Quinn. Inchbold était parti, sa lettre à sa tante n'avait pas été interceptée, elle pouvait respirer un peu.

Pas pour longtemps, toutefois.

— Montons, lui dit Quinn d'une voix sans réplique. Je ne tiens pas à ce que nous soyons entendus.

Il lui tint la porte avec une parfaite courtoisie, puis prit fermement son bras et la conduisit dans sa chambre, qu'il verrouilla à double tour.

— Bien, dit-il en mettant la clé dans sa poche. Maintenant, répondez-moi : avez-vous volé ce saphir ?

— Non !

— Avez-vous quelque chose à voir avec la mort de cet homme ?

Tout en parlant, il commença de défaire les boutons de sa tunique de soie.

— Non, je…

Elle s'interrompit et essaya honnêtement de rassembler ses souvenirs afin de s'expliquer au mieux.

— Il était très excité. Je suppose qu'il a eu une attaque… ou une crise cardiaque… Enfin, quelque chose comme ça.

Quinn jeta sa tunique sur une chaise et commença de déboutonner sa chemise, tout en fixant sur elle un œil froid.

— Vous m'avez menti, Celina, et je n'aime pas qu'on me mente. Vous m'avez raconté que vous aviez fui un mari qui abusait de vous.

— C'est vous qui l'avez supposé et je ne vous ai pas détrompé, en effet. Je ne pense pas que vous m'auriez crue si je vous avais dit la vérité.

La chemise rejoignit la tunique sur la chaise et Quinn s'assit au bord du lit pour commencer à retirer ses bottes.

— Votre histoire n'était pas tout à fait au point, ce premier soir, n'est-ce pas, Celina ? Vous avez essayé plusieurs personnages avant de trouver celui qui convenait : la gouvernante de grande maison, puis la jeune fille timide, la demi-mondaine délurée…

Lina se mordait nerveusement la lèvre. Il lui était difficile de détacher le regard du torse musclé de Quinn. Certes, elle l'avait déjà aperçu nu, mais cela ne lui était d'aucune aide.

Au contraire, ce souvenir ne faisait qu'enflammer davantage l'étrange mélange de désir et de crainte qu'elle ressentait.

— Je dois reconnaître que vous étiez très à votre aise dans votre personnage de femme mariée en fuite, reprit-il. Vous avez parfaitement compris que cela vous gagnerait ma sympathie... Quels mensonges avez-vous racontés à ce pauvre Simon ?

— Aucun. Je lui ai dit l'entière vérité. Il avait connu ma tante, il y a longtemps. Je suppose qu'il l'a aimée...

— Et qui est-elle donc, cette mystérieuse tante ?

Seulement vêtu de son pantalon bouffant à l'orientale, les poings sur ses hanches étroites, Quinn la regardait, les pieds nus enfoncés dans l'épaisse descente de lit.

— C'est Mme Deverill, la directrice de la Porte Bleue, je vous l'ai déjà dit...

— C'était donc elle, la pieuse parente qui cousait pour les pauvres ?

Son visage ne montrait aucune expression notable, mais à ce signe, justement, Lina savait qu'il était furieux.

— Et que vous a-t-elle donc fait ? Elle vous enfermait dans sa maison de passe ? Vous cherchiez à échapper à sa cruauté ?

— Pas du tout ! Elle a toujours été très bonne pour moi et je l'aime tendrement.

Il n'était pas question de faire de tante Clara la méchante de cette histoire, même pour essayer de gagner la sympathie de Quinn. Mais si elle parvenait tout de même à placer un mot, à parler de Makepeace...

— Vous étiez sous mon toit, et sous ma protection ! Je n'apprécierais pas du tout d'être mêlé à un crime, Celina, et surtout pas à un assassinat. Regardez-moi bien... Est-ce que j'ai l'air d'un homme qui peut tolérer qu'on lui mente, forcée ou non ?

« Non, certes non, se dit Lina. Et rien d'étonnant à ce qu'il déteste qu'on lui mente, avec ce que lui a fait cette bohémienne, dans le passé. Il doit accorder un grand prix à la franchise, à présent. Surtout chez une femme... »

— Je vous l'ai dit, je n'ai pas commis de… Mais qu'est-ce que vous faites ?

Il commençait à déboutonner son pantalon.

— Je me déshabille. Nous allons nous coucher.

— Nous ? Je ne coucherai pas avec vous, Quinn, je vous l'ai dit.

Elle recula vers la porte, se souvenant un peu tard qu'elle était verrouillée. Elle souleva les vêtements qu'il avait abandonnés sur une chaise, pour chercher la clé. Dans quelle poche avait-il bien pu la mettre ?

— Vous voulez encore me faire mentir ? J'ai dit à Inchbold que vous étiez ma maîtresse.

Un bruit de soie tombée à terre et il se trouva nu.

Lina ferma les yeux, mais eut cependant le temps de constater la vigueur de son érection. On était bien loin du presque vieillard replet et haletant, le visage rouge, qui était mort en se jetant sur elle. C'était tout ce à quoi elle rêvait, toute seule, dans sa chambre de jeune fille. Un homme jeune et athlétique, dans toute sa splendeur. Une chaleur moite s'éveilla dans son ventre. « Ce n'est rien, se répéta-t-elle, rien que de la concupiscence pure et simple. »

Mais elle vibrait de désir…

— Je suis désolée. Mais je ne veux pas être votre maîtresse.

« Menteuse, oh, menteuse ! »

— C'est juste, oui, je me souviens. Vous ne vouliez pas être achetée, c'est bien cela ? Vous vouliez être aimée pour vous-même et rien d'autre… L'argent est une chose tellement sordide…

Il n'avait pas bougé et elle, elle devait lutter contre le désir irrépressible de rendre les armes et de lui ouvrir les bras. De tout abdiquer. Pour quelle raison, véritablement ? se demanda-t-elle avec sévérité. Parce qu'elle le désirait ou bien parce qu'elle avait besoin de sa protection et voulait se l'assurer en l'achetant de cette manière ?

C'était une pensée dérangeante, mais sa sécurité valait

bien un sacrifice. « Et puis, si je ne suis plus vierge, je perds toute valeur aux yeux de Makepeace. » C'était là un excellent argument.

« Ma réputation sera perdue. Mais elle l'est déjà. Je pourrais avoir un enfant. Mais peut-être que si je lui demande de faire attention… »

— Dites-moi, Celina, quand je vous ai embrassée, tout à l'heure, est-ce que vous avez détesté cela ? M'avez-vous demandé d'arrêter ? Vous ai-je forcé ?

— Non, admit-t-elle.

Elle ne pouvait pas mentir, il avait bien vu qu'elle répondait à son désir et qu'il l'excitait.

— Ecoutez-moi bien : vous n'avez qu'un mot à prononcer. Dites-moi que vous n'avez pas envie de faire l'amour avec moi et j'ouvrirai cette porte. Je vous le répète, je ne force pas les femmes. Même pas les courtisanes qui me mentent et se moquent éperdument des services que j'ai pu leur rendre.

Un silence assourdissant s'installa dans la chambre. Lina pouvait entendre son propre souffle et le sang qui battait à ses tempes.

— Je… je ne peux pas dire cela.

Elle crut l'entendre émettre un son étouffé, un soupir peut-être.

— Vous ne pouvez pas vous permettre de rester sur une mauvaise expérience avec un client. Je ne suis pas un vieillard à demi impuissant et vous n'avez pas besoin avec moi de faire semblant d'être vierge. J'ai l'intention de vous donner du plaisir. Alors ne restez pas plantée là comme une martyre chrétienne attendant les lions dans l'arène ! Je sais bien que c'est ce que l'on vous demande souvent et que c'est pour vous un moment désagréable à passer, mais pas besoin de jouer la comédie avec moi, pas de fausse virginité à grand renfort de sang de pigeon et ce genre de choses…

— Je ne peux pas, en conscience, vous dire que je n'ai pas envie de vous, répondit Lina, qui se concentrait sur la seule chose importante à ses yeux et n'écoutait ses commentaires cyniques que d'une oreille distraite.

Elle rouvrit les yeux.

Quinn alla plonger la main dans la poche de sa jaquette et en sortit la clé, qu'il lui tendit.

— Voici, lui dit-il en s'approchant d'elle. Prenez-la. Allez, prenez ! Et maintenant, dites-moi ce que vous voulez vraiment.

— Vous, répondit-elle simplement en tendant sa main, paume ouverte, pour qu'il y dépose le petit objet de cuivre.

Dès qu'il l'eût fait, elle tourna son poignet et laissa tomber la clé sur le tapis.

— Je vous préviens, lui dit-il en s'approchant encore et en la prenant par les épaules, je suis très en colère contre vous, Celina. Je ne suis pas certain que je pourrai vous pardonner jamais. Je ne suis pas d'humeur à la délicatesse, à la poésie et aux mignardises. Je veux une professionnelle et pas de chichis. C'est bien compris ?

— Oui, tout à fait.

Elle n'avait aucune idée de ce qu'il voulait dire. Elle sourit, le regarda bien en face et déclara :

— Je suis à vous.

C'était comme si elle se jetait dans le vide du haut d'une tour, mais étrangement, elle n'avait pas peur, seulement la certitude qu'elle venait de prendre une décision irrévocable. Mais une idée lui traversa soudain l'esprit.

« Si je n'ai pas peur ou si je ne le montre pas, il ne saura pas que c'est la première fois. Ce serait encore un autre mensonge. Je dois lui dire. »

— Quinn, il faut que vous sachiez… Ce n'est pas ce que vous croyez. En fait, je suis vraiment…

— Plus tard, dit-il la voix rauque, en commençant de déboutonner sa robe. Il n'est plus temps de parler.

— Mais…

La robe glissa de ses épaules et Quinn se pencha pour prendre la pointe de son sein droit entre ses lèvres à travers le fin tissu de sa chemise. Lina sentit ses protestations se dissoudre instantanément dans une flambée de désir qui, de sa poitrine, descendait tout droit entre ses cuisses. Les doigts de Quinn s'affairaient sur ses rubans, tandis que sa bouche passait d'un sein dressé à l'autre, les tourmentait, les léchait jusqu'à tremper sa camisole qui se collait à ses mamelons.

Il souleva la chemise, la fit passer par-dessus ses épaules et Lina se trouva nue, pour la deuxième fois, devant un homme excité. La panique la saisit un instant, mais elle croisa son regard, clair et intense, et la peur se changea en une sorte d'expectative où se mêlaient tout à la fois le désir et l'appréhension.

« Pas tout à fait nue, songea-t-elle, et un fou rire particulièrement incongru faillit la saisir, au point qu'elle dut se mordre les lèvres pour l'arrêter net dans sa gorge. J'ai toujours mes bas, mes jarretelles et mes chaussures. »

Quinn s'agenouilla, lui prit le pied gauche dans ses mains et lui retira son escarpin, puis il passa à l'autre. Lina retint son souffle en regardant ses cheveux sombres, sa nuque penchée vers elle. Dans cette position, il paraissait étrangement vulnérable et elle avança sa main pour caresser ses cheveux drus, avec une tendresse qu'elle n'avait jamais ressentie et que ne parvenait pas tout à fait à étouffer l'urgence brûlante de son désir.

« C'est de cela que rêvent toutes les femmes. » Et elle ne chercha plus à analyser pourquoi elle agissait ainsi. Tous ses calculs et son besoin de protection s'effaçaient devant le puissant désir d'être touchée et aimée par cet homme.

Il se pencha et embrassa sa jambe droite au-dessus de sa jarretière, ses mains montant à ses hanches pour mieux la retenir. En elle, la tendresse se fondit plus intimement avec l'envie.

Sa peau comprimée par la dentelle était brûlante et la bouche de Quinn s'activait d'une façon scandaleusement intime, montant toujours plus haut. Elle s'agrippa au bois de lit pour ne pas chanceler, tandis que les baisers brûlants et mouillés montaient encore. Elle poussa un petit cri de surprise extasiée lorsque la langue de Quinn entra dans les plis secrets et humides d'entre ses cuisses.

Elle avait vu cela sur des gravures, dans des livres d'images coquines qui traînaient un peu partout à la Porte Bleue, mais jamais elle n'aurait imaginé qu'un homme lui ferait cela lors de leur toute première fois. Non plus que cela ne serait pas seulement curieux ou embarrassant, mais…

La tête renversée sur le bois de lit, elle plongea ses doigts dans les cheveux de Quinn comme pour le retenir, l'empêcher d'interrompre cette honteuse et merveilleuse caresse qui la faisait trembler et fondre, jusqu'à ce qu'elle ne fût plus que plaisir liquide et fusion.

— Ouiiiii…, soupira-t-elle.

— Oui, murmura-t-il tout en s'écartant et en se relevant à demi. Mais plus tard. Montrez-moi d'abord ces talents que vous gardez tellement secrets…

Chapitre 13

« Il veut que je prenne l'initiative ? »

Inquiète, Lina ferma les yeux.

Pourrait-elle simuler l'expertise amoureuse d'après tout ce qu'elle avait entendu, observé ou bien lu dans ces petits livres qu'elle avait parcourus avec curiosité ?

Elle venait à peine de commencer à comprendre les attentes de son propre corps, pourrait-elle se servir de cette connaissance toute neuve pour lui faire l'amour ?

Elle rouvrit les yeux et examina Quinn sous ses longs cils baissés. Il était beau. Elle voulait le toucher, le goûter. Elle humidifia ses lèvres et vit qu'il n'en perdait pas une miette. Elle ne pouvait pas savoir ce qu'il imaginait, mais elle en voyait clairement l'effet sur son érection.

Elle se tourna, le poussant à son tour contre la tête de lit, et le prit par les poignets, comme si elle voulait les attacher dans un carcan. Ils étaient si proches que leurs corps se frôlaient intimement. Elle en était tout humide de désir et tremblait à l'idée de ce qu'elle allait oser faire.

Les yeux de Quinn, posés sur elle, brûlaient d'une attente qu'elle ne pouvait comprendre tout à fait. En tremblant d'émotion, elle se pencha et passa sa langue sur les muscles plats de son torse, juste au-dessus du sein droit. Cela sentait le sel, le musc et l'homme. Il eut une sorte de sursaut de plaisir qui la surprit. Puis, du bout de la langue, elle titilla son téton en fermant les yeux pour mieux sentir le minuscule bout de chair dressée sous sa caresse.

Il poussa un soupir rauque, et ses mains se crispèrent sur le bois de lit comme si elles y étaient réellement attachées. Lina promena sa langue jusqu'à l'autre mamelon, qu'elle tourmenta jusqu'à ce qu'il se mît à trembler de tous ses membres. Alors, elle se laissa glisser à genoux, sa langue descendant sur le nombril de Quinn, puis l'entourant d'un mouvement circulaire.

Elle posa ensuite ses mains sur les hanches étroites, davantage pour assurer son propre équilibre que pour le tenir. Il écarta les cuisses et elle comprit où tout cela allait la mener et ce qu'il désirait vraiment. Sa timidité, ses craintes semblaient s'être envolées. Elle frotta sa joue contre le membre dressé, fascinée par sa douceur. On aurait dit du velours. Il était très intrigant de sentir la réaction de son sexe à la moindre caresse.

— Lina…

C'était une plainte, un soupir, une prière tout à la fois. Elle se pencha et prit la verge à deux mains. Il frissonna.

C'était ce que les livres montraient. Oserait-elle ? Elle assura sa prise et il gémit encore. Elle tenta un mouvement, en haut… en bas… C'était si excitant…

Elle s'abandonna tout entière à l'exquise satisfaction de donner du plaisir à un homme. Cet homme.

Les mains de Quinn vinrent s'amarrer à sa tête et elle sentit son corps musclé frémir, comme s'il s'arc-boutait pour résister à quelque chose. Puis il la repoussa très doucement, se pencha et la souleva dans ses bras. Lina se retrouva déposée sur le lit en moins de temps qu'il ne faut pour l'écrire, puis Quinn agrippa ses fesses et presque instantanément, entra en elle d'un seul mouvement.

Ce fut un véritable choc, si rapide et plus fort que tout ce à quoi elle s'était attendue. Elle ne put s'empêcher de pousser un cri. Instinctivement, elle se cambra pour faciliter son intromission. Le choc, d'ailleurs, ne venait pas de la douleur, mais du plaisir. Elle ne soupçonnait pas toutes les sensations qui l'envahissaient à présent, celle de ne faire qu'un seul corps avec Quinn, de le compléter, celle d'être remplie à un point aussi effrayant que merveilleux. Tout son corps frémissait et elle brûlait de le caresser, de toucher chaque centimètre carré de son corps et de s'ouvrir encore davantage à lui. Tout cela se doublait d'une sensation d'inconfort, car elle gardait conscience de sa maladresse, alors même qu'elle faisait tant d'efforts pour se mouler au corps de Quinn.

Soudain, il jura sourdement. Elle ouvrit grand les yeux tandis qu'il se retirait. Il se retirait d'elle. L'absence tout à coup de sa masse, de sa chaleur, la laissa confuse et abandonnée.

Il roula de côté sur le large lit et resta étendu sur le dos à respirer comme un homme qui venait de courir vite, et longtemps.

— Quinn ?

Il sauta du lit et se cala dos au mur, comme si elle l'avait menacé d'un couteau.

— Quinn ?

Des jurons, des imprécations sourdes, voilà tout ce qui lui venait. Il se força pourtant à articuler :

— Vous étiez vierge !

Il avait pris une pucelle avec un minimum absolu de préliminaires, de caresses. Vite, fort et sans précaution. Les images qui hantaient encore ses cauchemars lui revenaient à l'esprit : la forme vêtue de haillons en lambeaux qui tremblait dès qu'il avançait seulement la main vers elle, ses yeux… ses yeux quasiment vitreux de terreur et d'angoisse. Il l'avait rachetée aux Turcs en même temps que Gregor. Deux épaves humaines, abandonnées de tous. Gregor avait eu la force de lutter pour survivre. Il avait même essayé de l'aider à ramener la jeune fille dans le monde des vivants. Il n'avait jamais pu découvrir son nom. Les hommes, tous les hommes, la terrifiaient. Au cours de la quatrième nuit, tandis qu'il dormait, elle s'était suicidée.

Durant des semaines, ensuite, Quinn avait été incapable de

toucher une femme, même la plus consentante d'entre elles. Peu à peu, il était parvenu à se raisonner, se disant qu'il avait fait tout ce qu'il pouvait pour elle. Mais il avait tiré de cette expérience certaines convictions et certaines répugnances qu'étaient loin de partager tous les hommes de son âge et de sa classe sociale. Une fois, il s'était aperçu que la professionnelle qu'il avait accostée un soir de désœuvrement et qui semblait se prostituer de son plein gré, le faisait en fait forcée par son souteneur. Ecœuré, il avait payé sans la toucher.

Et voilà qu'à présent, parce qu'il était excité et en colère, il avait confondu Celina avec une hétaïre d'un bordel de Constantinople ! Il avait sincèrement cru qu'elle en était une, quand elle l'avait pris dans sa bouche, vraisemblablement pour le contenter, pour se conformer à ses demandes. Comment avait-il pu se conduire ainsi et comment était-elle parvenue à surmonter la répulsion qu'elle avait dû ressentir à agir ainsi ? Comment tout cela aurait-il tourné, s'il ne s'était pas rendu compte de ce qu'il était en train de faire ?

En tournant la tête, il vit qu'elle était toujours étendue dans la position où il l'avait laissée. C'était bien son corps pâle qu'il voyait à présent et non plus celui, torturé et sanguinolent, de la malheureuse esclave. Son cerveau luttait à toute force contre la confusion qui régnait en lui. Celina avait admis qu'elle venait de la Porte Bleue, que sa tante en était la directrice. Elle avait également parlé de cet homme, mort en sa présence du fait de son excitation.

« N'empêche qu'elle était vierge. Ne te cherche pas d'excuses pour ce que tu as fait, il n'y en a pas. »

Celina le regardait, ses grands yeux pleins de confusion et de questions.

— Vous étiez vierge ?

— Vous n'avez pas envie de moi ?

Ils avaient parlé ensemble.

— Si…, admit-il à voix basse, les dents serrées.

Elle paraissait si douce, si vulnérable et si intensément

désirable. Il voulait, plus que tout, la reprendre dans ses bras, l'embrasser, la caresser avec douceur, avec lenteur, avec science, tout ce que méritait une vierge de la part du premier homme à qui elle se donnait.

— Pourquoi… vous êtes-vous arrêté, alors ?

A cet instant, Quinn comprit que pour autant qu'il désirait lui faire l'amour, elle le déstabilisait complètement, lui faisait perdre son sang-froid et qu'il se sentait plus ou moins en danger chaque fois qu'il la touchait. Ce qui était sans doute une bonne chose, songea-t-il avec une ironie amère, puisque de toute façon, il valait mieux qu'il ne la touche pas du tout, tendrement ou non.

— Vous me le demandez, vraiment ?

Il chercha son peignoir pour se couvrir un peu. Il avait un peu de sang sur lui. Celui de Celina.

— Jusqu'ici, je ne me faisais pas une habitude de déflorer les vierges. Il a fallu, pour cela, que je me retrouve englué dans tous vos mensonges.

Tout en parlant, il noua sèchement la ceinture autour de sa taille et rabattit le couvre-lit sur le corps nu de Lina, qui se redressa. Il put voir qu'elle faisait un effort manifeste pour reprendre ses esprits, lutter contre la frustration sexuelle qu'elle devait ressentir elle aussi, après tout.

— Vous êtes fâché parce que je ne vous l'ai pas dit. J'ai essayé pourtant…

— Fâché ?

Il alla chercher la carafe de brandy posée sur sa commode et s'en versa un grand verre puis, après un instant de réflexion, en versa un autre et le tendit à Celina.

— Je suis fâché, oui, vous pouvez le dire. Essayé de me dire que vous étiez vierge ? Vous n'avez pas dû essayer bien fort, mademoiselle Shelley ! En fait, je dirais plutôt que vous m'avez trompé. Vous ne croyez pas ?

— Si, je le reconnais, répondit-elle, le menton levé.

Ce n'était pas tant un défi qu'une marque d'amour-propre et Quinn en était conscient. Il l'admirait même pour cela.

— Vous pensiez peut-être que ça n'avait pas d'importance ?

— Je savais que je n'étais pas très habile et que cela n'allait pas vous plaire, mais les hommes ont l'air d'aimer que…

Quinn vit rouge.

— Je ne force pas les femmes ! Je ne déflore pas les vierges non plus et vous m'y avez pourtant contraint, parce que, je suppose, vous n'aviez pas d'autres moyens de me persuader de continuer à vous protéger et de ne pas vous livrer aux autorités. Ce qui laisse entendre, au passage, que vous ne vous fiez pas davantage à ma parole que je ne puis me fier à la vôtre.

— C'est faux, protesta-t-elle en se redressant encore sur le lit, ce qui fit glisser la couverture de soie, avec un effet non voulu mais dévastateur sur la résolution de Quinn. J'ai voulu faire l'amour avec vous parce que je vous désire !

Les grands yeux bleus ne purent soutenir son regard plus longtemps ; elle baissa ses longs cils. Quinn essayait de résister au plaisir ridicule et trompeur qu'il ressentait en entendant ces paroles. Il ne pouvait faire confiance à cette femme, mais ses propres instincts le trahissaient.

Elle jouait encore la comédie, c'était sûr, et il se demandait si cette déclaration, faite avec de grands yeux émus, n'était pas sa meilleure réplique de toute la pièce. Celina Shelley était une courtisane probablement entraînée à tous les artifices de sa profession et qui pouvait espérer, plus tard, prendre la succession de sa tante. Elle avait failli perdre sa virginité dans un échange très profitable avec Tolhurst, mais le cœur du vieux marcheur n'y avait pas résisté. Cela n'avait sans doute pas été une expérience très plaisante, mais il était néanmoins difficile de croire que sa tante, qu'elle disait aimer, l'avait forcée à se prostituer contre sa volonté.

Il n'y avait donc pas d'autre explication à sa volonté soudaine de faire l'amour avec lui en en prenant l'initiative, que sa sensualité.

— Oui, j'aurais dû vous le dire, reprit-elle dans un sursaut d'indignation, mais je ne savais pas comment vous l'auriez pris. Vous êtes un libertin, vous me l'avez dit vous-même. Je croyais… que les libertins ne s'arrêtaient pas à ce genre de choses.

— Eh bien moi, si ! Si vous pensez cela de moi, où croyez-vous donc que je place mes limites ?

Il se laissa tomber dans un fauteuil, à bonne distance du lit, pour ne pas être tenté de tordre le cou ravissant de la demoiselle.

— Et couvrez-vous, bon Dieu ! Je ne suis pas de bois !

Confuse, Lina ramena frénétiquement le drap sur elle tandis qu'il essayait de se calmer. Au moins, songea-t-il, il n'y avait pas de risque qu'il lui ait fait un enfant. Il n'aurait plus manqué que cela !

— Je suppose qu'avoir été accusé faussement d'avoir séduit la fille de lord Sheringham vous aura rendu hypersensible à certaines choses, continua Lina. Etre la victime d'attaques mensongères doit vous faire particulièrement détester le mensonge. Mais je n'ai pas voulu vous tromper par fausseté ou par malice.

Quinn la regarda. Elle était à présent recroquevillée contre les oreillers et drapée dans la soie verte du couvre-lit. L'image même de la maîtresse dont on rêve, n'étaient son visage grave et ses yeux agrandis par l'anxiété. N'était aussi sa jolie lèvre inférieure que dans son trouble elle mordillait. Sa colère n'était plus aussi vive et il essaya d'écouter la voix de la raison. Oui, maintenant, elle disait probablement la vérité : elle n'avait certainement menti que parce qu'elle avait peur. Il n'était pas encore bien sûr de la raison pour laquelle elle avait voulu venir dans son lit. Non pas qu'il mésestimait son charme, il savait que les femmes le trouvaient généralement attirant, mais il fallait plus que cela à une vierge pour céder…

Il essaya de se remémorer l'enchaînement exact des événements. Elle avait failli laisser sa virginité à Tolhurst, pourquoi n'aurait-elle pas voulu se donner à lui, Quinn Ashley, afin qu'il la protège ? Et l'idée qu'une fois devenue sa maîtresse, elle le garderait d'une manière ou d'une autre attaché à elle n'était pas fausse.

— Allez-vous revenir au lit ? demanda-t-elle.

— Non, je viens de vous le dire.

— Pas de vierge, je sais. Mais je ne le suis plus.

— C'est tout comme, grogna Quinn en essayant de ne pas trop se remémorer le velours brûlant, étroit et soyeux de son sexe autour du sien.

— Est-ce que ça n'est pas pénible, pour un homme, d'arrêter aussi brusquement ? demanda-t-elle d'une toute petite voix.

— Ça ira mieux dans quelques minutes.

C'était tout de même étrange chez elle, ce mélange d'innocence et d'expertise…

— Surtout si vous me laissez. Vous devriez retourner dans votre chambre maintenant. Est-ce que… est-ce que ça va ?

Il aurait dû s'en préoccuper avant. Il lui avait fait mal, certainement. Toujours son sale caractère… Il ressentit une désagréable poussée de culpabilité, qu'il essaya de chasser immédiatement de son esprit.

Elle se mordit un peu la lèvre.

— Je suis un peu courbatue, juste un peu, dit-elle pour le rassurer.

Quinn se radoucit. Elle était vraiment courageuse. Il ne servait à rien de s'énerver et il ne pouvait tout de même pas la jeter dehors.

— Il vous faut un bain chaud, lui dit-il, essayant de prendre les choses du côté pratique. Avec des sels.

Il alla ramasser les vêtements de Lina sur le tapis et se dirigea vers la porte.

— Restez ici, je reviens…

Il pouvait au moins lui procurer un peu de bien-être physique, s'il ne savait pas comment pallier la détresse qu'elle allait inévitablement ressentir le lendemain lorsque la peur engendrée par la visite du policier et l'excitation auraient disparu et qu'elle comprendrait ce qu'elle avait fait.

Lina refoulait ses larmes. Elle n'allait pas s'effondrer et sangloter devant Quinn. Pas après ce qu'elle avait fait. Il était furieux contre elle parce qu'elle lui avait menti, parce qu'elle l'avait obligé à mentir lui-même aux autorités et parce qu'elle ne lui avait pas dit qu'elle était vierge. Elle avait cru qu'il pourrait tout simplement prendre du plaisir avec elle, comme la plupart des hommes. Mais apparemment, il ne le voulait pas. L'idée même le mettait en colère.

Si elle avait su dès le début qu'elle pouvait lui faire confiance, elle lui aurait tout raconté de son histoire. Mais elle ne le savait pas et une chose s'était enchaînée à une autre, un mensonge après l'autre…

Quinn revint, son peignoir et sa chemise de nuit sur le bras.

— Tenez, lui dit-il, mettez ça et passez dans le vestiaire.

Puis il lui tourna le dos et alla tirer le cordon de sonnette.

Le respect qu'il montrait pour sa pudeur n'avait pas sur elle l'effet qu'il croyait. Elle ne l'en désirait que davantage. Il était chevaleresque autant qu'intelligent, qu'attirant, excitant…

Elle noua la ceinture du peignoir autour de sa taille et se dirigea vers la petite pièce obscure qui servait de garde-robe. Là, elle referma la porte derrière elle en se demandant pourquoi Quinn avait sonné. Il n'allait tout de même pas demander qu'on lui fasse couler un bain à cette heure de la nuit ? Elle aurait voulu rentrer dans sa chambre, mais il n'y avait qu'une porte et elle pouvait entendre Quinn parler avec quelqu'un.

Elle s'assit sur le petit divan qui ornait la pièce et regarda autour d'elle d'un air absent. Il allait lui falloir réfléchir à ce qui venait de se passer, à la façon dont elle allait devoir vivre jour après jour auprès de Quinn, maintenant. Le sentiment de triomphe et l'excitation qu'elle avait ressentis lors du départ du policier et de son aveu d'échec l'avaient bel et bien quittée. Ce danger immédiat était passé, mais il était clair que la police croyait toujours à sa culpabilité et de ce fait ne recherchait personne d'autre.

Elle entendait toujours chuchoter dans la pièce à côté. Elle se recroquevilla sur le petit divan et se laissa plonger dans une mélancolie qui ne lui était pas habituelle. Et puis, elle avait tout de même eu un peu mal. Il y avait eu un peu de sang, qu'elle aurait bien voulu pouvoir laver. Elle posa sa tête sur l'accoudoir et ferma les yeux, trop fatiguée pour continuer à penser.

Elle écarquilla les yeux quand la porte s'ouvrit et s'aperçut qu'elle avait dû s'endormir. La lumière entrait à flots dans la petite pièce. On avait allumé de nombreuses chandelles dans la chambre de Quinn et dans un coin, de la vapeur d'eau s'élevait du grand sarcophage en cuivre.

— Vous avez sonné pour la faire remplir, en pleine nuit ? demanda-t-elle, éberluée.

Des serviettes étaient préparées sur le lit et Quinn roulaient les manches de son peignoir.

— Il a bien fallu. C'est très inconsidéré de ma part, je le sais. J'ai tout de même recommandé aux valets de passer sur la pointe des pieds devant la porte de votre chambre, pour qu'ils vous croient dans votre lit.

Tout en parlant, il versait des sels de bain dans l'eau, d'un flacon en cristal.

— Entrez là-dedans, lui dit-il, et détendez-vous. Vous devriez vous sentir mieux, après.

Il semblait ne s'intéresser qu'à des choses très terre à terre, mais en l'observant disposer un paravent autour du grand sarcophage, elle s'aperçut qu'il était plus préoccupé qu'il ne le paraissait.

Elle bredouilla un timide merci et se glissa derrière l'écran de toile. Elle laissa tomber son peignoir et monta dans le sarcophage en utilisant les marches de l'escabeau de bibliothèque. Ainsi elle put se laisser glisser dans la vaste baignoire et laissa échapper un soupir de plaisir en s'enfonçant dans l'eau chaude jusqu'au cou.

— Tout va bien ? lui demanda Quinn.

— Oui, merci.

Il y eut un silence.

— Quel plaisir ! Rien d'étonnant à ce que vous l'utilisiez tous les jours… Mais je suis désolée de vous faire paraître inconséquent au point de demander un deuxième bain en pleine nuit…

Il était plus facile de lui parler sans le voir et elle trouvait très étrange de bavarder ainsi avec lui, alors que peu de temps avant, elle était dans ses bras, peau contre peau. Cette seule pensée suffisait à lui donner de délicieux frissons dans tout le corps et elle constata avec surprise que les pointes de ses seins se dressaient, malgré la chaleur de l'eau. Même sa fatigue et ses courbatures lui donnaient du plaisir. Elle mit de l'eau dans ses mains en coupe et la fit ruisseler sur elle. Comment son corps pouvait-il réagir ainsi, alors que tout allait si mal ?

— Lina ?

Elle entendit son pas sur le plancher. Aucun moyen de se cacher dans la baignoire. Elle saisit le savon et se lava rapidement en espérant que l'odeur de Quinn sur sa peau ne disparaîtrait pas tout à fait. Puis elle se rinça et se leva mais se rendit compte que le rebord du sarcophage était trop haut pour lui permettre d'atteindre même les marches de l'escabeau.

— Je suis coincée. Je ne peux pas sortir.

— J'arrive.

Il contourna le paravent, les yeux fermés, une grande serviette de bain à la main.

— Drapez-vous là-dedans, lui dit-il.

Il était un peu ridicule de lui voir prendre tant de précautions après ce qui s'était passé entre eux, mais elle lui était néanmoins reconnaissante de son tact.

— Je suis décente, à présent.

Quinn rouvrit les yeux. Lina eût bien aimé le voir lui sourire, mais il garda un visage de marbre en la prenant par la taille et en la soulevant hors de la baignoire.

— Etes-vous fatigué, Quinn ?

Il haussa les sourcils.

— Je ne suis pas sûr de savoir comment je dois le prendre. Je vais essayer de ne pas me sentir trop insulté.

Lina rougit, car il parlait évidemment de leur étreinte avortée.

— Non, je ne suis pas particulièrement fatigué, reprit-il. Pourquoi ?

— Parce que dans ce cas, j'aimerais que vous me laissiez tout vous raconter, comment et pourquoi je suis allée vivre à la Porte Bleue, ce qui est arrivé chez sir Humphrey Tolhurst…

— Séchez-vous d'abord puis enfilez votre peignoir.

Lina passa dans le vestiaire et quand elle revint, Quinn avait attisé le feu et remis la literie en ordre. La chambre avait un air tranquille et confortable…

— Installez-vous sur le lit, lui dit-il, je prendrai le fauteuil.

Elle se demanda lequel d'eux deux, au juste, cette distance était censée protéger.

— Et maintenant, je vous écoute… Mais soyez honnête, cette fois.

Lina rougit en recevant cette recommandation et commença :

— Je viens de la campagne, d'un petit presbytère du Suffolk…

Les oreillers étaient à la fois fermes et moelleux, on y sentait l'odeur de Quinn. Elle essaya de se détendre.

— J'ai deux sœurs, Arabella et Margaret. Notre mère est morte lorsque nous étions encore petites. Notre père est un homme très strict, très puritain…

Chapitre 14

— Alors, lord Dreycott m'a accueillie au château, conclut Lina une demi-heure plus tard. Je n'ai aucune nouvelle de ma tante depuis que je suis ici. J'ai écrit à sa cuisinière, qui habite hors de la maison, afin que mon courrier ne soit pas intercepté, mais je n'ai pas reçu de réponse pour le moment. Je ne sais plus que faire.

— Ce Makepeace voulait vous forcer à coucher avec Tolhurst ? demanda Quinn, qui paraissait sceptique.

— Oui. Quel autre choix avais-je ?

— Fuir.

— Où ?

— Retourner dans le Suffolk, répondit-il comme si c'était une évidence.

— Mon père m'aurait jetée dehors et puis Bella s'était enfuie, elle aussi.

— C'est ce que Makepeace vous a dit. Quelles raisons aviez-vous de le croire ?

Elle n'avait en fait jamais pensé que l'homme avait pu lui mentir. Pourtant, c'était bien le genre de choses dont il était capable. Quant à Quinn, il semblait persuadé qu'elle lui mentait toujours.

— Votre père est le pasteur de la paroisse… Je veux bien croire qu'il soit en colère contre vous, mais comment imaginer qu'il vous fermerait sa porte ? Est-ce qu'il vous battait ?

— Non…

Il fouettait parfois Meg, mais jamais elle, ni Bella.

— Il criait toujours contre l'une ou l'autre de nous.

— Et vous êtes en train de m'expliquer que vous estimiez les colères de votre père plus graves que le fait de vous faire déflorer par un inconnu ?

— Non ! Bien sûr que non ! Mais Makepeace exigeait le remboursement de son apport au capital de la Porte Bleue. Si je n'obéissais pas, il pouvait vraiment mettre ma tante sur la paille.

— Il l'aurait fait de toute manière, à la première occasion. Vous êtes intelligente, vous devez comprendre cela.

— Vous ne me croyez pas ?

— Je crois surtout que vous êtes vouée à succéder à votre tante. Devoir pour cela passer par le lit de Tolhurst ne vous plaisait pas, mais vous l'avez accepté comme un mal nécessaire. En ce qui concerne le saphir, en revanche, je pense que vous ne l'avez pas dérobé.

— Quelles raisons aurais-je de vous mentir, à présent ?

Elle avait envie de pleurer. Elle s'imaginait, après cette confession, avoir au moins gagné le soutien de Quinn. Mais il avait raison ; si on l'examinait objectivement, son histoire était pleine de trous, voire d'incohérences. Comment convaincre un homme volontaire et terriblement sûr de lui qu'à ce moment-là, elle était bien trop terrifiée, s'était sentie trop prise au piège pour réfléchir sereinement ?

Peut-être que si dès le début elle lui avait fait confiance, si elle s'était placée d'emblée sous sa protection en ne lui cachant rien de sa situation, comme cela s'était passé avec le vieux Simon, elle ne se retrouverait pas dans la position de celle dont on suspecte chaque parole, chaque motivation. Mais elle lui avait menti, l'avait déçu et pour couronner le tout, ne s'était guère montrée chaste avec lui.

— Pour la même raison que vous avez voulu devenir ma maîtresse une fois que l'inspecteur Inchbold m'a révélé toute l'affaire : parce que vous avez besoin de moi.

Lina se sentait trop misérable pour continuer à argumenter. Elle s'adossa aux oreillers et ferma les yeux.

— Et maintenant, lui dit-elle, que faisons-nous ?

Il ne pouvait pas la jeter dehors, à cause du testament de son oncle, mais la cohabitation risquait de devenir extrêmement déplaisante.

— Il faut que nous allions à Londres, vous et moi, répondit-il, et Lina en fut si surprise qu'elle sursauta. Les lettres sont trop dangereuses…

— Nous ? Vous voulez m'emmener avec vous ? Vous allez m'aider ?

Ce fut au tour de Quinn de la regarder avec surprise.

— Evidemment ! Vous pensiez que j'allais vous abandonner ?

— Mais je risque de vous compromettre plus encore, si je suis arrêtée, protesta-t-elle. Si la police revenait vous voir, vous pourriez toujours dire que vous vous êtes trompé dans les dates, ou quelque chose comme ça… Mais en m'aidant davantage, cela fera de vous mon complice, si vous êtes pris.

— Eh bien, nous ne nous ferons pas prendre, c'est tout…

« *Nous*, se répéta silencieusement Lina. *Nous*… Je ne suis plus seule, à présent. »

— Merci, lui dit-elle, merci du fond du cœur. Je ne sais pas pourquoi vous faites cela, mais je vous remercie.

— Je n'aime pas davantage l'injustice que le mensonge, Celina.

Elle baissa les yeux. Il était aussi déçu d'elle qu'il était furieux et le constater lui fit mal.

— Nous nous installerons dans mon hôtel particulier, celui que j'ai acheté à distance et dans lequel je n'ai passé qu'une nuit, à mon arrivée en Angleterre. Aux yeux de tous, vous passerez pour ma maîtresse, cela au cas où la police s'intéresserait encore à vous. Je vais écrire à Gregor dès demain matin et lui dire d'engager des domestiques pour que la maison soit prête au plus vite.

— Mais… le testament ?

— Eh bien ?

— Il prévoit que je doive rester ici.

— Vous en faites une lecture trop restrictive. Vous pouvez séjourner à Dreycott Park *si vous le souhaitez*, et ce pour une durée de six mois, mais rien ne vous oblige à y rester cloîtrée. Je vais essayer de laver votre nom de toute accusation. Si je n'y parviens pas d'ici ces six mois, alors je vous enverrai à l'étranger jusqu'à ce que tout soit réglé.

— A l'étranger ?

— C'est toujours mieux que le pénitencier de Newgate, vous ne croyez pas ? Enfin, c'est juste une option. Nous aviserons en temps utile…

— Vous allez faire cela pour moi, alors que je vous ai mêlé à toute cette histoire contre votre gré et que je vous ai menti ?

L'émotion lui serrait la gorge.

— Comment pourrais-je jamais vous remercier, Quinn ? Je… Enfin… Si vous voulez toujours de moi, je serai votre maîtresse…, proposa-t-elle maladroitement.

Elle sut qu'elle avait eu tort de parler avant même de terminer sa phrase. Le visage de Quinn se durcit et ses mains se crispèrent sur les accoudoirs de son fauteuil. Toutefois, c'est d'une voix calme qui lui répondit.

— Quand je vous ai proposé de devenir ma maîtresse contre certains arrangements, vous m'avez répondu que cela faisait de vous une catin. A votre avis, si vous me l'accordez maintenant contre ma protection, qu'est-ce que cela fera de moi ?

— Mon garde du corps ? hasarda Lina, les joues en feu.

Ah, la fierté, l'orgueil des hommes ! De cet homme en particulier… Elle ne comprenait décidément pas grand-chose à son fonctionnement psychologique !

Pour la première fois de cette maudite journée, Quinn eut envie de rire, mais il se retint, sachant que s'il commençait, il ne pourrait plus s'arrêter. L'adorable apprentie-courtisane venait de nouveau de mettre ses jolis pieds dans le plat. Cette fois, elle lui offrait en toute naïveté et sincérité le seul bien qu'elle possédait au monde : elle-même.

Il aurait préféré qu'elle s'estimât davantage, mais la perspective du gibet rendait tout le reste, l'honnêteté, la vertu, de peu d'importance.

Elle possédait des talents très particuliers, qui incluaient le mensonge et l'art de jouer la comédie, et dans le même temps elle était beaucoup trop innocente pour son propre bien. Un mélange désarmant pour lui…

Il ne pouvait pas continuer à se disputer plus longtemps avec elle, d'autant que sa colère ne le rendait que plus vulnérable à la fatale attirance qu'elle exerçait sur lui. Il ne lui faisait cependant pas encore totalement confiance, pas au-delà de cette évidence : elle n'avait aucune idée de ce qu'avait pu devenir le saphir.

— Celina, avez-vous déjà désiré physiquement un homme ? lui demanda-t-il, et il la vit passer du rose au rouge vif tandis qu'elle secouait la tête. J'ai assez d'expérience pour savoir que ce sera bien triste pour vous si vous manquez cette importante expérience avec quelqu'un pour qui vous n'avez pas de solides, de réels sentiments. Vous êtes une romantique. Je suis flatté que vous soyez attirée par moi, mais moi, je ne le suis pas par les vierges romantiques.

Il perdait son temps, certainement, à essayer de la convaincre du bien-fondé de ce qu'il était en train de lui dire. Elle devait le prendre pour un parfait hypocrite qui se permettait de lui faire la leçon sur l'importance de l'amour, de la chasteté et de l'intérêt de se garder pure en attendant le bon partenaire, alors qu'il lui avait fait l'amour de la plus cavalière des façons.

Seulement, il était bien placé pour savoir ce que c'était que l'amertume d'un amour sincère foulé aux pieds. Sa vie d'adulte tout entière avait pris un *certain* tournant parce qu'une *certaine* jeune fille l'avait trahi et trompé, entraînant honte et désillusion sur lui. Dans son chagrin et sa colère, il avait imaginé alors se venger sur toutes les femmes qui tomberaient en son pouvoir. Il n'avait pas caressé ce projet-là bien longtemps, très vite conscient qu'il ne serait jamais assez vil pour faire une chose pareille. Mais les hommes qui avaient voulu le prendre au piège, eux, allaient payer.

— Je ne suis pas romantique, se défendit Lina.

— Mais si, vous l'êtes... Vous avez essayé de vous convaincre que vous pourriez séparer ce qui aurait dû vous arriver avec Tolhurst de ce que vous êtes profondément, mais croyez-moi, c'est impossible.

Elle détourna les yeux.

— Vous avez ma parole que je vous aiderai, Celina, et le seul paiement en retour que j'attends de vous, c'est la franchise et la vérité...

Elle ne répondit que par un petit hochement de tête. Quinn enchaîna alors sur les questions pratiques, qu'il se formulait au fur et à mesure qu'il parlait :

— Demain, j'écrirai à Gregor et je lui dirai de se préparer à nous recevoir. Toute la journée, vous vous entraînerez à vous maquiller jusqu'à ce que vous puissiez convaincre la plus blasée des femmes de chambre que vous le faites tous les jours. Puis nous partirons pour Londres en voiture de louage. Je veux que vous mettiez sur papier tout ce qui vous est arrivé entre le moment où vous avez accepté ce rendez-vous avec Tolhurst et celui où vous êtes rentrée à la Porte Bleue, après sa mort. Tout, jusqu'aux plus petits détails. Il faudra les décrire comme si vous vouliez faire un tableau de chaque scène. C'est bien compris ?

— Oui, vous cherchez à saisir ce qui a pu arriver au saphir...

Sur ces mots, elle se mit à bâiller, n'étant plus soudain la dangereuse et désirable créature qu'il avait voulu mettre dans son lit mais une toute jeune femme qui portait un bien trop grand poids sur ses frêles épaules.

— Je suis désolée, lui dit-elle poliment.

— Si vous me dites que vous êtes désolée encore une seule

fois, je vous renverse sur mes genoux et vous donne la fessée, la menaça Quinn.

Il était fatigué de politesse, tout autant que de gratitude. Il ne voulait plus que la vérité.

— Bon, allez au lit maintenant…

Lina se leva, déjà à moitié endormie.

— Bonne nuit, Quinn !

En passant près de lui, elle se pencha pour déposer un baiser hésitant sur sa joue et dit encore :

— Merci !

Bonne nuit ? Il ne savait pas trop ce qu'il devait le plus redouter : ses habituels cauchemars ou bien les rêves érotiques qui ne manqueraient pas de le traverser.

— Comment pouvez-vous lire dans des cahots pareils, Quinn ?

Lina se tenait à deux mains dans la berline capitonnée qui brinquebalait au long d'un tronçon particulièrement défoncé de la route.

— Moi, je serais malade en un instant !

— On s'y fait. C'est plus facile qu'à dos de chameau.

Il ne leva pas les yeux des papiers qu'il examinait depuis leur départ de Dreycott Park, le matin même.

— Vraiment ? s'extasia Lina, imaginant une longue caravane traversant un désert sans fin.

Etre ailleurs, dans un pays étrange, sauvage et beau. Avec Quinn…

— C'est comme être sur un bateau qui roule dans la vague. Vous êtes ballotté d'un côté, de l'autre, en avant, en arrière et à plus de deux mètres du sol, expliqua-t-il toujours sans lever les yeux de ses papiers, qu'il annotait parfois à l'aide d'un petit crayon qu'il plaçait ensuite au-dessus de son oreille.

— Il est vindicatif, ce Makepeace ?

— C'est un crocodile…

Et l'image des chameaux se transforma instantanément en une vue panoramique des bords du Nil, où de dangereux et grimaçants reptiles se prélassaient.

— Vous avez vu le Nil au cours de vos voyages ?

— Oui et ses crocodiles aussi, répondit-il en souriant. A-t-il de l'argent ?

— Je ne saurais le dire. Il est très avide, très désireux de planter ses dents dans la Porte Bleue et d'y instaurer des pratiques répugnantes censées faire exploser les recettes. Pourquoi me demandez-vous cela ? Ce n'est certainement pas lui qui a volé le saphir.

— Je ne le pense pas, en effet. Il n'aurait pas risqué de s'aliéner un bon client en lui dérobant un bijou au moment où une fille qu'il avait envoyée était avec lui…

« Une fille… C'est de moi qu'il parle de cette manière », songea Lina en essayant de ne pas se froisser. Il fallait bien qu'elle accepte de passer pour une courtisane. Il avait pris sa virginité et cela avait suffi à lui faire franchir la frontière très mince qui séparait les femmes honorables de celles qui ne l'étaient plus. Quelques coups de reins de ce corps qui lui faisait face avaient suffi à réduire sa réputation en miettes, mais pour lui, elle l'avait perdue bien avant, dès le moment où elle avait choisi de ne pas fuir, et de se rendre à son rendez-vous.

C'était bien étrange d'être enfermée avec lui dans une chaise de poste. Le tourbillon d'activité dans lequel il l'avait plongée la veille ne lui avait laissé que peu de temps pour réfléchir aux événements de la soirée précédente, mais à présent, elle était seule avec lui, avec l'homme qu'elle désirait avec une passion qui se passait de mots, d'expression et même de preuves.

Le libertin en lui avait disparu, ainsi que le dilettante qui s'amusait à jouer les gentlemen-farmers. Elle était à présent devant le voyageur, l'aventurier qui planifiait une expédition avant d'affronter le danger, devant le chercheur méticuleux qu'il devait être aussi, à l'affût du moindre détail.

— Il faut que j'aille à la Porte Bleue et que je voie votre tante. Vous pensez que cela sera possible ?

— Oui, si c'est bien préparé, répondit Lina. Elle souffre d'une maladie d'estomac qui, parfois, dure plusieurs jours. Elle était malade, lorsque je suis partie.

— Alors il faudra me dire comment je pourrai me glisser chez elle. Makepeace veut certainement laver l'établissement de la mauvaise publicité que vous lui avez faite, mais comme il ne sait pas où vous êtes passée, nous allons éviter de lui permettre de se mettre bien avec les autorités, en lui donnant des armes pour vous dénoncer.

— Alors vous pensez que j'ai effectivement quelques raisons de le redouter ?

— Sans aucun doute. Les tenanciers de maisons closes sont rarement des philanthropes ou des gens de bonne moralité.

— Il vaudrait mieux que je vienne avec vous, la maison est un véritable dédale, dit Lina blessée qu'il les classât, sa tante et elle, dans la même catégorie qu'un individu comme Makepeace.

Elle s'attendait à ce qu'il refusât net, mais il n'en fit rien. Il la regarda un instant attentivement, avant de repousser derrière son oreille une mèche de ses cheveux.

— Ce serait trop dangereux, Celina, dit-il doucement. Outre le risque que vous y soyez arrêtée et remise à la police, je vais probablement devoir m'expliquer avec quelques robustes portiers. Il ne faudrait pas que vous vous trouviez au milieu d'une bagarre.

— Je ne doute pas qu'ils trouveront à qui parler, répondit Lina sans hésitation.

Quinn avait vécu dans des pays où la violence était monnaie courante et même si elle n'avait pas entendu les commentaires admiratifs de Michael au sujet de ses entraînements de lutte quotidiens dans les écuries, elle était à même de s'apercevoir qu'il était en pleine force, autant qu'en pleine forme.

— Je vous fais peur ? lui demanda-t-il, se méprenant sur

sa remarque alors qu'elle tentait simplement de chasser le souvenir troublant de son corps nu.

— Oui, un peu, répondit-elle franchement. Vous êtes en dehors de la société et de ses conventions. Vous êtes libre d'une façon que je ne comprends pas toujours.

« Et je vous aime. »

Cette constatation, simple et évidente, lui coupa le souffle. Le sang se retira brusquement de son visage, tandis qu'elle se répétait, sous le choc : « Je l'aime… J'aime cet homme… » Dans toutes les rêveries qu'elle avait pu faire depuis qu'elle était une petite fille, jamais elle n'avait imaginé qu'elle s'en apercevrait ainsi, ni que l'objet de son amour serait à ce point hors de sa portée.

— Vous savez que je ne vous ferai pas de mal, répondit Quinn qui se trompait encore sur sa réaction, et lui prit doucement les mains. Enfin, pas plus que je ne l'ai déjà fait… ajouta-t-il à voix basse.

— Je le sais.

Lina lui abandonna ses mains une seconde, avant de les retirer. Elle ne devait pas se laisser aller au plaisir de le toucher. A quoi bon aimer un homme qui dans quelques mois se débarrasserait de vous ?

— J'ai confiance en vous, Quinn.

— Eh bien, détendez-vous, alors. Nous vaincrons ensemble tous les dragons.

Il se radossa à la banquette et se replongea dans ses papiers.

« Des dragons… Un chevalier parti en quête de par le monde pour sauver une damoiselle au renom bien terni. » Il avait dit « ensemble ». Le pensait-il réellement ? Souhaitait-il vraiment la traiter comme une égale, une partenaire, en dépit de cette défiance à son égard dont elle ne le sentait pas complètement débarrassé ?

— Nous vaincrons, répéta-t-elle. Mais je n'ai pas une grande expérience de l'aventure, ni des dragons… Mes sœurs disaient toujours que j'étais peureuse… Je ne sais pas si c'est le bon qualificatif… timide, en tout cas. La plus timide de nous trois.

Quinn releva la tête pour la fixer.

— Timide ? Ce n'est pas le mot que j'emploierais. Vous vous êtes enfuie de chez vous, vous avez gagné Londres avec une vieille lettre comme unique viatique. Aviez-vous voyagé toute seule, avant cela ?

Elle secoua négativement la tête.

— Vous avez ensuite escaladé une fenêtre pour vous échapper de chez Tolhurst et vous avez repris la route de nouveau, pour venir vous réfugier chez Simon. Quand je suis arrivé au château, vous veniez de perdre votre seul soutien et vous faisiez cependant face courageusement… En inventant quelques histoires, au passage, c'est vrai…

Décidément Quinn ne lui passait rien. Il n'oubliait ni l'actif ni le passif.

— C'est vrai, j'ai fait tout ça.

Peut-être ne manquait-elle pas de courage, après tout.

— Vous avez tenu bon devant ce policier, aussi. Il faut du cran pour tout cela.

— En apparence seulement, murmura-t-elle en repensant à la façon dont elle avait manqué s'évanouir, lorsque l'inspecteur était apparu.

Sans Quinn, elle aurait perdu la face et se serait trahie.

— Eh bien, c'est que vous savez parfaitement donner le change…, répliqua-t-il.

Il s'était replongé dans l'examen de ses papiers, mais un coin de sa bouche se retroussa légèrement.

Elle eut immédiatement envie de l'embrasser. Comment réagirait-il si, malgré les cahots de la route, elle se levait, venait s'asseoir à côté de lui et baisait doucement ce discret sourire ? Sans doute la prendrait-il fermement par les épaules pour la faire se rasseoir à sa place.

Elle ne regrettait pas d'avoir perdu sa virginité avec lui, même si elle n'avait pas acquis une bien grande expérience de l'amour. Au moins Quinn avait semblé apprécier ses caresses. S'il y avait, un jour, un autre homme, peut-être voudrait-il croire qu'elle était toujours vierge. Des mensonges, encore ! Des fables… Elle ne pouvait pas imaginer pouvoir aimer un autre que lui…

Ce qui était sûr, c'est que Quinn, lui, résistait à présent très bien à tout ce qui l'avait excité en elle au point de vouloir faire d'elle sa maîtresse. Comment aurait-il pu en être autrement ? Il avait offert un arrangement à une femme qu'il croyait une épouse maltraitée, digne de la protection qu'il lui proposait, même s'il n'était pas désintéressé dans l'affaire… Or elle lui avait menti et l'avait forcé à mentir à d'autres, sans quoi il aurait été dans l'obligation de la trahir, ce que son honneur lui interdisait. Elle l'avait amené à lui faire l'amour en lui laissant penser qu'elle était une femme d'expérience. Au lieu de cela, il avait défloré une vierge, allant contre tous ses principes. « Encore heureux, songea-t-elle, que je me sois déshonorée par le seul fait d'avoir vécu à la Porte Bleue, sans quoi il se serait probablement cru obligé de m'épouser ! »

Mieux valait en rire, pour faire cesser ce mal, lâcher prise à cette main de fer qui lui serrait le cœur. La fille d'un obscur pasteur de campagne épouser un baron ? Allons ! Même si sa réputation était restée sans tache, la chose aurait été improbable. A présent, elle était tout à fait impossible. Quinn avait suffisamment de problèmes à régler vis-à-vis de sa propre réputation et de son passé, sans avoir à prendre en charge l'honneur perdu de Celina Shelley. Il chercherait à faire un mariage de raison, avec une jeune fille respectable, de bonne réputation, et qui saurait l'attendre en Angleterre durant ses longues absences, sans se plaindre.

— Ne soupirez donc pas ainsi, lui conseilla-t-il. Il ne faut pas vous attendrir sur vous-même, sinon vous allez perdre votre combativité, alors que vous en aurez bien besoin.

— Je ne m'attendris pas sur moi-même, protesta-t-elle. Pourquoi donc vous faudra-t-il aller à la Porte Bleue ?

— Une chose à la fois...

Il fronça les sourcils et tapota son menton du bout de son crayon.

— Vous avez dit à votre tante que vous ne saviez pas si Tolhurst portait sa bague au moment de votre arrivée. Pourtant, je lis maintenant que vous semblez le croire...

Ainsi, c'étaient ses notes qu'il lisait et relisait avec autant d'attention ?

— Quand je suis retournée à la Porte Bleue, j'étais dans un tel état d'affolement que je ne pouvais pas rassembler mes pensées. Mais en rédigeant tous les détails de ce qui s'était passé ce jour-là, comme vous me l'avez demandé, j'ai pu mieux fixer mes souvenirs. Il m'a fait me déshabiller, puis lui aussi, a... J'ai essayé de ne pas le regarder tandis qu'il retirait ses vêtements, mais j'ai quand même vu un petit éclair bleu à sa main et je suppose que c'était le saphir qui prenait un instant la lumière.

— Quelle main ?

— La gauche. Celle sur laquelle Reginald Tolhurst, son fils, a cherché son pouls. Mais alors la bague n'y était plus, ce qui fait que j'ai cru avoir imaginé cet éclair bleu. Il a posé les mains de son père sur sa poitrine, et ses doigts ne portaient aucun bijou.

— Je vois... Reginald n'est pas l'héritier du titre, c'est bien cela ?

— Non, c'est son frère aîné, George, qui en a hérité.

— Bien ! dit Quinn comme si cela confirmait une chose à laquelle il avait déjà réfléchi.

Il replia les feuillets et les rangea dans une pochette.

— Vous jouez aux échecs, Celina ?

— Non...

Il sortit du porte-bagages une petite valisette en cuir et l'ouvrit : c'était un échiquier de voyage.

— Je ne crois pas que je serai très bonne à ce jeu-là, dit-elle timidement.

— Allons, pas de défaitisme, répliqua-t-il en installant les pièces. Vous pouvez réussir tout ce que vous entreprenez… Je vais vous en expliquer les règles…

Chapitre 15

Les leçons d'échecs étaient pour Lina un moyen comme un autre de se distraire de ses problèmes, même si l'un d'eux, et non des moindres, se tenait devant elle, à distance respectueuse, en train de lui expliquer patiemment pour la quatrième fois comment manœuvrer au mieux son fou.

Leur attelage était entré dans Londres, à présent, et roulait sur les pavés, au long de rues qu'elle ne connaissait pas, vers le quartier de Mayfair. L'hôtel particulier de Quinn se situait Clifford Street. Ce n'était pas la rue la plus prestigieuse du quartier, mais une artère cossue néanmoins, résidentielle, à l'est de Bond Street. Lina se demandait jusqu'à quel point s'élevait la fortune personnelle de Quinn. Elle savait qu'il possédait des bijoux et des soieries, menait des affaires lucratives à Constantinople et puis, il y avait maintenant cette maison de ville, devant laquelle l'attelage s'immobilisait.

— Gregor habite à côté, lui dit-il en lui montrant une porte moulurée à heurtoir de cuivre identique à la sienne.

— Vous en avez acheté chacun une ?

— Oui, ça nous a paru un bon investissement, répondit-il en l'aidant à descendre de voiture. Il est possible d'ailleurs que je vienne à en acquérir d'autres. Londres est en pleine extension, ces temps-ci.

Gregor les accueillit en voisin, sur le seuil de son propre hôtel particulier.

— Bienvenue, content vous voir… Je commençais m'ennuyer…, leur dit-il dans son anglais sommaire.

Il descendit les marches de son perron et vint à leur rencontre, les yeux agrandis de surprise devant la tenue et le maquillage de Lina.

— Qu'est-ce que c'est ? demanda-t-il, interloqué. Mascarade ?

— Bonsoir, Gregor…

Lina esquissa une petite révérence, dans son personnage.

— Non, c'est une affaire sérieuse, lui répondit Quinn à mi-voix.

Instantanément, Gregor se fit plus attentif.

— Marchons. Je préférerais que nous ne soyons pas entendus.

— Je voudrais bien entrer un peu d'abord, protesta Lina.

La perspective de s'afficher dans sa nouvelle tenue, en plein jour, lui donnait des palpitations. Elle n'était pas sûre de supporter tous les regards qui ne manqueraient pas de se poser sur elle.

— Oui, bien sûr, dit Quinn, se méprenant de nouveau, supposant qu'elle avait besoin d'entrer pour satisfaire un besoin intime.

— Peut-être pourrions-nous d'abord prendre une tasse de thé et ressortir ensuite ? proposa-t-elle.

A son grand soulagement, les deux hommes acquiescèrent et la suivirent à l'intérieur, le majordome leur ayant ouvert la porte.

Lina s'arrêta net sur le seuil.

— Oh, c'est magnifique !

Cela l'était, en effet. Un hall d'entrée de belles proportions surmonté d'un lustre en forme d'énorme lanterne, une spectaculaire volée de marches avec une rambarde ouvragée en fer forgé et partout des portes aux panneaux sculptés…

— Que c'est grand !

— J'ai l'intention de recevoir, déclara Quinn et ses paroles sonnèrent comme une déclaration de guerre au monde entier.

Lina lui lança un coup d'œil de côté ; il avait un petit air ironique et amusé.

« A quoi pense-t-il donc ? » se demanda-t-elle, tandis que

Gregor leur présentait le nouveau majordome, un homme entre deux âges du nom de Whyte.

— Je parlerai au reste du personnel un peu plus tard, indiqua Quinn à ce dernier. Nous prendrons le thé dans le salon, s'il vous plaît, mais avant, que la femme de chambre de Mlle Haddon lui montre sa chambre…

Gregor avait engagé une jeune femme à l'air honnête et éveillé, qui paraissait aussi très discrète. Elle se présenta à Lina.

— Je m'appelle Prudence, mademoiselle. Si Mademoiselle veut bien me suivre…

La chambre qui lui avait été réservée parut à Lina aérée, moderne et confortable, après les excentricités gothiques et naturalistes de Dreycott Park. Elle s'assit un moment devant la coiffeuse afin de se repoudrer et de redessiner un trait noir sous ses yeux, tandis que Prudence la recoiffait un peu, et elle se demanda ce que la servante pouvait bien ressentir, à se mettre ainsi au service de la maîtresse de son employeur…

Ils prirent le thé dans l'élégant salon, où les hommes discutèrent affaires, livres parus, et questions domestiques dont Gregor s'était occupé avant leur arrivée. Le Russe resta en revanche très discret sur la façon dont il avait employé le reste de son temps, et Lina soupçonna qu'il aurait été beaucoup plus loquace si elle n'avait pas été présente.

— Je propose que nous allions maintenant à Berkley Square, dit Quinn en reposant sa tasse. Je pense que Lina aura plaisir à prendre une glace chez Gunter…

A peine eurent-ils passé la porte, qu'ils l'encadrèrent, lui donnant l'impression d'être une frêle prisonnière entre deux gardiens géants. Elle garda la tête baissée, s'attendant à voir un policier surgir d'un instant à l'autre et pointer un doigt accusateur sur elle.

— Nerveuse ? lui demanda Quinn, au moment où ils allaient traverser Bond Street.

— Non… enfin si.

— Il vaudrait mieux cesser d'avoir l'air de cacher un lourd secret et d'être sur le point de vous évanouir, Celina. Vous n'êtes pas une jeune fille mourant de trac à son premier bal, vous êtes ma maîtresse et devez vous conduire comme telle.

— Mais je ne le suis pas en réalité, aussi m'est-il difficile d'imaginer comment votre maîtresse est censée se comporter. Je ferai cependant de mon mieux pour me conduire comme vous le souhaitez.

Gregor ne disait mot mais il faisait de gros efforts pour maintenir un sérieux de bon aloi. Qu'est-ce que Quinn avait bien pu lui raconter, quand elle était montée dans sa chambre ? Ils semblaient plus proches que deux frères. Partageaient-ils même leurs plus intimes secrets ?

Elle serra le bras de Quinn, leva le menton et jeta à la ronde un regard de défi et de curiosité. Sur ce deuxième point, elle n'avait pas à feindre : elle ne s'était jamais aventurée dans un quartier aussi chic que Mayfair et arpenter ainsi Bond Street offrait la possibilité de voir passer tout ce que Londres comptait de célébrités, jusqu'au prince régent lui-même, éventuellement.

Les boutiques aussi attiraient son regard. Elle vit la vitrine de Savory and Moore, où sa tante commandait toujours le savon le plus délicat qu'elle avait vu utiliser à la Porte Bleue.

— J'aimerais bien y aller, un jour, dit-elle en ralentissant le pas.

Puis elle vit une pancarte dans la vitrine : la poudre Seidlitz, une exclusivité de Savory and Moore, souveraine contre les problèmes digestifs et l'obstruction intestinale.

Ce n'était peut-être pas le genre d'endroit où l'on pouvait se risquer en compagnie d'un homme, après tout.

Quinn l'entraîna vers Brunton Street.

— Nous irons bientôt faire des achats, n'ayez crainte, lui dit-il. Nous avons votre image de cocotte à consolider…

*
* *

Depuis qu'ils étaient arrivés, Quinn se montrait directif et autoritaire et Lina se demandait pourquoi. Peut-être venait-il à peine de comprendre à quoi il s'était engagé avec elle et peut-être aussi le regrettait-il…

« Je suis bien bête de t'aimer », songea-t-elle, et elle lui dédia une moue boudeuse, avant de battre des cils à l'intention d'un passant. Celui-ci lui sourit et ralentit, puis, jetant un coup d'œil à la formidable escorte de la passante qu'il se voyait peut-être déjà séduire, il renonça et s'éloigna en pressant le pas.

Il était facile de repérer l'entrée du fameux glacier. Une file de calèches était garée devant, avec de belles dames assises sur leurs sièges et de beaux messieurs à côté d'elles ou à la portière. D'innombrables serveurs en tablier blanc leur apportaient des glaces et des sorbets sur des plateaux d'argent.

— Nous n'avons pas de calèche, mais il y a une très agréable terrasse sous les platanes, dit Quinn en passant le portail. Que désirez-vous, Celina ? Une glace ou un sorbet ?

— Un sorbet au citron…

Elle ouvrit son ombrelle tandis que Gregor allait passer commande.

— Qu'y a-t-il donc ? demanda-t-elle.

— Mais rien, répondit Quinn et il lui sourit.

« Rien, et pourtant il vibre d'excitation et de concentration à l'approche du danger. » Le ton sec qu'il employait avec elle n'était peut-être que celui d'un officier donnant ses ordres avant la bataille. Elle représentait une partie de ses troupes et devait lui obéir au doigt et à l'œil, utilisant au mieux toutes ses armes. Elle se demandait tout de même s'il lui avait pardonné ses mensonges. Elle soupçonnait que non, mais cela ne paraissait pas entamer le plaisir qu'il semblait prendre à se préparer à l'affrontement.

Gregor revint, un serveur sur les talons. Lorsque celui-ci les eut laissés seuls et qu'ils furent assis, le Russe commença à mi-voix :

— Et maintenant, mon ami, dis-moi ce que tout ça veut

dire… Tu donnes à moi mystérieuses instructions. Tu m'envoies dans maison de femmes — très chère, ce n'est pas pour me plaindre, mais c'est la vérité — et maintenant, tu arrives avec Mlle Celina, toujours délicieuse mais pas avec air respectable comme avant et même un peu… *dâvol*, on dit chez moi.

Lina posa sa main sur le bras de Quinn.

— Si nous mettons Gregor au courant, lui dit-elle, nous en faisons un complice…

— C'est juste. Gregor, mon cher ami, verrais-tu un quelconque inconvénient à te rendre complice d'un crime capital ?

— Ça dépend qui commis crime. C'est vous, Celina ? Vous avez tué mari ? Il le méritait ?

— Je n'ai jamais été mariée et n'ai rien fait de mal ou du moins, je n'ai pas commis de crime, corrigea Lina avec quelque scrupule. Mais je suis faussement accusée d'en avoir commis un.

— Bon, dit le Russe. Alors, nous allons devoir prouver que vous innocente, c'est ça ?

— Oui, mais si nous n'y parvenons pas, alors vous serez considérés comme mes complices par la justice anglaise.

— Bah, il y a bien d'autres pays dans le monde, où l'on peut vivre heureux, commenta flegmatiquement Gregor. Racontez-moi…

Elle n'aurait pas dû se sentir soulagée d'impliquer un autre innocent dans son histoire, mais la présence du géant russe à ses côtés ainsi qu'à ceux de Quinn la rassurait ; il saurait les protéger tous les deux.

— Celina a vécu dans la maison de prostitution où je t'ai envoyé, lui dit Quinn.

La jeune femme s'attendait à voir le bon géant changer d'expression et se mettre à la regarder d'un autre œil, à lui accorder moins de considération, mais il n'en fit rien. Il se contenta de hocher la tête en écoutant Quinn lui expliquer les charges qui pesaient sur elle, son explication incluant tout ce que Lina avait rédigé dans sa note. Bien qu'il ne l'évoquât pas expressément, il était facile de déduire de son récit qu'elle s'était rendue délibérément chez Tolhurst pour lui vendre sa virginité.

« Je ne vais pas me conduire comme si j'en avais honte, décida-t-elle. Il n'y a rien dont je doive être honteuse, à part d'avoir menti à Quinn, de l'avoir mêlé à tout ceci, de ne pas lui avoir dit que j'étais vierge et d'être tombée amoureuse de lui. »

Ce qui n'était déjà pas mal…

— Nous devons absolument parler à la tante de Celina, Mme Deverill, continuait Quinn, savoir ce qu'elle a pu découvrir de son côté et ce qu'elle a pu tenter pour innocenter sa nièce. Peut-être est-elle trop malade pour avoir pu faire quoi que ce soit. L'as-tu vue, lors de ta visite à la Porte Bleue ?

— Je l'ai vue. Grande dame, grande personnalité. De son temps, pas si vieux que ça… elle a dû ensorceler beaucoup d'hommes.

— Ce devait être aussi l'avis de mon grand-oncle, fit remarquer Quinn, mi-figue mi-raisin. T'a-t-elle paru aller bien ?

— Avait l'air fragile, mais beaucoup, beaucoup de tenue… Maintenant que je sais l'histoire, je vois pourquoi je trouvais qu'elle paraissait inquiète. Mais parvenait presque à le cacher.

— J'ai une clé de la porte de service, dit Lina. Nous pourrions entrer discrètement et nous frayer un chemin jusqu'à l'appartement de tante Clara.

Mais Quinn secoua la tête.

— Non, je veux voir comment se comporte Makepeace et pour cela, j'ai besoin d'entrer par la grande porte, en toute légitimité. Et puis de cette façon, si on nous trouve en train d'errer dans les couloirs, nous pourrons toujours jouer aux nouveaux clients qui se sont perdus.

— Bon mais moi, je passerai par la porte de service, insista Lina, et je ne comprends toujours pas ce que Makepeace aurait à voir avec tout cela.

— Il doit être un maillon de la chaîne, répondit évasivement

Quinn. Non, se ravisa-t-il soudain. Nous allons tous passer par l'entrée principale.

— Moi aussi ? s'écria Lina, affolée.

Gregor regarda son ami et éclata de rire.

— Ahah ! Moi compris ! Notre jeune camarade, le prince Incognito…

— Exactement. J'ai son costume dans ma malle de voyage.

— Mais de quoi parlez-vous donc ?

— Laissez-moi vous expliquer… Une fois, nous avons dû… faire sortir discrètement une jeune dame d'un endroit où elle n'était pas particulièrement heureuse…

— Un harem ?

— Pas tout à fait. L'antichambre, l'endroit où l'on vous prépare avant d'y entrer. Evidemment, nous ne pouvions pas en sortir ouvertement en sa compagnie, alors nous l'avons quitté avec…

— Un jeune homme…, termina Lina.

L'excitation, mêlée d'appréhension, la fit rire nerveusement.

— Mais serai-je crédible ?

Le regard de Quinn passa sur ses seins et elle rougit légèrement.

— Je vais faire en sorte que vous puissiez passer pour le shah de Perse en personne, dit-il avec un sourire.

« A l'évidence, c'est un établissement de luxe », songea Quinn en montant les marches qui menaient à la Porte Bleue, le soir même à 23 h 30. L'huis, qui servait de raison sociale et d'enseigne à l'établissement, était laqué de bleu roi, avec un étincelant heurtoir de cuivre et un judas grillagé. Deux torchères enflammées l'encadraient et deux buis en pot en ornaient le perron.

Un rai de lumière filtra par le judas puis s'éteignit. La porte tourna sur ses gonds.

— Monsieur Vassiliev…

Le regard du portier passa rapidement sur Gregor en le saluant avec politesse et s'arrêta un peu plus longuement sur ses deux compagnons.

— Vous êtes le bienvenu, ainsi que vos amis. Voulez-vous signer le registre des entrées ?

« Le même cérémonial compassé que dans les clubs les plus exclusifs », se dit encore Quinn, en signant le registre du nom de George Arbuthnot. Nul doute que ces pages recélaient davantage de pseudonymes que de véritables noms… Puis il s'écarta et laissa le mince jeune homme qui l'accompagnait pencher sa tête enturbannée au-dessus de la feuille blanche et produire une élégante signature. Il lui avait fallu un quart d'heure pour apprendre à Celina à écrire une formule très brève, mais très ordurière, en arabe classique.

— Si ces messieurs veulent passer dans le salon…

Lina s'avança et par réflexe faillit prendre le bras de Quinn. Mais elle s'immobilisa, réalisant elle-même son erreur, et se mit à regarder autour d'elle avec curiosité, bien que les lieux lui fussent familiers.

Le portier montra une porte en forme d'arche, obturée par un rideau de velours bleu.

— M. Makepeace va venir s'enquérir de vos souhaits, messieurs. Les premiers rafraîchissements sont offerts par la maison.

Ils passèrent le rideau. Celina était toute tremblante. De peur ou d'excitation ? Quinn soupçonnait que son état fébrile devait emprunter un peu des deux. Avec ses cheveux dissimulés sous le turban et ses courbes disparaissant sous une longue tunique de soie, un gilet brodé et des pantalons bouffants serrés aux chevilles, elle passait sans peine pour un jeune Oriental. Elle en avait, grâce au fond de teint, la peau légèrement olivâtre, ses cils et sourcils avaient été noircis, et ses yeux bleus subtilement soulignés de khôl pour paraître plus sombres. Deux boules de coton dans la bouche pour arrondir ses joues, et pour parfaire l'illusion, Gregor avait passé l'après-midi à lui apprendre à marcher comme un homme, un exercice qui les avait tous deux fait beaucoup rire.

Mais à présent, elle était tout à fait sérieuse et s'efforçait de se conduire comme un jeune homme intimidé par son premier contact avec les plaisirs de la chair. Peut-être avait-elle vu suffisamment d'adolescents amenés en ces lieux par un frère aîné, un oncle, voire même un père, pour pouvoir en donner une bonne imitation…

Il y avait une demi-douzaine de filles dans la pièce et quatre hommes, en tout et pour tout. Deux pensionnaires en robe de soie très décolletée s'avancèrent à leur rencontre. Une rouquine toute bouclée prit le Russe par le bras.

— Ah, vous voilà de retour, monsieur Gregor, lui dit-elle et vous nous avez amené de la compagnie !

— Amie, murmura Celina en arabe.

Son accent était épouvantable, mais il était bien peu probable que quiconque dans l'assistance en eût déjà entendu de plus vraisemblable.

Quinn lui avait appris quatre mots. Des termes convenus, pouvant servir de signal d'alarme. « Ami/e » pour ceux ou celles dont elle était sûre qu'ils ne la trahiraient pas, « ennemi/e » dans le cas d'une certitude contraire, et enfin « pas fiable ».

— Oh, dit la rouquine en souriant, qui est ce beau jeune homme ?

— Un jeune homme… *de grande qualité*, répondit Quinn en appuyant particulièrement sur les deux derniers mots. Il ne parle pas notre langue et ceux qui le servent seraient très inquiets s'ils savaient où il se trouve en ce moment. Mais les jeunes gens seront toujours les jeunes gens, n'est-ce pas ? Nous pensons qu'il vaut mieux qu'il jette sa gourme avec nous, plutôt que de se laisser entraîner à quelque sottise avec des garçons de son âge…

— Je vais m'occuper personnellement de sa sécurité, dit la rouquine avec un sourire, battant des cils à l'intention de Celina, laquelle eut un petit rire nerveux et embarrassé en réponse.

— Nous aimerions rester ensemble, intervint Quinn. Peut-être que certaines de vos amies pourraient se joindre à nous ?

— Mais bien sûr ! Je suis Katy et voici Miriam.

La brune décocha à Quinn un regard qui semblait lui promettre une nuit entière de félicité.

— Et puis voici Daphne, qui vient tout juste de descendre.

— Pas fiable, murmura Lina après avoir jeté un regard à la fille en question, une blonde sculpturale.

— Peut-être une personne qui serait plus accordée à la stature de notre ami ? proposa Quinn.

Katy interrogea Miriam du regard.

— Pauline ? Elle est petite et douce.

— Amie, dit Lina.

— Ce prénom lui plaît, expliqua Quinn.

— Je vais demander une bonne chambre à M. Makepeace, dit Katy et elle s'éclipsa, laissant Miriam leur tendre des flûtes de champagne et les guider vers un canapé, à l'opposé de l'autre groupe de clients.

Peureusement blottie entre Gregor et Quinn, Lina était à l'abri des mains baladeuses de Miriam, dont l'une s'attardait sur la cuisse du jeune lord et l'autre sur son épaule, tandis qu'elle se pelotonnait sur le sofa contre lui. Il portait une tenue de soirée à l'occidentale, et les caresses insidieuses de la gentille pensionnaire de la Porte Bleue devaient être difficiles à ignorer, à travers le mince rempart de la soie.

Il aurait pu, évidemment, porter son habituelle tenue orientale, mais sa première partie de soirée avait été consacrée au dîner de la Société Royale des Collectionneurs d'Art, cénacle dans lequel il avait jadis été admis parce que le renom de son grand-oncle avait fait taire toutes les interrogations quant à sa réputation et dont il n'avait ensuite jamais été exclu, parce que la renommée de ses propres voyages et de ses différents talents outrepassaient de beaucoup le souvenir de ses éventuelles frasques passées.

Au cours de la soirée, il avait pu récolter de nombreuses

introductions, renouer quelques connaissances et même se voir présenter deux invitations. Son projet personnel de vengeance et de renaissance sociale s'annonçait bien, parallèlement à l'aventure de Celina. Mais il n'avait pas le temps d'y penser pour l'instant ; l'homme qui s'approchait d'eux suffisait à le distraire même des sensations que lui procuraient les mains aventureuses de Miriam.

— Voici M. Makepeace, leur dit-elle.

Rien que le goût de cet homme en matière de gilets aurait dû suffire à le faire condamner par n'importe quel tribunal.

Chapitre 16

— Monsieur Vassiliev, monsieur Arbuthnot et… monsieur… bienvenue à vous !

Gordon Makepeace fixait, un peu interloqué, le turban de Celina. Quinn sentit la jeune femme se serrer nerveusement contre lui. Sa tension était palpable et il n'était pas très difficile de deviner pourquoi elle détestait autant cet homme ; il pouvait bien se montrer onctueux et servile, comme avec eux en ce moment même, le crocodile était aisément décelable sous le vernis commercial. Quinn aurait aimé passer son bras autour des épaules de Lina pour lui montrer qu'elle n'avait rien à craindre et cet élan protecteur, plutôt incongru, le surprit.

— Voulez-vous souper, messieurs, ou bien un peu de champagne ? A moins que vous ne vouliez passer immédiatement à l'étage ? La chambre est prête… Si vous voulez prendre connaissance de ceci…

Makepeace tendit à Quinn un porte-menu en cuir. Ce dernier l'ouvrit et haussa les sourcils, tant en raison du prix de la chambre et de leurs accompagnatrices, que pour la liste des services accessoires que la maison pouvait offrir. Il y en avait pour à peu près tous les goûts, si l'on exceptait les amateurs de flagellation et ceux de leur propre sexe ainsi que, comme il le nota en arrivant à la dernière page, de filles très jeunes.

Makepeace semblait lire dans ses pensées, car il déclara :

— Si vous désirez quelque chose qui ne figure pas sur la liste, je vous en prie, dites-le-moi. Je ferai de mon mieux pour vous satisfaire. J'espère, très prochainement, pouvoir…

étendre l'éventail des délices que la Porte Bleue pourra offrir à ses clients.

On pouvait presque entendre Celina grincer des dents. Quinn se leva.

— Merci, ce que nous avons demandé nous suffira pour le moment.

— Mais certainement…

— J'ai déjà vu des serpents plus sympathiques, glissa Quinn à Gregor en arabe, tandis qu'ils montaient l'escalier au bras de leurs hôtesses.

— Tout le personnel masculin est armé, répondit celui-ci dans la même langue.

— Nous y voilà !

Makepeace ouvrit la porte d'une chambre ornée en son centre d'un lit à baldaquin presque aussi vaste qu'une place de village et entouré de miroirs. Il y avait une banquette Récamier et des statues de marbre de facture classique, mais dont les poses frisaient l'obscénité.

En guettant du coin de l'œil la réaction de Celina, Quinn constata qu'elle ne s'en émouvait guère. Rien d'étonnant à ce qu'elle fût restée impavide devant les collections archéologiques dispersées dans toutes les pièces de Dreycott Park !

Il ferma la porte à clé derrière eux et alla droit vers la banquette.

— Y a-t-il des judas dans les murs ou des miroirs sans tain ? demanda-t-il aux filles.

Un peu interloquées, elles secouèrent la tête.

— Puis-je vous recommander, mesdemoiselles, de ne surtout pas crier ?

— Nous ne crions que si on nous le demande, répondit Katy avec un clin d'œil coquin.

Comme Quinn s'était assis, elle sauta sur ses genoux et se pendit à son cou, sa langue tout de suite active sur son oreille.

— Katy… Miriam… Pauline… c'est moi, Lina ! dit alors le faux prince oriental en retirant son turban.

Instantanément, les filles ne s'intéressèrent plus du tout aux deux autres.

— Oh, mon Dieu ! Mon Dieu ! s'écria Katy, riant et pleurant à la fois, en se jetant dans les bras de Lina. Tu es là ! Mais où étais-tu passée ? On n'a jamais osé le demander à Madame, au cas où ce crapaud de Makepeace aurait eu l'oreille qui traînait par là. Tu n'as pas pris ce saphir, n'est-ce pas ?

— Remarque, je ne t'aurais pas blâmée de l'avoir fait ! commenta Miriam.

— Je vous en prie, mesdemoiselles, pas si fort ! leur recommanda Quinn. Asseyez-vous toutes, Celina va vous raconter… En version courte, ajouta-t-il.

— Et lord Dreycott est venu ce soir pour parler à tante Clara…

Lina avait achevé son bref récit. C'était si bon de se retrouver avec ses amies ! Katy et Miriam l'entouraient, un bras passé autour de sa taille, et Pauline était assise à ses pieds, écoutant la bouche ouverte.

— Vous allez pouvoir prouver l'innocence de Lina, milord ? demanda Katy en regardant Quinn avec une très émouvante loyauté dans les yeux.

— Oui, répondit-il avec une calme confiance.

Lina aurait voulu se jeter à son cou pour ce simple mot, mais elle se força à rester tranquille. Il la voyait à présent dans son environnement habituel ; son opinion sur elle était faite.

— Pouvez-vous amener Madame ici, ou bien Celina et moi pouvons-nous aller la voir sans que Makepeace ne s'en aperçoive ? demanda Quinn.

— Il vaut mieux aller chez elle, répondit Miriam. Pauline pourrait rester ici avec M. Gregor, au cas où Makepeace viendrait coller son oreille à la porte…

Lina remarqua que le Russe aussi bien que la gracile jeune fille paraissaient tous deux ravis de la suggestion…

— Katy et moi, nous ferons le guet aux deux bouts du couloir, reprit Miriam, comme ça, si quelqu'un vient, nous pourrons dire que nous étions en train d'aller chercher du champagne ou quelque chose comme cela...

Aussi dit, aussitôt fait. Ils parvinrent à la porte de l'appartement privé de tante Clara, sans être dérangés autrement que par un client pourchassant dans le couloir une fille qui gloussait.

Lina gratta discrètement au panneau et au bout de quelques secondes, la clé tourna dans la serrure.

— Lina ! s'écria la vieille dame.

Sa nièce se jeta dans ses bras, elles se mirent à sangloter toutes deux, s'apercevant à peine que Quinn les poussait à l'intérieur et refermait la porte sur eux.

— Le nouveau lord Dreycott ? Bien sûr, bien sûr, murmura tante Clara en tournant ses beaux yeux bleus vers Quinn. Je vous remercie beaucoup de prendre soin de Lina... J'étais si reconnaissante à Simon de lui avoir donné abri... J'ai bien reçu la lettre que tu as envoyée à la cuisinière, ma chérie, mais je n'ai pas eu la possibilité de te répondre. Ce monstre me surveille à toute heure du jour et je ne voulais rien faire qui aurait pu lui indiquer ta cachette. Je ne lui pardonnerai jamais ce qu'il t'a fait, ajouta-t-elle, le regard flambant de haine. Te vendre à ce Tolhurst ! Et je le tiens aussi pour responsable de ce qui s'est passé ensuite.

— C'était l'idée de Makepeace de présenter Celina à Tolhurst ? demanda Quinn.

— Mais bien sûr ! Croyez-vous que je ferais une chose pareille à ma propre nièce ? Ce porc a pris le contrôle de ma maison alors que j'étais malade. Il a obligé Lina à faire ce qu'il voulait, comme tout le monde ici, d'ailleurs. Il était pourtant parfaitement placé pour savoir qu'elle n'avait d'autre rôle dans cette maison que de me tenir compagnie et de s'occuper de la comptabilité, mais il a exercé sur elle un odieux chantage, et elle a dû s'exécuter.

Il y eut un silence. Clara tordait son mouchoir entre ses doigts et Lina regardait Quinn.

— Je suis désolé, lui dit-il alors. Vraiment… et absolument désolé…

Il y avait des regrets et de la colère dans sa voix. Mais une colère, Lina le devinait, entièrement dirigée contre lui, cette fois.

— Je comprends, Quinn.

Elle détestait l'idée qu'il ait pu la méjuger, mais elle comprenait parfaitement pourquoi ; elle l'admira même, sur l'instant, de lui avoir fait des excuses immédiates. Un homme à l'âme moins haute aurait tenté de justifier ce qu'il avait pu penser et dire. Quinn ne mangeait pas de ce pain-là. Il était trop honnête, trop droit. Peut-être était-ce pour cela qu'elle l'aimait.

Tante Clara parut surprise de leur échange et son front s'assombrit encore lorsque Quinn se tourna vers elle.

— Combien devez-vous à Makepeace ? demanda-t-il.

— Mille livres. Il détient dix pour cent du capital.

— Puis-je vous proposer un autre investisseur, madame ? Moi, par exemple ? Je serai un partenaire muet. Je n'ai aucun désir d'interférer dans la gestion de votre établissement.

— Vous ? C'est-à-dire que… Oui, bien sûr, répondit Clara, un sourire stupéfait et ravi sur le visage. Mais comment le forcer à vendre ?

— Vous ne pouvez pas faire ça ! objecta Lina. Songez au scandale si cela venait à se savoir. Lord Dreycott, associé d'une maison close ! Vous ne pouvez prendre ce risque au moment où vous songez à recouvrer toute votre place dans le monde !

— Pourquoi voudriez-vous que cela vienne à se savoir ? Je n'ai pas l'intention d'intervenir nommément, mais au travers d'une société commerciale. Pour découvrir la vérité, il faudrait se livrer à quelques investigations. Qui donc en prendrait la peine et pourquoi ?

— Mais comment le persuaderez-vous de vous céder ses parts ? Il aime apparemment diriger cette maison.

— Il se trouve que Gregor et moi avons quelques amis

discrets et, de par leur profession, bien informés. Ils ont été particulièrement actifs, ces derniers jours. Il semble que Makepeace ait eu quelques activités qui relèvent de la haute trahison et peut-être sera-t-il soulagé d'accepter ces mille livres s'il avait l'opportunité de mettre bientôt de la distance entre la justice anglaise et lui.

— Oh, ce serait un tel soulagement…

Clara avait élevé la voix. Elle se tut brusquement, en entendant des voix dans le couloir. Mais celles-ci s'éloignèrent et elle put reprendre :

— Un tel soulagement, vraiment, d'être débarrassée de cet homme. Mais cela ne résout pas le problème de Lina.

— C'est la question suivante. Est-ce que Reginald Tolhurst est un de vos habitués ?

— Mais… oui ! Il ne paraît pas nous tenir rigueur des circonstances de la mort de son père… Le fait qu'il soit de ses héritiers ne l'a malheureusement pas encore conduit à nous régler son ardoise, hélas. Je soupçonne que le legs ne sera pas vraiment suffisant à payer toutes ses dettes.

— Est-il ici ce soir ?

— Je crois, oui…

Clara alla ouvrir une porte sur un petit corridor secret qui menait à une galerie finement grillagée, de laquelle elle pouvait voir sans être vue tout ce qui se passait dans le salon. Un doigt sur les lèvres, elle leur fit signe de la suivre. Lina retrouva la pénombre familière du réduit d'où elle avait elle-même souvent surveillé les allées et venues.

En dessous d'eux, Makepeace accueillait un joyeux groupe de nouveaux arrivants. Les filles voltigeaient autour comme de jolis papillons, tandis qu'ils riaient et plaisantaient très fort.

— Là, chuchota Clara en montrant du doigt un point de la salle.

Lina se raidit en reconnaissant l'homme qui l'avait accusée. Alors Quinn passa son bras autour de ses épaules et l'attira contre lui. Il se pencha et ses lèvres vinrent effleurer les siennes, tout doucement, davantage sans doute pour exprimer sa confiance et ses regrets, que par désir. Ce fut si bref qu'elle n'eut pas même le temps de réagir. Déjà, il tournait les talons pour repasser dans le petit corridor. Mais elle en fut réconfortée et rassérénée. Il la croyait, à présent, même s'il ne lui pardonnait sans doute toujours pas de lui avoir menti et de l'avoir entraîné dans cette histoire sordide alors qu'il avait tant besoin de retrouver sa respectabilité perdue.

— Il faut que je fasse sa connaissance, dit Quinn. Pensez-vous que je puis laisser Celina ici, madame ? Y sera-t-elle en sécurité ?

— Et Gregor ? demanda cette dernière.

Il était bien doux de pouvoir encore profiter un peu de sa tante, mais elle ne voulait pas abandonner le Russe.

— Avec trois délicieuses jeunes personnes et une chambre confortable, je pense qu'il est suffisamment occupé, répondit Quinn avec un sourire qui le fit paraître soudain nettement plus jeune.

Lina éclata de rire.

— Mon Dieu, ce garçon est magnifique ! déclara tante Clara lorsqu'il referma la porte. Je ne te blâme pas d'être amoureuse de lui, ma chérie. Je n'ai connu Simon que quand il avait bien trente ans de plus que ton Quinn, mais j'aurais aisément reconnu son petit-neveu.

— Il n'est pas *mon* Quinn, protesta Lina.

Cependant, elle pouvait difficilement nier en être amoureuse ; on ne trompait pas aisément tante Clara.

— Mais j'aimerais qu'il le soit…

— Il fait tout cela pour toi, non ? Crois-moi, c'est bon signe ! Etes-vous amants ?

— Non et je ne devrais pas le dire, mais j'aimerais bien que nous le soyons.

Ce qu'il y avait eu entre eux comptait à peu près pour rien, hélas.

— Il est furieux contre moi parce que je n'ai pas dit la vérité dès le début et que je l'ai obligé à mentir à la police.

— S'il est aussi fâché que tu le dis, il ne le montre guère.

— Il déteste le mensonge, les menteurs et surtout les menteuses. J'aurais dû savoir que je pouvais lui faire confiance, mais je n'ai rien vu. Je crois qu'il fait tout cela pour moi parce qu'il ne pourrait pas supporter de rester sans rien faire devant une injustice. Il a racheté Gregor aux Turcs, alors que c'était un esclave et qu'ils l'avaient battu presque à mort. Il l'a soigné et lui a rendu la liberté. C'est un homme merveilleux…

Elle était tout près de fondre en larmes, surprise d'être aussi émue.

— Je crois qu'il ne se juge pas lui-même à sa véritable valeur.

— Tu l'aimes, incontestablement… Pour une femme de notre monde, cela n'a jamais mené à rien d'autre qu'à avoir le cœur brisé, mon petit, lui dit sa tante en venant s'asseoir auprès d'elle et en lui entourant les épaules de son bras.

— Je ne sais pas si je suis de ton monde, tante Clara. Peut-être bien que oui et que la société me condamne, comme elle vous condamne, sans rien voir de ce qu'il y a de bon en vous.

Elle sentit soudain tout son courage l'abandonner.

— Je l'aime, je voudrais l'épouser, mais je sais que c'est impossible. Il ne voudra jamais de moi, même pas comme maîtresse. Même cela, je ne pourrai pas l'avoir !

Appuyé contre un pilier, fumant un mauvais cigare que lui avait offert Tolhurst, Quinn le laissait parler, guettant une ouverture dont il pourrait profiter.

— La seule chose que je regrette, finit-il par dire d'un air faussement détaché, c'est qu'il n'y ait pas de salle de jeu dans cette boutique.

— Oui, vous avez raison. A quoi jouez-vous ?

— Oh, à tout ce qu'on veut : le whist, le piquet…

Tolhurst eut un petit rire intéressé. Quinn enfonça le clou.

— Je ne suis pas trop mauvais aux jeux d'adresse…

C'était un euphémisme, il y excellait. Mais il était encore trop tôt pour se démasquer.

— Des amis à moi m'ont recommandé un établissement, juste au coin de la rue, ajouta-t-il. Je n'y suis encore jamais allé, et cela me démange…

Il s'efforça de prendre un air un peu embarrassé et observa les réactions de Tolhurst. Comme une étincelle d'intérêt s'allumait dans ses yeux, il s'empressa de porter l'estocade.

— Je n'ai pas l'habitude des tripots londoniens, vous comprenez ? Je suis resté outre-mer un peu trop longtemps.

Tolhurst sourit d'un air à la fois carnassier et protecteur.

— Je pourrais vous y accompagner, proposa-t-il, je me sens en veine, ce soir. Si nous y allions tout de suite ? Si vous avez fini ce que vous aviez l'intention de faire ici, bien sûr…

— Tout à fait ! Laissez-moi seulement le temps de monter prévenir que je m'absente l'ami qui m'a amené ici.

« Nous pensons tous deux avoir ferré le poisson », songea Quinn en montant l'escalier et en frappant à la porte de la chambre où il avait laissé Gregor. Il griffonna quelques mots sur un morceau de papier. Au bout de quelques instants, la porte tourna sur ses gonds et Pauline passa la tête par l'entrebâillement.

— Donnez ceci à Igor, s'il vous plaît, lui dit-il, et assurez-vous qu'il le lise.

« Plus facile que je le croyais, disait le billet. Vais dans un tripot avec lui. Serai là dans deux heures. Renvoie C. à la maison dans un fiacre. »

Ensuite, il alla frapper à la porte de Clara. Quand elle lui ouvrit, il ne vit pas trace de Lina.

— Vous êtes prudente, lui dit-il, c'est bien. Mon ami Gregor va passer prendre Celina dans quelques minutes et la fera raccompagner en fiacre.

— Et vous ? demanda Lina qui venait d'apparaître derrière sa tante.

Il remarqua qu'elle avait les yeux très rouges.

— Je vais aller jouer aux cartes avec Tolhurst. Il me prend pour un naïf à peine débarqué des Tropiques.

Celina parut alarmée, mais il la rassura d'un sourire.

— Ce qu'il ne sait pas, c'est que j'ai appris à jouer au Palais-Royal avec un professeur qui a plumé tout Paris... Pourtant, il peut être tranquille : ce soir, il va gagner.

Lorsqu'il vit Gregor se glisser dans la salle du tripot, Quinn jeta ses cartes sur la table de jeu d'un air dégoûté.

— Bon sang, j'en ai assez pour ce soir ! Bien joué, Tolhurst. J'espère que vous me donnerez l'occasion d'une revanche, un de ces jours ?

— Mais bien sûr, mon cher !

Reginald Tolhurst ramassa les billets et les pièces avec un plaisir mal dissimulé. Les renseignements récoltés par Gregor, qui le disaient au bord de la faillite, devaient être exacts.

— Voici ma carte...

Il lui tendit le rectangle de bristol et prit celle de Quinn en retour.

— Je vous souhaite la bonne nuit.

Quinn se leva, alla chercher son chapeau et sortit dans la cour où il attendit dans l'ombre que Gregor le rejoigne.

— On le tient, lui dit-il quand ce fut fait. Il me prend pour un pigeon qu'il va pouvoir facilement plumer. Il se méfiera encore beaucoup moins la prochaine fois.

Gregor le suivit dans la ruelle, puis dans Saint-James Street.

— Il sait jouer ? demanda-t-il.

Ils laissèrent le palais sur leur gauche et se dirigèrent vers Piccadilly.

— Passablement. Mais il n'est pas très bon pour ce qui est de prévoir les coups de son adversaire et quand il commence à perdre, il perd aussi tous ses moyens. Si je l'avais voulu, j'aurais pu lui prendre sa chemise. Nous lui laisserons un jour ou deux pour se persuader qu'il est vraiment le plus fort et…

Quinn tapa du poing contre sa paume ouverte.

— Nous lui porterons l'estocade !

— Celina est rentrée en fiacre, comme tu le voulais, et moi, j'ai passé un très bon moment avec ses amies. Elles sont très gentilles !

— J'imagine…

Quinn n'avait pas voulu trop repenser à ce qu'il avait entendu, dans l'appartement privé de Clara, mais à présent qu'il en avait terminé avec Tolhurst, il ne pouvait se défaire d'un fort sentiment de culpabilité. Il n'avait pas du tout cru Celina quand elle lui avait dit qu'on l'avait forcée à se rendre au rendez-vous. Elle avait accepté ses excuses avec beaucoup de grâce, cependant. Une grâce qui lui ressemblait. Mais il soupçonnait que sa suspicion l'avait profondément blessée.

La suite n'avait été que désastre. Un véritable désastre ! Il avait ruiné définitivement la réputation de la jeune femme. Lorsque les nuages s'éclairciraient un peu au-dessus de sa tête et qu'elle serait lavée de cette sombre accusation de vol, il se servirait du legs du vieux Simon pour la mettre à l'abri et l'établir dans la vie, en toute sécurité et respectabilité. Pourtant, si un homme venait à lui faire la cour et à vouloir l'épouser ? Que lui dirait-elle ? Lui mentirait-elle en priant pour qu'il ne s'aperçoive pas qu'il n'était pas le premier ou lui dirait-elle la vérité au risque presque certain de se voir abandonnée ?

— Elle n'est pas de ce monde-là, dit lentement Gregor, qui cherchait ses mots en anglais. Ces filles sont… de gentilles filles, de bonnes filles, mais pas des filles bien. Celina, elle, est une fille bien.

Le regard qu'il lança à Quinn était une critique patente.

— Ne me regarde pas comme ça ! protesta ce dernier. J'ai passé une nuit auprès d'elle, sur la chaise longue, sans la toucher. Elle avait fait un cauchemar.

Gregor garda le silence, Quinn ne lui parla pas de ce qui s'était passé juste après la venue de l'inspecteur Inchbold.

Sur Piccadilly, la circulation était toujours importante, malgré l'heure tardive.

— Mille livres, c'est une belle dot, pour une jeune lady, fit remarquer le Russe, l'air de rien.

— Certes.

Quinn traversa la place sans regarder, ignorant les injures d'un cocher de fiacre qui eut toutes les peines du monde à l'éviter. Gregor ne le rattrapa qu'au coin d'Old Bond Street.

— Tu vas lui trouver un mari ?

— Pourquoi ? grogna Quinn. J'ai l'air d'être sa mère ?

— Non, mais elle a l'air d'un petit agneau perdu et toi, tu recueilles les agneaux perdus.

— Tu juges d'après ton cas ? Tu te prends pour un agneau, toi aussi ?

« Ou bien est-ce que tu te figures que tu es ma conscience, sacré nom ? »

— Non ! Moi je suis un loup, qui est ton ami. Alors, qu'est-ce que tu vas faire du petit agneau ?

— Rien.

Et il pensait ce qu'il disait.

— Nous ne sommes plus au fond de l'Anatolie ou dans un quartier chaud de Constantinople. Il suffira de prouver son innocence et elle sera en sécurité.

Comme ils arrivaient devant son hôtel particulier, Quinn fouilla dans sa poche pour chercher sa clé, Gregor toujours sur ses talons.

— D'abord éliminer Tolhurst, résuma-t-il par-dessus son épaule. Puis je continue à me faire des relations jusqu'à ce que je sois en position de forcer Langdown à se battre en duel, ensuite…

La porte s'ouvrit et il se trouva face à Celina, toujours vêtue de ses oripeaux orientaux, mais tête nue.

— Vous allez faire *quoi* ? cria-t-elle.

Chapitre 17

Gregor fit prudemment retraite vers sa propre porte d'entrée, qu'il referma bien vite, les laissant seuls.

— J'ai envoyé les domestiques se coucher, dit-elle, barrant à Quinn le chemin de l'escalier. Qu'est-ce que c'est que cette histoire de duel ? Avec qui voulez-vous vous battre ?

— Avec Langdown, le fils de lord Sheringham.

Elle crut un instant qu'il allait la soulever de terre et la poser de côté pour pouvoir passer. Mais il fit demi-tour et se dirigea vers le salon. Elle le suivit.

— Au bout de dix ans ?

— Il s'agit d'une affaire d'honneur. Je voulais un duel avec lui, or il a refusé, ce qui ne m'a laissé que le choix de rester en Angleterre, marqué au fer rouge pour avoir soi-disant séduit et abandonné une jeune fille innocente, ou bien quitter le pays. Ces gens m'ont pris ma jeunesse, ils ont craché sur mon honneur et balayé mon avenir comme on chasse une mouche d'un revers de la main ! Je vais défier Langdown et ce sera alors son tour de passer pour un lâche ou d'accepter de me donner satisfaction.

— Il peut aussi vous donner la mort.

Lina se sentait aussi glacée que si elle avait avalé une dizaine de sorbets de ce M. Gunter, d'affilée. Comment Quinn pouvait-il envisager de prendre des risques pareils ?

Puis elle s'efforça d'examiner calmement le point de vue de cet homme qu'elle aimait, afin de comprendre sa colère et la honte qui sans doute le hantait encore. Il était quelqu'un pour qui l'honnêteté et la vérité étaient primordiales. Son instinct le portait à protéger les femmes, à prendre soin des êtres faibles et sans défense et on avait voulu faire de lui un personnage assez veule pour débaucher une jeune fille et abandonner son enfant.

— Je suis trop fort pour lui, répondit Quinn avec arrogance.

— Et si vous vous trompiez ? ne put-elle s'empêcher d'objecter.

— J'en doute.

Il marcha droit vers la cave à liqueurs et se versa du brandy dans un grand verre.

— Mais oublions cela, il y a plus important... Je voudrais vous redire à quel point je suis désolé, Celina. J'aurais dû vous croire lorsque vous affirmiez que vous n'aviez d'autre choix que de vous rendre chez Tolhurst...

Il déroula le fil de ses excuses et Lina les écouta en essayant de refouler sa peur à l'idée du duel. Elle en avait déjà entendu de plus habiles. Sans doute Quinn était-il fatigué... Bien qu'il ne l'avouât pas, il semblait avoir l'esprit occupé par une demi-douzaine de stratégies compliquées et imbriquées les unes dans les autres. De plus, il ne devait pas être habitué à présenter des excuses à qui que ce soit, pour quoi que ce soit.

L'ancienne Lina, la timide, celle du passé, aurait été heureuse de les recevoir et n'aurait jamais osé défier un homme à propos de ses projets, quels qu'ils soient.

Mais la nouvelle Lina se laissa tomber dans un fauteuil profond et s'y pelotonna, momentanément distraite par le confort de son pantalon bouffant.

— Vous aviez une opinion toute faite sur moi et tout ce que je pouvais vous dire n'y changeait rien. Mais cela n'a plus d'importance maintenant...

Ce n'était pas vrai et le fait qu'il ait attendu la confirmation de sa tante pour la croire lui faisait mal. Une réaction déraisonnable, elle le savait... Après tout, elle lui avait menti sur bien des points : qui elle était, d'où elle venait et pourquoi elle se trouvait là. Seulement voilà, pour une fois, elle n'avait pas envie d'être raisonnable.

Elle rejeta la tête en arrière, secoua sa chevelure et commença à la rassembler en une lourde tresse. Cet exercice lui donnait une contenance, une bonne raison d'occuper ses mains à autre chose qu'à battre Quinn comme plâtre. Faute de mieux, elle noua sa natte avec son mouchoir.

— Vous espérez reprendre votre place dans la société en commençant par un nouveau scandale ? lui demanda-t-elle.

— Il y a une symétrie, quand on y songe… Ne l'ai-je pas quittée par un autre ?

Il avala le contenu de son verre d'un trait.

— Avant la fin de la semaine, j'en aurai terminé avec Reginald Tolhurst et Makepeace. Quand tout sera réglé avec les autorités, vous pourrez redevenir Celina Shelley en toute légalité. Entretemps, mieux vaut que l'on ne vous voie pas avec Gregor ou avec moi. Mon idée de vous déguiser en courtisane n'était pas bonne, je le comprends maintenant que je connais votre véritable situation.

— En somme, je dois rester confinée ici pendant que deux hommes, ces êtres infiniment supérieurs, s'occupent de tout ?

— Si vous voulez l'entendre ainsi…

— Je ne suis rien supposée faire d'autre ?

— Vous ne pouvez pas retourner à la Porte Bleue. Le mieux serait encore de rentrer à Dreycott Park pour les six mois à venir, puis de toucher vos mille livres et en faire ce que vous voudrez.

Six mois… Six mois « recluse » à Dreycott Park… Cette perspective lui aurait paru miraculeuse, il y avait seulement quelques semaines. A présent, elle lui tordait le cœur, car pendant ce temps, Quinn serait à Londres, loin d'elle et de toutes les manières possibles, par l'espace, par le cœur, et par l'esprit. Or elle ne voulait plus le quitter, ce qui était impossible. Il était baron ; il allait bientôt recouvrer son rang et toute sa place dans la société, si du moins il survivait à ce duel imbécile. Elle, elle n'avait d'autre avenir que celui de se retirer dans quelque bourgade, espérant que son passé ne viendrait jamais la rattraper.

— Je vous remercie, lui dit-elle, la voix blanche.

Il vint se camper devant elle qui était assise là, toute pelotonnée dans ses vêtements exotiques de garçon.

— Tout ira bien, Celina, essaya-t-il de la rassurer, se méprenant sur les raisons de son désarroi. Votre nom sera lavé de toute souillure, votre tante débarrassée de Makepeace et vous allez avoir de l'argent…

Lina secoua la tête. Que lui dire, à part la simple vérité, qu'elle l'aimait ? Pourtant, même la nouvelle Lina, la brave, la combative, ne l'osait. Quinn prendrait ses jambes à son cou. Il était difficile de l'imaginer en homme marié. Peut-être serait-il amoureux, un jour, mais il était plus probable qu'il se trouverait une épouse complaisante qui lui donnerait un héritier, tiendrait sa maison et lui laisserait toute latitude de faire exactement ce qui lui plaisait.

— C'est à cause de l'autre nuit que ça ne va pas ?

Elle vit que ses yeux s'assombrissaient à ce souvenir dont elle ne gardait pas une impression si mauvaise.

— Non, je n'y pense plus…

« Encore un autre mensonge… »

— Vous devriez. Cela va malheureusement vous poser un grave problème, si vous devez vous marier.

— Bah, je pourrai toujours mentir, répondit-elle en affectant la légèreté. Je suis sûre que les filles de la Porte Bleue sauront me conseiller quelque artifice pour faire croire que je suis encore vierge.

— Vous mentiriez à votre mari ?

— Non, fut-elle forcée d'admettre. Pas si je l'aime.

« Seulement je n'aimerai jamais un autre homme que toi, Quinn, alors ça n'a pas d'importance… »

Il jura entre ses dents et, lui tournant le dos, fit quelques pas dans la pièce. Malgré la détresse où elle se trouvait, Lina prit plaisir à l'observer, à admirer la souplesse de sa démarche, son élégance, la force virile qui émanait de lui. Soudain, il se tourna vers elle, le visage tendu.

— Eh bien, il ne me reste qu'une seule chose à faire pour réparer mes torts. Voulez-vous m'épouser, Celina ?

Lina sentit tout son sang se retirer de son visage.

— Non, balbutia-t-elle. C'est impossible ! Vous êtes baron. Moi, avant toute cette histoire, j'étais simplement Celina Shelley, fille d'un modeste homme d'Eglise. Je ne peux pas vous épouser, Quinn… Il vous faut une femme de votre rang et aussi, étant donné ce qui vous est arrivé par le passé, une femme à la réputation irréprochable. Certainement pas quelqu'un qui a vécu dans une maison de passe, a été accusée de vol et que l'on a retrouvée dans la chambre d'un homme, mort de trop d'excitation. Ah, et j'oubliais… Il n'y a pas que ma tante qui était courtisane. Ma mère l'était aussi, quoique je doute que mon père l'ait jamais su.

Cela suffisait plus que largement pour lui faire abandonner cette folie. Elle le regarda en face pour la première fois depuis le début de sa tirade. Non, cela ne semblait pas lui suffire.

— Ce serait pourtant la chose la plus intelligente à faire…

En un clin d'œil il s'accroupit et s'assit en tailleur à ses pieds sur le tapis, sans plus de difficultés que s'il avait porté ses habits orientaux.

— Ainsi, j'épouserai une femme qui ne fera pas de gorges chaudes sur mon passé et qui n'aura pas de secret pour moi, puisque je connaîtrai les pires des siens. Et puis… Nous nous entendrons très bien au lit, ajouta-t-il en la regardant à travers ses paupières mi-closes.

— Ne pensez-vous donc qu'à cela ? lui lança Lina, furieuse qu'il pût laisser s'insinuer en elle des pensées aussi troublantes.

Le sexe ne comptait pas. C'était l'amour qui comptait ! L'avenir de Quinn également. Sa réputation.

— Pas du tout ! répondit-il. Je pense aussi aux mémoires de Simon, à Makepeace, au duel, à vendre Dreycott Park, à me faire tailler des vêtements européens, à savoir si je peux laisser mes affaires à Constantinople pendant six mois ou si je dois envoyer Gregor les superviser et à bien d'autres choses encore, en particulier à vous mettre dans mon lit.

— Oh !

Elle tira un coussin du fauteuil et le lui lança. Il ne chercha pas à l'éviter, éclata de rire, s'en saisit et se roula avec sur le tapis, quatre-vingts kilos de corps d'homme particulièrement en forme et désirable, aux pieds de Lina.

Il se rassit d'un seul coup, sans prendre appui sur ses mains ou ses bras.

— Je me demande pourquoi je n'y ai pas pensé plus tôt, ajouta-t-il d'un air satisfait.

— Parce que c'est une idée ridicule… Je n'ai aucune envie de rester à la maison à broder et à épousseter les livres de votre bibliothèque ou à m'occuper des enfants, pendant que vous courrez le monde avec Gregor ! Ce n'est pas du tout ma conception du mariage !

« Des enfants… Nos enfants… »

Elle pouvait presque les imaginer.

— Ah, oui, c'est vrai, vous croyez à l'amour dans le mariage.

— Oui, répondit-elle en le regardant au fond des yeux.

— Il vous faudra alors mentir à l'homme que vous aimerez ou bien le perdre.

— Pourquoi les hommes sont-ils tellement hypocrites avec le sexe ? Vous non plus vous n'êtes pas vierge !

Quinn sourit.

— Et pourtant, je ne suis pas supposée le déplorer !

— Un homme aime savoir qui est le père de ses enfants. Mais vous avez raison, nous sommes des hypocrites, jaloux et possessifs. Au moins, vous pourrez profiter de ma grande expérience et aussi être sûre que je me battrai jusqu'à la mort pour vous…

— Je ne le veux pas ! Même pas si vous survivez à ce duel

imbécile, que vous avez l'intention de provoquer ! Quant à votre expérience, je suis sûre qu'elle est très surestimée.

A peine eut-elle prononcé ces mots, qu'elle sut qu'elle avait eu tort. C'était la provocation de trop.

Quinn la regarda un instant, les yeux mi-clos, puis se détendit d'un bond, la saisit par les poignets et l'attira. Elle se retrouva couchée sur lui, le souffle suspendu, tous les sens en alerte, respirant son odeur chaude mêlée à celles du tabac et du brandy.

Il roula sur elle avant qu'elle pût se libérer et elle se retrouva prise au piège, emprisonnée dans l'étau de ses cuisses, son érection bien présente à la jonction des siennes.

— Laissez-moi ! Vous disiez que vous ne forciez pas les femmes. Est-ce que cela compte pour rien si elles ne sont plus vierges ?

Ils étaient presque nez à nez. Il n'avait qu'à baisser un peu la tête pour prendre sa bouche. Et le reste.

— Je ne vous forcerai pas. Mais voulez-vous savoir ce que vous dédaignez ?

Il tourna la tête et passa le bout de sa langue le long de la joue de Lina, sur l'arête de sa mâchoire.

— Laissez-moi faire une minute et ensuite, si vous voulez encore que j'arrête, dites-moi simplement « non ». Une minute, que risquez-vous ?

— Je risque gros, répondit Lina en essayant de ne pas déjà ronronner de plaisir.

— Soixante petites secondes. Vous pouvez commencer à compter.

Sa bouche recouvrit la sienne et sa langue vint se glisser entre ses lèvres, pour qu'elle pût goûter sa brûlure et sa saveur.

Un, deux, trois… Il sentait le brandy, les épices et autre chose, qui devait être son goût à lui. Sa… cinq, six… langue appelait la sienne, s'entremêlait à elle. Elle la lui donnait… neuf, dix… tâtait la dureté de ses dents, la douceur de l'intérieur de sa joue. Douze… oh, ce n'était pas possible, elle ne pourrait jamais… quatorze… Elle sentait les longs doigts de Quinn s'activer sur les boutons de son costume oriental, venir défaire le bandage qui comprimait ses seins…

Il poussa un soupir de frustration et libéra sa bouche pour mieux s'occuper de chaque bouton. Vingt, vingt et un… La main disparut sous sa tunique et reparut armée d'une fine dague.

— Ne bougez pas, lui recommanda-t-il.

La lame scintilla à la lueur des chandelles, puis vint s'insérer entre le bandage et sa peau, enfin la libéra, exposant sa poitrine nue au regard brûlant de celui qui la tenait.

Où en était-elle ? A trente ? Il était difficile de se concentrer et de compter… Elle s'étira, se pressant contre la flèche dure qui lui promettait beaucoup de plaisir et qu'elle avait tant envie de caresser… Quinn gémit, posa la dague et commença à lécher les seins offerts. Trente-neuf… non… trente-quatre…

— C'est merveilleux, murmura-t-il avant de capturer une pointe de sein entre ses lèvres et de la torturer délicieusement.

— Vous comptez toujours ?

— Ou… oui. Quarante, je… je crois…

Il sourit tout contre elle, sa barbe naissante chatouillant la douceur de ses seins, et elle gémit à son tour, tandis qu'il desserrait le cordon du pantalon oriental pour y glisser sa main, vers son tendre renflement. Elle écarta les cuisses pour mieux lui livrer passage. Les nombres dansaient dans sa tête. Soixante ? Cent ? Elle perdait le compte et le sens des réalités, tandis que le doigt de Quinn se glissait entre les plis humides de son intimité. Elle était trempée de désir pour lui et sans honte, les cuisses ouvertes pour qu'il pût lui faire ce qu'il voulait.

Le pouce de Quinn retrouva cette partie si sensible qu'il avait si bien tourmentée la première fois et Lina se cambra éperdument pour accompagner son mouvement, tandis qu'il glissait encore un, puis deux doigts à l'intérieur d'elle sans que son pouce cessât de s'activer. Elle avait l'impression que tout tournait autour d'elle et que tout était démultiplié : l'odeur de

Quinn, la chaleur de son corps, la sensation du sol dur sous elle, la brûlure de sa bouche qui murmurait tout contre la sienne. Il lui semblait qu'elle volait, qu'elle tombait, puis volait encore, puis se brisait en des millions d'éclats de plaisir et autant de taches de couleur sur le velours noir de ses paupières closes.

— Vous avez oublié de compter, murmura Quinn près de son oreille.

Lina rouvrit les yeux. Il était toujours allongé sur le tapis, entre ses jambes, et elle était nue, à l'exception de sa tunique de soie entièrement ouverte.

— Non, je ne compte plus. Oh, Quinn, c'était… extraordinaire !

— Bien !

Il avait l'air satisfait et heureux, et le mélange des deux la faisait trembler d'amour et de tendresse.

— Vous voyez qu'il y aurait quelque avantage pour vous à m'épouser.

« Oui, bien sûr, c'était pour cela. Me convaincre de dire oui, afin que son honneur et sa conscience soient en paix. »

— Il y a quelque avantage à faire l'amour avec vous, c'est certain, répondit-elle.

Puis elle se redressa, écarta les cheveux qui tombaient sur ses yeux et essaya de refermer sa tunique.

— Je ne nie pas que vous savez me donner du plaisir, mais la question n'est pas là. Je ne vous épouserai pas, Quinn.

— Mais si, vous m'épouserez.

Cela semblait davantage une menace qu'une promesse.

— Et maintenant, il faut aller au lit.

Il se releva et l'aida à faire de même, la laissant rajuster son pantalon.

— Quinn…, commença-t-elle tandis qu'il l'entraînait vers la porte, c'est la deuxième fois que nous… Et pourtant, vous ne m'avez pas… dois-je… ?

— Non. Ce serait une mauvaise idée. Nous attendrons d'être mariés.

— Mais je ne veux pas…

— Au lit !

Elle finit par se retrouver seule derrière la porte du salon close. Elle s'y appuya et regarda l'escalier, essayant de trouver l'énergie nécessaire pour en gravir les marches. Avait-on jamais vu un homme aussi entêté ? Mais sa bouche, son corps, ses mains… Et pas seulement cela, tout de lui, tout ! Son esprit, son courage, son humour… Tout !

Ce mariage serait un désastre, se répéta-t-elle en montant l'escalier, pire que de vivre avec un homme pour lequel elle n'aurait que peu de désir ou de respect. Pas de place pour l'émotion, le partage, rien que des regrets, des attentes toujours déçues. Et si par malheur Quinn s'en apercevait, alors elle connaîtrait l'humiliation de se voir traiter avec douceur et bonté, par pitié.

Elle se trouva bien inspirée d'avoir envoyé les domestiques se coucher. Ainsi, personne n'assisterait à sa déconfiture. Elle ne prit pas même la peine d'éteindre les chandelles, lorsqu'elle fut dans son lit. A quoi bon ? La nuit serait longue et sans sommeil.

Adossé lui aussi à la porte du salon, mais de l'autre côté, Quinn resta immobile un long moment avant de se diriger de nouveau vers la cave à liqueurs. La seule chose à faire était de rejoindre Celina dans sa chambre et de la faire sienne, une bonne fois pour toutes. Mais il était surtout important de la convaincre d'agir au mieux de ses intérêts, ce qui n'était pas tout à fait pareil.

Quinn n'avait pas projeté de se trouver une épouse, en tout cas pas avant qu'il ne se sentît prêt à s'établir dans la vie. Il y avait pourtant songé, s'était dit qu'il lui faudrait une femme intelligente, quelqu'un qui pourrait supporter ses fréquentes absences, ses voyages et qui n'espérerait pas le traîner à tous les bals et réceptions, quand il voudrait rester chez lui pour travailler. Une femme indépendante et capable, qui n'aurait pas besoin de lui pour se faire des amis et trouver des distractions. Une bonne mère, aussi, car à présent qu'il avait un titre, il allait bien lui falloir le conserver et le transmettre.

Et voilà que sa conscience l'obligeait à projeter un mariage avec la fille d'un obscur pasteur de campagne, venue d'un village tout aussi obscur. Une charmante jeune personne, mais à la parentèle douteuse, et qui montrait un curieux mélange d'innocence, d'ignorance et de connaissances très délurées. Une femme surtout qui ne voulait pas l'épouser !

Il avait bien compris ses raisons, et ses scrupules l'honoraient... Mais la logique aurait plutôt voulu qu'elle lui confiât ses ennuis, qu'elle écoutât patiemment ses conseils et qu'elle se laissât convaincre du bienfondé de cette demande en mariage. Et non qu'elle lui tienne tête et refuse catégoriquement, même après leur délicieuse partie de plaisir sur le tapis !

Il ne lui restait, peut-être, qu'à pratiquer une sorte de guerre d'usure, à lui rappeler sans cesse, par des effleurements, des mots murmurés et des regards intenses, ce qu'il y avait eu entre eux et ce qui pourrait se passer encore.

Pourquoi avait-il fallu qu'elle surgisse à la porte au moment même où il évoquait ce duel ? Il n'y avait rien d'étonnant à ce qu'elle ne le vît pas endosser le rôle de mari avec trop d'enthousiasme, si elle l'imaginait déjà raide mort sur une pelouse, aux petites heures du matin, un médecin ronchonnant d'avoir été réveillé trop tôt et pour une activité illégale, en train de constater son décès.

Il avait beau affirmer qu'il ne risquait guère d'être tué, elle n'en croyait rien et il était compréhensible qu'une femme préférât qu'un fiancé potentiel fût toujours en vie à la date prévue pour le mariage...

Il ajouta mentalement la ligne « épouser Celina » à la liste de ses résolutions et y biffa, tout aussi virtuellement, la formule précédente : « trouver une femme ».

La perspective de se marier ne lui pesait plus du tout, à vrai dire. Celina allait être un délice au lit et elle le faisait rire. La parfaite compagne, et qui ne s'en laissait pas compter. Qui donc avait dit qu'il était pénible d'écouter sa conscience ?

Chapitre 18

Le lendemain matin, dès qu'il entra dans la salle à manger pour le petit déjeuner, Quinn nota au premier coup d'œil les cernes sombres sous les yeux de Lina, qui trahissaient la mauvaise nuit qu'elle avait passée. Il se pencha au passage pour déposer un léger baiser sur sa nuque et elle se raidit, malgré le frisson qui lui parcourait l'échine.

— Ne faites pas ça et ne me parlez plus de mariage !

Elle devait entretenir sa colère pour ne pas fondre dans ses bras. Ce diable d'homme avait découvert la faille dans son armure et elle devait absolument lui cacher que le trouble qu'elle éprouvait auprès de lui était dû à des sentiments amoureux, et non pas simplement à la science dont il faisait preuve en matière de caresses.

— Pas la peine de vous fâcher, dit Quinn en allant se servir au buffet avec le plus grand naturel, comme s'ils ne s'étaient pas trouvés tous les deux, quelques heures plus tôt, dans un grand désordre de tenue, les jambes emmêlées sur le tapis. J'ai dit au personnel que je préférais déjeuner sans avoir en permanence un valet derrière ma chaise. J'espère que cela ne vous ennuie pas… Nous pourrons toujours sonner, si nous avons besoin de quelque chose.

— Je veux que vous cessiez de proférer des sottises, lui dit-elle en lui versant du café noir, comme elle avait appris qu'il l'aimait.

Il prit sa tasse avec un murmure de remerciement et un regard qui la fit fondre.

— Je ne vous épouserai pas, un point c'est tout. Et maintenant, que faisons-nous, aujourd'hui ?

Quinn ne fit aucun commentaire sur cette déclaration d'intention — de non-intention plutôt — et se contenta de répondre, en coupant son bacon :

— J'irai à la Société des Etudes Anciennes, puis je ferai quelques visites, en espérant recevoir autant d'invitations…

Il sourit.

— Toujours mes efforts pour réintégrer la *bonne* société… Puis je rejoindrai Gregor et nous vérifierons si toutes les rumeurs que nous avons collectées concernant Makepeace sont suffisantes pour le chasser de la Porte Bleue.

— Comment avez-vous fait pour découvrir quoi que ce soit à son sujet ? Nous ne sommes à Londres que depuis deux jours.

— Vous oubliez que Gregor y est depuis plus longtemps. Et puis, comme je vous l'ai dit, nous avons mis quelques limiers sur l'affaire. Je ne viens peut-être pas très souvent en Angleterre, mais je suis dans le négoce, ce qui signifie que j'ai des relations dans bien des ports. J'ai le sentiment que Makepeace a derrière lui un lourd passé et qu'il préférera prendre mon argent, plutôt que d'être trop brutalement confronté à ses actes. Enfin, c'est ce que nous verrons…

— Ce serait un grand soulagement pour tante Clara, dit Lina en commençant à manger, elle aussi.

— Peut-être souhaitez-vous savoir également ce que je compte faire à propos du saphir ? demanda-t-il avec un sourire radieux.

— J'avoue que je verrai avec plaisir s'éloigner la perspective de la prison ou pire encore.

— J'irai retrouver Reginald Tolhurst demain soir et à cette occasion, j'espère découvrir ce qu'il a fait de la bague de son père.

— Comment être certains qu'il a le saphir ?

— Qui d'autre pourrait l'avoir dérobé ? Sir Humphrey le portait quand vous vous êtes déshabillée. Vous ne l'avez pas pris, mais vous étiez dans la chambre jusqu'au moment où l'on a constaté sa disparition. Reginald est le premier qui a touché le mort ; il a pris le pouls de son père à la main gauche et c'est alors qu'il a comme par hasard découvert que le saphir avait disparu.

— Mais pourquoi aurait-il fait une telle chose ? Le saphir a peut-être une grande valeur, mais il est tellement célèbre qu'il en est invendable, et Reginald le sait…

— Je dois avouer que je m'explique assez mal ses motivations. Savait-il que son père ne lui laisserait pas suffisamment de liquidités pour payer ses dettes ? Ou bien n'a-t-il tout simplement pas pu s'empêcher de le dérober, quitte à se poser des questions ensuite ? C'est un joueur, mais pas le plus intelligent, ni le plus calculateur. Et retirer le saphir de sa monture pour le vendre lui ferait perdre beaucoup de sa valeur…

— Comment comptez-vous prouver que c'est lui le voleur ?

— En lui tendant un piège, habilement et devant témoins.

Lina frissonna. Quinn lui faisait l'effet d'une panthère prête à se jeter sur sa proie.

— Je veux être présente, lorsque vous le piégerez, dit-elle d'une voix aussi assurée qu'elle le put.

— Non !

— Vous êtes bien autoritaire, et ce n'est pas ce genre d'attitude qui pourra me convaincre de vous épouser, lui fit-elle remarquer, suave. J'attends davantage du mariage que rester à la maison à attendre passivement les ordres d'un mari. Je ne veux pas un maître, mais un partenaire.

— Ce petit discours signifie-t-il que vous pourriez reconsidérer ma proposition ?

— Vous épouser ? Peut-être…

Elle baissa les yeux pour qu'il ne pût y lire son inquiétude et son trouble.

— Si du moins je pouvais voir autre chose de vous que quelques facéties au petit déjeuner et des promesses de plaisir physique dans la chambre à coucher…

— J'hésite à vous emmener, lui répondit-il très sérieusement, lui montrant à sa grande surprise qu'il y avait pensé. Mais vous avez raison : il n'est pas très juste que vous ayez enduré tout cela et ne soyez pas présente lors de la conclusion de l'affaire. Alors voilà ce que nous allons faire… Vous pourrez venir à la condition expresse que vous ferez exactement ce que je vous dirai.

— Je vous le promets. Merci, Quinn.

Elle leva les yeux et lui sourit, enchantée qu'il ait pu revenir sur sa décision simplement parce qu'il trouvait juste de lui accorder ce qu'elle demandait.

« Je t'aime… Oh, comme je t'aime ! »

Puis elle le vit nettement se rembrunir et se troubla. Avait-il vu quelque chose sur son visage qui trahissait ses sentiments ?

— Oui, je veux être là lorsque vous le confondrez, se hâta-t-elle d'approuver avec chaleur, espérant qu'il mettrait ce qu'il avait peut-être surpris sur le compte de son désir de vengeance.

— Alors vous remettrez votre costume oriental, Celina. C'est encore le meilleur moyen pour cacher vos cheveux et de cette manière, je pourrai vous faire passer pour mon serviteur, s'il faut vous faire quitter les lieux rapidement.

A la causerie de la Société des Etudes Anciennes sur l'architecture militaire au XIIe siècle, malgré l'austérité du sujet, l'image de Celina ne quitta pas Quinn, lui faisant même perdre le fil de la conversation alors qu'il prenait le thé avec ces messieurs les savants, de qui il espérait une invitation. Ce fut encore elle qui lui fit répondre par monosyllabes aux questions de Gregor lorsqu'ils montèrent en voiture pour rejoindre la Porte Bleue, en fin de soirée.

— Tu es malade ? lui demanda le Russe, en turc, comme chaque fois qu'ils étaient seuls.

— Pas du tout !

Peut-être couvait-il quelque chose, malgré tout, sinon

comment expliquer qu'il ne pouvait pas se sortir la jeune femme de la tête ?

— Tu es amoureux, alors ?

— Bien sûr que non ! Qu'est-ce que tu racontes ? Mais j'ai demandé à Celina de m'épouser. Je pense que c'est la meilleure chose à faire.

Il avait enchaîné ces deux informations sans prendre le temps de respirer.

— Ah ? Je vais être témoin, alors ? Ça me paraît une très bonne idée ! approuva Gregor.

— Oui, mais elle m'a répondu qu'elle ne voulait pas de moi, ajouta Quinn, satisfait de voir la mâchoire de son ami béer de stupéfaction à cette nouvelle. Et je lui ai dit qu'elle pouvait venir avec nous lorsque nous piégerons Tolhurst.

— Vous êtes aussi fous l'un que l'autre ! Mais tu me parleras de tout ça plus tard, nous arrivons…

Makepeace était dans le salon quand ils entrèrent dans l'établissement et son sourire mécanique de bienvenue s'effaça, lorsque Quinn l'aborda sèchement.

— Pourrions-nous vous dire un mot en particulier, monsieur ?

Makepeace les conduisit dans son bureau et referma la porte derrière eux.

— Avez-vous une plainte à formuler, messieurs ? leur demanda-t-il.

— Pas du tout, au contraire ! Je voudrais racheter vos parts de la Porte Bleue, répondit Quinn qui ne voyait pas l'intérêt de tourner autour du pot.

— Elles ne sont pas à vendre, monsieur Arbuthnot. Je ne sais pas qui a pu vous donner l'idée qu'elles l'étaient…

Il s'assit derrière son vaste bureau comme une araignée au centre de sa toile et toisa Quinn d'un air mécontent.

— Jouons cartes sur table, cher monsieur, reprit Quinn, et laissons tous deux tomber nos masques. Je suis Quinn Ashley, lord Dreycott, et vous êtes Henry Foxton, recherché pour trafic d'armes et intelligence avec les ennemis de la Couronne.

L'homme se figea, interdit.

— C'est faux ! J'ai là, dans un tiroir, des papiers officiels et des lettres de mes avocats qui…

— Laissez vos mains bien en vue ! Vous avez surtout un pistolet dans ce tiroir. Nous croyez-vous à ce point stupides ? Du reste, je suis armé, moi aussi.

Quinn tira de sa jaquette un pistolet de poche qu'il se contenta de montrer, avant de le poser sur son genou.

— Vous voyez, continua-t-il d'un ton conciliant, il n'est pas nécessaire de sombrer dans le mélodrame. Je ne vous dénoncerai pas aux autorités à condition que vous acceptiez de vendre vos parts au prix que je vous propose, et qui est tout à fait raisonnable… puis de disparaître.

— Pourquoi les voulez-vous ? demanda Makepeace.

Mais à la lueur calculatrice dans son œil, Quinn put voir qu'il avait déjà décidé d'accepter.

— Parce que cette maison me plaît et que je trouve indigne qu'un homme dans votre genre puisse y recevoir d'autres hommes qui se sont battus pour leur pays. J'ai ici la somme en liquide ainsi qu'un acte de vente que vous n'avez qu'à signer. Immédiatement !

Gregor tira une liasse de son gilet et la jeta sur le bureau. Makepeace s'en saisit et compta rapidement les billets en les feuilletant du pouce. Ses yeux allaient sans cesse des billets au pistolet de Quinn, qui n'avait pas bougé.

— Voilà… Cet acte a été rédigé par mes avocats. Vous le signez, vous prenez vos affaires personnelles, vous rendez vos clés et vous quittez la Porte Bleue dès cette nuit. Si l'on vous y trouve encore demain matin, je mets la police à vos trousses. Est-ce parfaitement clair ?

Makepeace regarda de nouveau la liasse, puis Quinn, et finalement hocha la tête d'un air rageur et avança la main vers son plumier.

— Vous signez de votre véritable nom, évidemment…, lui recommanda Quinn d'un air entendu.

Il contresigna ensuite le feuillet, et Gregor également, en qualité de témoin.

— A présent, reprit Quinn en passant son arme à son ami, allez faire vos bagages… Et donnez-moi vos clés…

Il tendit la main.

— M. Vassiliev, ici présent, va s'assurer que vous quitterez bien les lieux.

Makepeace lui lança un regard venimeux, mais s'exécuta. Il fallait lui reconnaître une certaine aptitude à juger une situation et à ne pas chercher à lutter quand il avait perdu la partie. Il poussa le trousseau de clés sur le bureau.

— Naturellement, ajouta Quinn en le regardant droit dans les yeux, M. Vassiliev vous fouillera avant votre départ.

Sur ces mots, il se leva. Une clé apparut comme par enchantement du gilet de Makepeace.

— Je vous remercie. J'espère bien ne jamais vous revoir. Très sincèrement, il vaudrait mieux pour vous…

L'autre ne répondit rien. Le regard qu'il lança à Quinn semblait lui promettre une mort lente et douloureuse, mais celui-ci n'en avait cure. Il le salua d'un signe de tête et quitta la pièce.

Le salon était rempli de clients et de filles. Il sentait le parfum, la poudre de riz, les fleurs et la cire. Quinn se fraya un chemin parmi la foule, souriant au passage aux pensionnaires qu'il reconnaissait, puis monta l'escalier pour aller frapper à la porte de tante Clara.

— Lord Dreycott !

Elle posa sa main sur son bras et l'attira à l'intérieur.

— Est-ce que Celina va bien ? lui demanda-t-elle, inquiète.

— Oui, oui, tout à fait bien.

C'était plutôt elle-même qui n'avait pas bonne mine. Elle paraissait plus fatiguée que le soir précédent. Savoir sa nièce à Londres et non plus en sécurité à la campagne, devait l'inquiéter et user sa santé déjà fragile.

Il lui tendit les papiers qui venaient d'être signés.

— C'est pour vous, lui dit-il. Makepeace aura quitté les lieux demain matin.

La vieille dame les parcourut rapidement et de surprise se laissa tomber dans un fauteuil.

— Je… je suis débarrassée de lui, vraiment ?

— Tout à fait !

Tout en lui racontant son entrevue avec Makepeace, Quinn se posta à la fenêtre dont il écarta très légèrement les rideaux afin de pouvoir surveiller la rue.

— Tenez… venez voir…

Tante Clara s'approcha et vit son ancien associé sortir sur le trottoir, une valise dans chaque main. Gregor le suivait, portant un sac. Il héla un fiacre au passage et poussa homme et bagages à l'intérieur. Alors, deux silhouettes sortirent de l'ombre et montèrent dans la voiture à leur tour. Gregor dit quelques mots au cocher, qui fouetta ses chevaux et l'attelage s'ébranla.

— Mais… ne lui aviez-vous pas promis la liberté ?

— J'ai promis de ne pas le livrer aux autorités. Mais je ne lui ai rien dit d'un certain navire dans lequel il va devoir embarquer et qui ne relâchera dans un port que dans longtemps et très, très à l'est de Douvres. A sa manière, son capitaine est un homme honnête. Makepeace aura la vie sauve et conservera son argent. Il pourra recommencer sa vie. Je n'aime pas beaucoup les gens qui spéculent sur la vie de leurs compatriotes. Cette ordure, qui ne s'appelle pas plus Makepeace que vous et moi, vendait des armes à nos ennemis durant la guerre.

Clara lui prit les deux mains dans les siennes.

— Merci… Merci de tout cœur… Si vous voulez examiner nos livres, ainsi vous pourrez juger du rapport que vous pouvez espérer chaque mois de cet investissement.

Quinn sourit et lui reprit l'acte de vente qu'il déposa sur

un joli secrétaire en orme. Il écrivit quelque chose en bas de la feuille et signa.

— C'est un cadeau, expliqua-t-il. J'ai l'intention d'épouser Celina et je ne veux pas qu'elle continue à se faire le moindre souci pour votre situation.

Tante Clara devint très pâle sous le maquillage plutôt discret qu'elle portait, puis elle sourit et lui tendit les mains de nouveau.

— Je suis tellement heureuse pour vous... Vous l'aimez, n'est-ce pas ?

— Disons pour être honnête avec vous que je ne fais que mon devoir, étant donné les circonstances, répondit prudemment Quinn, car je l'ai gravement compromise.

C'était tout juste si le verbe aimer ne l'avait pas fait tressaillir. Qu'avaient donc les femmes à croire tous les hommes capables de ce genre d'émotion ? Un mariage pouvait être tout à fait agréable, même sans cela.

Il se pencha pour lui baiser la main.

— Vous n'êtes nullement responsable de la situation de Celina, lui dit-elle, et il est tout à votre honneur d'avoir pris cette décision, malgré votre absence de sentiments pour elle...

Il sentait, dans ses paroles, une certaine ironie.

— J'ai pour Celina beaucoup d'affection et le plus grand respect, dit Quinn, irrité sans trop savoir pourquoi.

C'était vrai, il aimait beaucoup la jeune femme. Elle était très attachante ; elle avait de l'esprit, de l'humour, elle était intelligente, loyale et affectueuse. Il était certain du reste qu'elle ferait une très bonne mère. Et au lit, elle serait pleine de feu et de passion ! Est-ce que sa tante pensait que hormis l'amour avec un grand A, il n'y avait pas de place pour d'autres sentiments ?

— Il me reste à la persuader, madame.

— Je vous souhaite beaucoup de succès, lui répondit Clara avec le même petit sourire. Et encore merci de m'avoir débarrassée de Makepeace.

*
* *

— Ça ira…

Lina se tenait devant Quinn dans ses vêtements orientaux de garçon, ses cheveux cachés par le turban, mais sans aucun des discrets bijoux qu'il lui avait fait porter la veille.

— Ne quittez pas Gregor d'une semelle, lui recommanda-t-il. Si quelqu'un vous adresse la parole, répondez en mauvais anglais et souvenez-vous que vous êtes un serviteur.

— Oui, seigneur, répondit Lina en imitant le ton soumis de Gregor, lors de leur première soirée à Dreycott Park.

Quinn sourit.

— Tenez, voici un peu d'argent. Si quelque chose se passe mal, si l'on vous reconnaît, fuyez et prenez un fiacre pour rentrer.

Elle était encore rose de soulagement, à l'idée que Makepeace avait accepté de partir refaire sa vie en Orient, quoique Quinn ait été passablement vague sur les moyens qui lui avaient permis de l'en persuader. Elle avait voulu le remercier avec effusion, mais il avait coupé court à ses démonstrations.

A présent que sa tante était rétablie dans tous ses droits, Lina savait ce qui lui restait à faire : quitter Londres au plus vite et attendre à la fois son héritage, la découverte du saphir et l'arrestation du voleur. Elle se trouverait ensuite une agréable maison, engagerait quelques domestiques et se mettrait à la recherche de Bella et de Meg.

Avec le temps, elle parviendrait peut-être à apprendre à vivre avec ce grand vide dans son cœur, la certitude que Quinn se trouvait quelque part dans le monde à mener la vie qu'il aimait, où l'aventure avait toute sa place et où elle-même n'en avait aucune.

« Encore une bonne raison de ne pas l'épouser », songea-t-elle et elle se pelotonna dans un fauteuil, tandis que Gregor et Quinn entamaient une partie de cartes pour passer le temps en attendant l'heure à laquelle ils avaient rendez-vous avec Reginald Tolhurst, dans le petit tripot de Pickering Place.

St James Street grouillait d'hommes qui circulaient de tripot en taverne et de taverne en maison de passes, certains seuls, d'autres en groupes animés. Quelques femmes passaient aussi, les unes élégantes, raffinées, escortées d'une servante, et qui filaient à quelque rendez-vous, les autres plus furtives, qui vous tiraient par la manche pour vous offrir des plaisirs frelatés.

Gregor et Lina restèrent dans la voiture et Quinn en descendit, son chapeau haut de forme à la main. Il s'engouffra dans le passage, à coté de l'épicerie fine Berry Brothers & Rudd, d'où provenait une agréable odeur de café grillé, qui embaumait le voisinage.

— Maintenant, nous attendons, dit calmement le Russe en se calant au dossier capitonné de la berline.

Ils gardèrent le silence pendant un long moment, observant la foule des passants. Lina sentait ses paupières se fermer toutes seules. L'attente semblait impuissante à combattre les effets de sa nuit d'insomnie.

— Pourquoi vous voulez pas épouser ? lui demanda soudain Gregor.

— Parce qu'il croit qu'il y est obligé, répondit Lina. Et par ailleurs, il ne m'aime pas.

— Et vous, vous l'aimez ?

— Non, mentit-elle, soucieuse de ne pas montrer ses sentiments à cet homme si proche de Quinn et qui le connaissait si bien.

Il eût été merveilleux de pouvoir parler de lui avec son ami, pourtant, mais elle ne pouvait espérer le faire sans risquer de se trahir.

— Je ne suis pas une épouse convenable pour un homme de son rang et il le sait, expliqua-t-elle néanmoins. Et puis je crois à l'amour dans le mariage et je ne veux pas prendre au piège un homme qui regrettera toute sa vie d'avoir dû hypothéquer sa liberté.

— Prendre Quinn au piège ? Je voudrais bien voir une femme essayer !

— C'est impossible, n'est-ce pas ? C'est bien ce que je pensais… Il m'épouserait et continuerait à vivre comme par le passé. Il passerait le plus clair de son temps à l'étranger et il aurait des maîtresses, pendant que moi je resterais bien gentiment à la maison, comme une bonne petite épouse… Excusez-moi mais ce n'est pas mon idée du mariage.

— C'est idée de beaucoup de femmes, fit remarquer Gregor.

— Je ne suis pas « beaucoup de femmes ». Et pour commencer, je ne saurais tolérer la moindre infidélité de mon mari.

— C'est qu'il est un homme… très passionné !

Elle pouvait voir, à la lueur d'un réverbère, qu'il s'amusait beaucoup.

— Eh bien, il n'aurait qu'à être passionné avec moi. Et rentrer à la maison, s'il ne veut pas se retrouver célibataire !

— Ah, comme j'aimerais… être mouche sur le mur de la chambre à coucher ! gloussa Gregor, sans chercher plus longtemps à lui dissimuler son amusement.

— Gregor ! s'indigna Lina, vous n'avez pas honte !

Il changea brusquement de ton.

— C'est le moment… Vous venez toujours avec moi, ou bien vous restez ?

— Je viens.

Elle espérait qu'il ne l'avait pas vue trop rougir sous son maquillage de garçon levantin.

— Alors, vous suivez comme mon ombre…

Il descendit de voiture et s'engouffra dans le passage, Lina sur ses talons.

La petite cour était illuminée par des flambeaux et la porte du tripot grande ouverte, laissant passer de la lumière et du bruit.

A l'entrée, Gregor se débarrassa de sa redingote et, d'un claquement de doigts, lui fit signe de le suivre.

Il fallut une minute à Lina pour découvrir Quinn, assis à une table au milieu de la salle. Son cœur se mit à battre précipitamment quand elle découvrit le joueur qui lui faisait face, Reginald Tolhurst. La dernière fois qu'elle l'avait vu d'aussi près, il la menaçait, hurlait qu'elle était une voleuse et qu'elle allait être pendue.

La salle enfumée se mit brusquement à tourner autour d'elle.

« Je n'aurais pas dû venir. Je ne suis pas capable de tenir mon rôle… »

Au même instant, Quinn leva les yeux et la vit. Ce qu'elle lut alors dans son regard lui apprit qu'elle était en train de confirmer tous les doutes qu'il avait exprimés sur sa capacité à le suivre. Elle n'était à cet instant que la timide petite Lina, qui avait peur de son ombre. Elle respira profondément pour calmer la panique qui commençait à l'envahir.

Chapitre 19

« Tolhurst va me voir, il va me reconnaître… Je n'aurais pas dû demander à venir… »

Les yeux de Quinn s'ancrèrent aux siens et bien que son visage restât de marbre, bien qu'il contrôlât chacun de ses traits, son regard s'était adouci et il semblait à Lina qu'elle comprenait parfaitement le message qu'il tentait de lui faire passer. « Tout ira bien. Ne craignez rien. »

Elle hocha la tête en tremblant pour lui signifier qu'elle avait compris. Il parut alors de nouveau se concentrer sur son jeu et sur son adversaire, tandis que Lina sentait la panique l'abandonner au profit d'une inquiète mais réelle détermination. « Il a confiance en moi. »

Gregor lui mit d'autorité une bouteille dans les mains et la poussa vers la table de Quinn et Tolhurst, après s'être servi lui-même un verre au passage. Il y avait, à côté d'eux, une autre table, occupée par un groupe de rudes gaillards qui jouaient à un jeu qu'elle ne connaissait pas à grand renfort de cartes abattues sur la table et d'échanges d'argent. Gregor s'arrêta pour les regarder jouer, se mêlant aux autres hommes qui observaient. Lina resta près de lui, attentive à ne pas toucher la table où Quinn et Tolhurst étaient engagés dans une partie silencieuse.

Elle se plaça cependant de façon à pouvoir suivre la partie à l'abri de l'épaule de Gregor et s'aperçut qu'elle pouvait même entendre les échanges des deux adversaires. Quinn avait devant lui une pile respectable de pièces d'argent ainsi que de billets de banque et Reginald Tolhurst était en sueur.

— Eh bien, je crois que c'est encore moi qui remporte la manche, dit le jeune lord d'un ton détaché, en ramenant de nouvelles pièces vers lui. Une autre main, mon cher ? Je pense que vous voudrez regagner un petit peu de tout ceci… La chance tourne vite, comme vous le savez. En tout cas, je suis moi-même surpris de mes progrès.

Il jouait à la perfection les naïfs enthousiastes.

— Oui, vous avez raison, la chance va tourner.

Tolhurst coupa les cartes et les battit.

— Quitte ou double ? proposa Quinn. J'ai toujours rêvé d'être en position de dire cela !

Il but ostensiblement une grande gorgée d'alcool et posa son verre.

« Tolhurst est-il vraiment l'imbécile qu'il croit ? » se demanda Lina en voyant Quinn essayer d'amener son adversaire là où il le voulait. C'était le pari qu'il faisait et il semblait sur le point d'y réussir.

— Combien misez-vous ? demanda l'autre, qui paraissait de plus en plus nerveux.

Impavide, Quinn déposa une liasse devant lui.

— Quatre cents livres.

— Je suis, pour huit cents.

Les mains de Tolhurst tremblaient un peu, mais il déposa néanmoins la somme sur la table.

— J'ai bien fait de passer à la banque ce matin, commenta Quinn d'un air sottement satisfait.

Il y eut un silence et ils recommencèrent à jouer. Gregor s'avança un peu pour voir le jeu de Tolhurst par-dessus son épaule et, suivant ses instructions, Lina le suivit. En se tournant un peu, elle pouvait voir les visages des deux hommes. Ils jouaient au whist et Quinn avait démarré la partie assez doucement, se gardant bien d'inquiéter son adversaire en gagnant trop vite. Puis il avait commencé à remporter plusieurs manches. Tolhurst affichait maintenant des signes évidents d'anxiété, son jugement affecté par sa tension intérieure.

Lorsque sa dernière carte fut sur le tapis, il regarda le décompte des points, puis la « main » de Quinn, plus pâle qu'un mort.

— C'est… c'est votre jeu, ça ?

— Il semblerait, répondit Quinn en raflant la mise et s'en remplissant les poches. Il ne me reste plus qu'à vous remercier pour cette excellente soirée !

Il montra sa feuille de notes.

— Vous restez à me devoir… ah, tout de même ! Ceci… Je vais être obligé de vous réclamer cette somme assez rapidement, dans un jour ou deux, pas plus tard, car après, je m'embarque pour la France. Puis-je avoir votre adresse ?

Bien que la chose paraisse impossible, Tolhurst devint encore plus pâle.

— Ne serait-ce pas possible… plutôt… vers la fin de la semaine prochaine ?

— Non, désolé. Comme je le disais, je quitte l'Angleterre. J'espère qu'il n'y a pas de problème ?

Sur ces derniers mots, Quinn laissa tomber le masque d'amabilité qu'il portait depuis le début de la soirée et regarda Tolhurst droit dans les yeux. Lina frissonna en espérant bien qu'il ne la regarderait jamais ainsi.

— Grands dieux non ! se hâta de répondre Tolhurst.

Il lui tendit sa carte de visite. Sa main tremblait de plus belle.

Quinn la prit, salua d'un signe de tête et se leva, sans un regard vers Gregor, qui se trouvait pourtant tout à côté de lui. Lina s'enfonça peureusement dans l'ombre sans cesser de fixer Tolhurst. Le Russe tira un mouchoir de sa poche et dans le mouvement, une bague tomba sur le tapis de jeu, brillant à la lumière des candélabres. Tolhurst l'attrapa d'une main preste, la caressa un instant et la fourra dans sa poche. Puis il regarda autour de lui pour voir s'il n'avait pas été surpris. Au passage, son regard glissa sans s'arrêter sur Lina, qui l'observait toujours discrètement. Gregor, faisant soudain mine d'être las du jeu, remit le mouchoir dans sa poche et se dirigea vers la sortie. Lina se précipita derrière lui, comme un valet que le brusque départ de son maître aurait surpris.

Dans la cour, le Russe s'arrêta près d'un coin d'ombre.

— Il l'a prise, dit-il à mi-voix.

Quinn émergea de la pénombre.

— Bien... Très bien... Maintenant, il va vouloir le vendre au plus vite. Vu la taille du diamant, il va probablement s'adresser à son receleur habituel, le même que celui à qui il a dû vendre le saphir.

Ils revinrent tous trois d'un pas rapide vers la voiture et y montèrent.

— Il n'y a plus qu'à attendre...

Lina aurait aimé être seule avec Quinn pour pouvoir lui confesser comme elle avait eu peur et combien le message muet qu'il lui avait adressé avec les yeux l'avait réconfortée et lui avait donné du courage. Mais elle ne pouvait pas parler librement devant Gregor. Au bout de quelques instants de réflexion, elle s'avisa qu'elle n'aurait rien pu dire à Quinn, même s'ils avaient été seuls, car il aurait pris sa confession pour un encouragement et un aveu de faiblesse. Elle se contenta donc de serrer dans ses mains la bouteille qu'elle n'avait pas lâchée et ferma les yeux.

— Nerveuse ? lui demanda Quinn. N'ayez crainte ; je ne le laisserai pas vous faire du mal.

— C'est juste que j'ai un peu d'appréhension, répondit-elle. « Non, c'est juste que je t'aime. »

— Et j'ai eu tellement peur, tout à l'heure... Il m'est difficile de croire que ce sera bientôt fini.

— Ce sera bientôt fini !

La voix de Quinn était profonde et calme. Il était si sûr de lui ! Pour la première fois depuis longtemps, Lina retrouvait dans sa diction la légère intonation étrangère qu'elle avait remarquée, le jour de leur rencontre.

« Il est redevenu l'aventurier, songea-t-elle. Il n'est plus le gentleman anglais. »

— Pourquoi vous accrochez-vous à cette bouteille ? demanda-t-il en souriant.

— Je… je ne sais pas. C'est Gregor qui me l'a donnée.

— Eh bien, faites un peu passer…

Elle la tendit à Gregor, qui but une gorgée, essuya le goulot et la passa à Quinn. Celui-ci en avala une moindre quantité, l'essuya à son tour et fit de même pour Lina.

Lina posa ses lèvres sur le goulot et but une petite gorgée, en essayant d'imaginer les lèvres de Quinn à l'endroit où elle posait les siennes. Elle se souvint alors avec une précision troublante de ce qu'elle avait ressenti lorsqu'elle l'avait pris dans sa bouche. C'était une pensée si choquante qu'elle en laissa tomber la bouteille, que Gregor rattrapa au vol avant de lui donner, comme elle s'étouffait, une bonne claque dans le dos.

Elle toussa un peu plus longtemps qu'il n'était vraiment nécessaire, afin de persuader ses compagnons que la rougeur qui lui montait au front était due à son subit étranglement.

La portière s'ouvrit tout à coup et les deux hommes qu'elle avait vus jouer aux cartes à quelques pas de Quinn et de Tolhurst montèrent dans la voiture. Elle les regarda avec des yeux ronds de stupeur, mais visiblement, ils étaient attendus.

— Il vient de partir, dit l'un des deux hommes. Il n'a dit à personne qu'il avait trouvé une bague. A mon avis, il a attendu un peu de voir si vous alliez revenir, monsieur Vassiliev, et maintenant, il se croit en sécurité.

L'homme parut seulement s'apercevoir de la présence de Lina et demanda :

— Qui est ce jeune homme, milord ?

— Hassan, mon serviteur, répondit Quinn.

On ne donna à Lina aucune information sur l'identité des nouveaux venus, mais elle se dit qu'ils auraient pu difficilement passer pour des domestiques.

Tolhurst sortit à son tour du passage et héla un fiacre. Tout de suite, Quinn tapa quelques coups au plafond de la berline et leur attelage s'ébranla, descendant St James Street, puis tournant à gauche sur le Mall.

— Son compte est bon si vous ne vous trompez pas, milord, fit observer flegmatiquement l'un des mystérieux gentlemen.

— D'autant, sir James, que son frère aîné est un de vos confrères magistrats, dit son compagnon. Si Reginald est reconnu coupable, sir George va se trouver dans une situation bien difficile…

— Peut-être est-il plus urgent de penser à la malheureuse jeune femme qui a été injustement accusée de ce vol, fit remarquer Quinn si sèchement que sir James le regarda avec étonnement.

— Depuis que Me Trevor, votre avocat — il montra son compagnon — est venu me faire part de vos soupçons et de votre proposition de les vérifier, je ne crois pas avoir pris le temps de vous demander si le cas vous tenait personnellement à cœur, milord, lui dit-il.

Lina aurait aimé pouvoir disparaître dans un trou, alors qu'elle ne pouvait guère bouger, coincée qu'elle était entre l'épaule de Gregor et le capitonnage de la voiture.

— J'agis pour le compte de la tante de Mlle Shelley, répondit tranquillement Quinn. Je suis l'un des actionnaires de la Porte Bleue.

— Tiens donc !

— Un investissement bien peu conventionnel, j'en conviens, reprit Quinn en souriant, mais qui m'a permis de constater qu'une injustice était sur le point d'être commise et qu'il fallait y mettre bon ordre.

— Et puis-je vous demander où se trouve cette jeune personne, en ce moment ?

— J'ai tout lieu de croire qu'elle est à Londres, répondit Quinn, toujours aussi calmement. Je l'ai vue encore hier soir.

— Nous allons vers City, fit observer Gregor et Lina s'aperçut qu'elle retenait sa respiration depuis plusieurs secondes.

La voiture s'arrêta et le cocher vint à la portière.

— Le fiacre que l'on suit s'est arrêté, messieurs, annonça-t-il. Qu'est-ce que je fais, maintenant ?

— Vous attendez ici, lui répondit Quinn en lui tendant une pièce d'argent. Vous en aurez d'autres quand nous reviendrons, mais ce sera peut-être long.

Puis il se tourna vers ses compagnons.

— Surtout pas de bruit, leur recommanda-t-il. Nous sommes assez nombreux, il va falloir être très discrets.

Ils descendirent de voiture en prenant bien soin de rester dans l'ombre. Lina vit une silhouette descendre d'un fiacre et se diriger vers un croisement. Quinn se mit en marche, Gregor le suivant à pas de loup, le procureur et l'avocat derrière eux. Elle-même prit bien soin de rester un peu en arrière. Si le procureur la perdait de vue un instant, peut-être l'oublierait-il tout à fait ? Elle se demandait jusqu'à quel point il était clairvoyant et compréhensif.

Le croisement ouvrait sur une étroite ruelle. On y voyait un pub, brillamment éclairé et bondé. Un peu plus loin, une enseigne montrait trois petites boules d'or.

— Un prêteur sur gages, dit Quinn à mi-voix. J'en étais sûr !

Tolhurst s'arrêta sous l'enseigne et frappa à la porte.

Il n'y avait qu'un faible rai de lumière dans la boutique, mais la lueur s'intensifia comme si quelqu'un s'approchait de la porte, une chandelle à la main.

On ouvrit, il y eut échange de quelques mots et Tolhurst entra.

Quinn attendit que la porte se referme et que la lumière s'éloigne de nouveau vers l'intérieur de la boutique, avant de faire traverser à ses compagnons la ruelle aux pavés humides.

— Fermée ! murmura-t-il après avoir essayé de pousser la porte. Je suggère que vous regardiez ailleurs quelques instants, sir James…

Gregor vint examiner la serrure.

— Le temps que votre ami sélectionne le passe-partout adéquat, j'imagine ? fit le procureur, flegmatique. D'ailleurs, voyez, c'est ouvert. Je crois qu'il est de notre devoir, messieurs, d'investiguer les lieux. Entrons…

Gregor poussa doucement la porte et s'introduisit dans la boutique, suivi de sir James et de Me Trevor. Quinn se pencha à l'oreille de Lina.

— Restez derrière moi, lui dit-il. Quand il se sentira pris au piège, il pourrait se montrer dangereux.

Puis, sans lui laisser le temps de respirer, il l'attira à lui pour l'embrasser farouchement.

Quand il s'écarta, il garda les yeux fixés sur les siens pour un moment qui parut à Lina une éternité. C'était un regard qui clamait qu'elle était sienne, qui flamboyait et assurait au monde entier qu'elle était à lui, quoi qu'il pût arriver. Tout en elle y répondait ; sa tension nerveuse, sa peur s'évanouirent devant ce que proclamaient haut et fort ces yeux et cette bouche.

Quinn était visiblement aussi ébranlé qu'elle l'était elle-même, mais il se reprit et suivit les autres à l'intérieur de la boutique.

Lina resta encore un instant comme suspendue dans le temps et l'espace, sa main pressée sur ses lèvres. L'échoppe sinistre du prêteur sur gages, le danger, la présence d'un procureur du roi, tout, vraiment tout, s'effaçait par ce seul baiser. Quand elle revint à la réalité, elle vit qu'ils étaient tous groupés près d'une porte entrebâillée d'où filtrait un rai de lumière, dans une entêtante odeur de potage aux oignons.

— Si c'est encore un de vos fichus saphirs, vous savez ce que vous pouvez en faire, Tolhurst ! disait une voix derrière cette porte. Je n'ai même pas réussi encore à refourguer celui que vous m'avez apporté. Il va falloir que j'aille à Amsterdam, pour ça… Quant au bijou en toc de l'autre jour, il ne valait pas la guinée que je vous l'ai payé ! Tout ce que je peux espérer, c'est le revendre à un théâtre ambulant.

— Celui-ci est vrai, je vous assure, répondit Tolhurst. C'est un diamant, mais il n'est pas taillé de la façon habituelle.

— Mmm… à l'orientale, probablement. Faites voir ça de plus près…

Il y eut un silence, durant lequel Lina put entendre le tic-tac de différentes horloges et le craquement du bois qui brûlait dans la cheminée. Quelque chose frôla sa cheville ; elle sursauta, se raccrochant instinctivement à Quinn. Celui-ci lui sourit silencieusement et lui prit la main en montrant le petit chat qui venait maintenant se frotter à lui.

— C'est un diamant, je vous l'accorde, reprit la voix, mais c'est encore une pièce très reconnaissable que je vais devoir faire retailler avant de pouvoir la vendre. Vous ne pouviez pas voler quelque chose d'un peu moins identifiable, pour une fois ?

— Combien ? demanda abruptement Tolhurst.

Le prêteur sur gages murmura quelque chose, probablement un prix.

— Quoi ! Mais j'ai besoin de bien plus ! Je dois huit cents livres à un type que j'ai pris pour un pigeon et il veut être payé rubis sur l'ongle, comme un marchand ! Croyez-moi, il n'a pas l'air commode et ce n'est pas un gentleman.

Dans la pénombre, Lina vit l'éclair blanc du sourire de Quinn, que ce commentaire ravissait visiblement.

— Je veux bien, pour vous aider, y rajouter vingt-cinq livres mais pas un shilling de plus. Et ne venez plus me proposer quoi que ce soit avant que j'aie réussi à me débarrasser de ce maudit saphir !

On entendit une clé tourner dans une serrure. Quinn lâcha la main de Lina et fit un signe à Gregor. Ils bondirent tous deux dans la pièce, pistolet en main, suivis des deux autres.

— Qu'est-ce que… ?

— Vous êtes en état d'arrestation pour le vol du saphir des Tolhurst, ainsi que pour celui d'une bague en diamant appartenant à M. Vassiliev, ici présent. Je suis sir James Warren, procureur du Roi. Ne bougez pas et ne tentez aucune résistance !

A demi cachée derrière le dos de l'avocat, Lina vit le prêteur sur gages lever les mains en l'air et se tourner vers Reginald Tolhurst, le visage déformé par la fureur.

— Espèce de maudit imbécile ! lui cria-t-il.

Reginald regarda autour de lui d'un air hagard, comme s'il faisait un mauvais rêve, puis il se laissa tomber sur une chaise, cachant son visage dans ses mains et, à la grande surprise de Lina, éclata en sanglots.

— Où est le saphir des Tolhurst ? demanda sir James.

Le prêteur sur gages alla rouvrir son coffre et revint avec un petit sac, laissant la porte ouverte. Il fit tomber quelque chose dans la main du magistrat et l'on vit miroiter un instant un éclair bleu.

— L'autre aussi, la copie, ordonna Quinn.

Alors, le receleur leur tendit une bague identique à la première, mais dont la pierre brillait d'un éclat un peu moins vif, quoiqu'un œil peu exercé eût pu aisément s'y tromper.

— Qui vous l'a apportée ? demanda sir James.

— Lui aussi. Il m'a vendu la vraie il y a un mois et je la lui ai achetée en toute bonne foi.

Le procureur eut un petit ricanement incrédule.

— Après, il m'a apporté la fausse en disant qu'il l'avait d'abord substituée à la vraie et que son père ne s'en était pas aperçu puis, quand celui-ci est mort, il n'a pas osé avouer que le saphir était faux, alors il l'a repris. Mais là-dessus, tous les journaux se sont mis à parler d'un vol !

— Et le fait qu'on en ait accusé une innocente ne vous a pas dérangé ? demanda Quinn d'un ton glacial.

— Bah, ce n'était qu'une putain ! répondit le prêteur sur gages qui s'éleva littéralement en vol plané sans comprendre ce qui lui arrivait, avant d'atterrir sur le dos, devant le feu.

— Milord ! s'exclama sir James, réfrénez-vous un peu, je vous en prie ! Nous aimerions que le suspect ait encore sa mâchoire à peu près intacte, au moment où nous prendrons sa déposition…

Le procureur du Roi tira de sa poche un carnet, griffonna rapidement une note, déchira la feuille, la plia et la tendit à l'avocat de Quinn.

— Mon cher maître, lui dit-il, voudriez-vous être assez

aimable pour reprendre la voiture et aller à Bow Street, nous chercher trois inspecteurs de la Sûreté ? Je veux faire perquisitionner cette échoppe au plus vite. Et qu'ils amènent avec eux un fourgon cellulaire, naturellement !

L'avocat sortit en hâte, tandis que Gregor soulevait le prêteur sur gages d'une seule main et le déposait dans un fauteuil. Tolhurst montrait des yeux presque vitreux de terreur en le regardant faire. Puis le Russe demanda à mi-voix à son ami, en le désignant d'un signe de tête.

— Et celui-là, qu'est-ce qu'on en fait ?

Il avait parlé en turc.

— J'espère bien qu'il va tenter de s'enfuir, répondit dans la même langue Quinn, d'un air féroce, en armant le chien de son pistolet.

Si le procureur ne comprit pas les paroles, il ne se méprit pas sur le geste ni l'intention.

— Nous devons prévenir sir George, dit-il en secouant la tête. C'est lui qui doit décider du sort de son frère.

— Et vous appelez ça la justice ? s'indigna Quinn.

— C'est en tout cas la seule façon d'éviter un scandale... Je serais surpris qu'il se montre trop miséricordieux. Son frère a volé la bague des Tolhurst, l'a remplacée par un faux, qu'il a retirée ensuite lui-même de la main de son père alors que celui-ci n'était pas encore froid, dans le seul but de ne pas être découvert. C'est pitoyable !

— Vous oubliez l'exécution probable d'une innocente, si Mlle Shelley avait été arrêtée, lui rappela Quinn. Il se trouve que je connais un armateur qui a une liaison maritime régulière avec la colonie pénitentiaire d'Australie. Je vais exiger de votre sir George qu'il fasse expédier là-bas son frère dans les cales de l'un de ses navires. Et s'il refuse, je déclencherai un tel scandale que la réputation des Tolhurst en sera éclaboussée à jamais !

A ces mots, Reginald Tolhurst éclata de nouveau en sanglots. Lina ne put en supporter davantage. Elle avait failli être pendue, avait vécu des semaines de terreur et de cauchemar à cause de cet homme, qui n'était plus qu'une épave si pathétique, égoïste et avide, qu'il ne valait même plus la peine qu'on le haïsse.

Elle poussa vivement la porte et sortit de la petite arrière-boutique encombrée. Elle voulait fuir cet endroit, fuir la torture de voir Quinn chaque jour, sans aucun espoir. Elle aurait voulu rentrer à Dreycott Park, mais ne savait pas si elle aurait la force de supporter les regards et les commentaires hostiles des habitants du village, chaque fois qu'elle se risquerait à l'église ou dans les boutiques. Elle aurait voulu retrouver sa tante, Katy et toutes les autres filles, mais elle savait que leur monde ne serait jamais le sien, qu'elle ne pourrait jamais y être complètement heureuse. Elle aurait voulu retourner à Martinsdene, pardonnée par son père, si elle avait été sûre d'y retrouver Meg et Bella, mais elle savait que personne ne l'attendait plus là-bas.

Elle voulait Quinn comme une affamée veut du pain. Parce que sa vie en dépendait. Hélas, il ne l'aimait pas, ne l'aimerait jamais, et le fait même qu'il fût souvent si tendre et si prévenant avec elle mettait encore davantage de sel sur sa plaie. Il repartirait bientôt courir l'aventure et les femmes au bout du monde et quand il reviendrait à Londres, il rechercherait la compagnie d'érudits et d'érudites parmi lesquels elle n'avait aucune place.

S'il l'épousait, et qu'elle lui confiait ses sentiments, alors il n'était pas douteux que ses retours au pays se feraient plus rares et plus brefs. Car il était ivre de liberté et d'indépendance. Elle le comprenait, et n'aurait pas voulu le voir changer. Lorsqu'on aimait quelqu'un, on l'aimait totalement, pour lui-même, qualités et défauts confondus.

— Lina ?

C'était lui. Comme à son habitude, il se déplaçait aussi silencieusement que le chat dans la petite boutique encombrée. Il posa ses mains sur ses épaules.

— Est-ce que tout va bien ?

— Oui, répondit-elle dans un soupir, vous m'avez sauvé la vie…

Elle se tourna et se laissa aller contre sa poitrine. C'était de l'auto-indulgence, mais c'était aussi l'occasion d'être dans ses bras, de se presser contre lui sans qu'il ne soupçonnât rien d'autre que de la gratitude et le soulagement d'en avoir fini avec cette terrible affaire. Il y avait de cela dans son émotion, bien sûr, mais les larmes qui trempaient le plastron de Quinn coulaient surtout pour une autre raison.

— Je suis tellement désolée de ne pas vous avoir fait confiance dès le début, murmura-t-elle. Que va-t-il arriver lorsque l'inspecteur Inchbold apprendra que vous lui avez menti ? N'allez-vous pas avoir des ennuis ?

— J'irai m'excuser auprès de lui et je pense qu'il comprendra que c'était une question de vie ou de mort. Mais ce mensonge aura permis l'arrestation du vrai coupable, et il ne pourra que l'admettre. S'il le faut, je demanderai à sir James d'intervenir.

Elle savait tout de même que cela ne serait pas si facile. La joue contre sa poitrine, elle imaginait cet homme si fier obligé de confesser qu'il avait menti à un officier de police.

— Je n'ai plus qu'à régler l'affaire Langdown et nous pourrons nous marier, Celina…

Il était inutile de revenir sur tout ce qu'elle lui avait déjà dit ; il serait inflexible, elle le sentait bien.

— Pourquoi faut-il que vous risquiez votre vie ? demanda-t-elle d'une toute petite voix.

— Pour clore ce chapitre de mon existence, justement, répondit-il, et retrouver ce que j'ai perdu il y a dix ans. Voulez-vous accepter cette explication, Celina, et ne plus chercher à me persuader de changer mes plans, alors que je sais ce que je dois faire ?

Elle fut tentée un instant de recourir au chantage affectif, de lui demander avec des tremblements dans la voix ce qu'elle ferait s'il ne revenait pas de son duel. Qui donc voudrait l'épouser alors ? Mais son propre sens de l'honneur se révoltait contre cette idée. De toute façon, vivant ou mort, elle ne serait jamais sa femme et lui dire autre chose serait mentir.

— Oui, répondit-elle néanmoins. Je n'en parlerai plus.

Mais au fond de son cœur, elle savait que le sujet allait resurgir. Et très vite.

Chapitre 20

— Est-ce que Gregor pourrait me ramener à la Porte Bleue ? demanda Lina quand les agents de la Sûreté investirent bruyamment la boutique avec leurs lanternes. Je voudrais voir ma tante.

— Bien sûr !

Elle constata avec soulagement que Quinn, distrait par les questions que lui posait sir James, ne faisait pas vraiment attention à elle.

— Voici Inchbold, d'ailleurs. Il vaut mieux que vous ne soyez pas là lorsque je lui parlerai.

Elle pouvait voir que Gregor était intéressé par toute l'opération et pas vraiment ravi de devoir aller chercher le fiacre pour l'accompagner. Mais il lui fit néanmoins bonne figure.

— Je vous remercie, lui dit-elle lorsqu'ils furent installés sur les sièges capitonnés. Vous allez pouvoir revenir très vite.

— C'est intéressant voir comment fonctionne la justice, chez vous. C'est différent à Constantinople…

— Oui, je peux l'imaginer…

« Pour commencer, nous ne réduisons pas les gens en esclavage et nous ne les fouettons pas à mort », songea-t-elle.

— Gregor… Lorsque Quinn défiera lord Langdown en duel, vous me le direz ?

— Pourquoi ? Vous voudriez empêcher ?

— Je ne pense pas en être capable. Je voudrais le savoir, c'est tout.

Il haussa les épaules.

— Bon ! Sera demain, je pense. On donne réception à la Société des Etudes Anciennes, en l'honneur d'un ambassadeur qui a écrit livre. On dit que Langdown y sera. S'il y est, alors Quinn défiera.

— Et quand le duel sera décidé, me direz-vous où et quand il se déroulera ?

Comme il hésitait, elle ajouta :

— Je vous promets de ne pas faire de scène et de ne pas chercher à l'interrompre.

— Il va tuer Langdown, vous savez... Pas la peine vous inquiéter !

Il paraissait amusé de ses angoisses, qu'il devait prendre pour de la faiblesse.

— Mais il devra quitter le pays ! Le duel est interdit ici et tuer son adversaire est considéré comme criminel et passible de la corde... Voulez-vous, au moins, l'empêcher de faire cela, Gregor ?

— Je peux essayer.

Le Russe arborait toujours un sourire ravi. Elle avait envie de lui boxer la figure.

— Faites-le donc, alors.

Comme l'attelage s'arrêtait, elle ouvrit la portière et sauta sur le pavé sans attendre d'aide.

— Merci, Gregor ! lui lança-t-elle.

C'est en fulminant contre la stupidité des hommes, qu'elle rejoignit l'appartement privé de sa tante. Que l'on puisse vouloir venger son honneur, passe encore, mais qu'on trouve là matière à amusement, c'était tout bonnement incompréhensible.

Elle oublia toutefois son ressentiment pour un instant lorsque sa tante lui ouvrit.

— Oh, comme tu as l'air d'aller bien ! s'exclama-t-elle avec un soulagement indicible en se précipitant dans ses bras, ce qui lui fit perdre son turban. Ce n'est pas merveilleux que nous soyons débarrassées de Makepeace ?

— Merveilleux en effet !

Clara la serra dans ses bras.

— Et le saphir ?

Lina l'entraîna vers la banquette et lui raconta les événements de la nuit.

— Sir James va parler à sir George Tolhurst, conclut-elle. On devrait annoncer que je suis innocente, mais je ne sais pas quelle explication pourra contenter à la fois la justice et les Tolhurst.

— Tu seras libre d'épouser lord Dreycott, alors ?

C'était autant une affirmation qu'une question.

— Non, je ne l'épouserai pas.

Comme sa tante ouvrait la bouche pour parler, elle continua :

— Je sais, je t'ai dit que je l'aimais, mais lui, il ne m'aime pas, tante Clara. Rien n'a changé sur ce point. Quel genre de vie aurais-je, si je l'épousais ? Même si on me déclare innocente, nous restons trop éloignés l'un de l'autre, socialement. Si on ajoute le fait que j'ai vécu dans une maison de prostitution et que cela se saura, c'est tout à fait impossible.

C'était l'évidence même. Mais comme il était étrange de pouvoir l'exposer aussi clairement quand au fond de soi on sanglotait éperdument !

— Quinn se bat pour retrouver sa place dans la société et pour baser désormais ses affaires à Londres, même si je ne pense pas qu'il y restera bien longtemps. Etre marié avec moi représenterait pour lui un handicap.

— Et s'il t'aimait, contrairement à ce que tu crois, que ferais-tu ?

Clara avait pris les mains de Lina dans les siennes et les pressait doucement.

— Avec des si, on mettrait Londres dans une bouteille, répondit-elle avec un rire amer. Même si c'était le cas, je ne serais pas pour autant une bonne épouse pour lui. Mais il m'aime bien, c'est tout, pas davantage.

— Il est très déterminé à t'épouser, pourtant.

— Il t'en a parlé ? Cela ne m'étonne pas. Il se croit responsable de moi, comme de Gregor ou d'un animal blessé qu'il aurait soigné. Pour lui, son honneur vaut plus que tout, plus que mon bonheur et mon intérêt, même si je sais qu'il ne le voit pas du tout de cette manière.

— Que vas-tu faire, alors ?

Au moins, sa tante n'essayait pas de la persuader que Quinn avait raison de vouloir ce mariage, et tout ce que Lina lui disait la rendait visiblement triste.

— Je dois mettre fin à cette histoire tout de suite, sinon il n'aura de cesse d'essayer de me convaincre de l'épouser. Dans six mois, je pourrai réclamer ma part de l'héritage de Simon et me consacrer entièrement à la recherche de mes sœurs. D'ici là, j'espère que Quinn aura compris et admis mon point de vue. En attendant, pourrais-tu me prêter un peu d'argent ? Juste de quoi trouver un logement simple mais décent en province et une domestique, pour prendre un peu soin de moi.

— Oh, mon Dieu, ma pauvre chérie ! soupira Clara avec une affection teintée d'un peu d'exaspération. C'est un si bel homme et ta mère aurait été si fière de te voir l'épouser ! Mais si tu es déterminée à le refuser... Puisque je n'ai plus à payer la part de Makepeace, je puis te la verser chaque mois. Cela paiera ton voyage et ton installation. Où veux-tu aller ?

— Je pense à Norwich, répondit Lina. En y passant en diligence, j'ai trouvé que c'était une jolie petite ville, à la fois tranquille et assez grande pour qu'on ne m'y remarque pas trop.

— Je vais déjà te donner une certaine somme d'argent. Quand tu auras trouvé une adresse, tu m'écriras et je m'arrangerai avec une banque locale pour la suite. Vas-tu partir bientôt ? Tu vas me manquer.

— Toi aussi, tu vas me manquer, tante Clara. Je reviendrai te voir demain et faire mes adieux aux filles. Peut-être qu'alors, je saurai quand je partirai...

*
* *

Quinn reconnut la sensation familière qui l'avertissait que chaque fibre de son être était en alerte, prête à faire face au danger. Il jeta un coup d'œil circulaire sur l'assistance, des messieurs élégants qui discutaient paisiblement entre eux et buvaient avec distinction des rafraîchissements que leur apportaient des laquais attentifs. L'endroit ne semblait pas se prêter particulièrement à une embuscade, beaucoup moins, par exemple, qu'une oasis dans le désert, où une rue sombre des faubourgs de Constantinople. Pourtant, il était prêt à se battre. Il détendit lentement les doigts de sa main droite. Pas de garde d'épée à serrer, pas encore…

Soudain, les participants à cette soirée, réunis par un commun amour de l'Histoire et de ses reliques, se tournèrent vers la porte et un murmure d'approbation monta de toutes les bouches. L'ambassadeur-conférencier venait de faire son entrée.

— Pas arrivé, encore ? demanda Gregor qui savait que Quinn attendait quelqu'un de très différent de l'érudit diplomate.

Comme son ami et la plupart des hommes présents, il portait un habit de soirée des plus classiques. Il n'était plus temps, ce soir, de jouer les voyageurs exotiques de retour des contrées lointaines. Langdown et son père avaient jadis tendu un piège à quelqu'un de leur caste. C'était en tant que tel, et vêtu comme tel, que Quinn entendait leur rendre la pareille. Mais aujourd'hui, il était plus âgé, plus expérimenté. Plus dangereux…

Oh oui, beaucoup plus dangereux ! Il songea à Celina et son excitation se teinta, sans qu'il s'expliquât pourquoi, de quelque chose qui ressemblait à de l'appréhension. Il se secoua, agacé, et se forçant à revenir à l'instant présent, répondit à Gregor.

— Non. Pas encore. Je ne le vois pas.

— Tu le reconnaîtras ?

— Sans problème… Tiens, le voilà !

Le vicomte Langdown était à présent dans sa trentaine. Son visage s'était affiné et ses cheveux blonds étaient d'une nuance plus sombre que dans le souvenir de Quinn. Celui-ci s'efforçait au calme, luttant contre la colère qui l'envahissait à la seule vue de cet homme. Langdown avait l'air en bonne forme et se déplaçait souplement ; il était peut-être devenu un excellent homme d'épée…

Quinn aurait voulu être celui des deux qui était défié et non le contraire, ce qui lui aurait donné le choix des armes. Il aurait alors choisi l'épée, avec laquelle on avait moins de chances de tuer son adversaire qu'en tirant sur lui au pistolet, et qui vous donnait le plaisir de combattre de près et de regarder votre ennemi dans les yeux.

Le visage de Celina lui revint à la mémoire ; il entendit de nouveau sa voix qui lui promettait qu'elle ne lui parlerait plus du duel, sentit encore ses larmes tremper sa chemise.

Impatient, il secoua la tête. Il ne fallait plus penser à elle pour le moment.

Il fendit alors la foule et vint se camper devant Langdown. Il savait qu'il avait changé en dix ans et qu'il était normal que l'homme, sur le coup, ne le reconnût pas. Il n'était plus le mince et romanesque jeune homme de ses vingt ans. Ses traits s'étaient durcis, sa peau hâlée, ses épaules élargies. Mentalement aussi, il n'était plus le même : il était devenu un aventurier qui ne craignait personne.

— Langdown ?

— Vous connaissez mon nom, monsieur ? C'est un avantage que vous avez sur moi, car je ne crois pas connaître le vôtre…

Il parlait d'un ton détendu, plutôt aimable. Il se savait en bonne compagnie.

— Mais si, vous le connaissez. Je suis Quinn Ashley, lord Dreycott.

Il vit alors un éclat mauvais dans l'œil de son interlocuteur, teinté peut-être d'appréhension. Ou bien de la prudence, songea-t-il, ou encore de culpabilité.

— C'est donc ça ? J'avais entendu dire que vous étiez revenu en cachette…

— Je ne me cache pas le moins du monde. Je suis revenu

parce que mon grand-oncle est mort et que je souhaite m'établir en Angleterre.

— Je vous ferai chasser de tous les clubs de ce pays !

— Pourquoi ? Parce que j'ai été victime des mensonges et des manigances de votre famille ? Une lâcheté de plus des Langdown, que de menacer celui qui a souffert de vos méfaits ! Mais rien d'étonnant, vous avez toujours été un menteur et une ordure…

— Comment osez-vous !

Ils avaient attiré l'attention de quelques-uns des participants à cette réunion. On les regardait. On faisait même déjà le cercle, sous la surveillance attentive de Gregor.

— Vous avez déshonoré ma…

— Taisez-vous, Langdown ! Serez-vous donc assez vil pour mêler le nom d'une femme à ceci ? Pas moi ! Jamais ! Et jamais non plus je n'en ai déshonoré une. Je répète, devant cette honorable assistance, que vous êtes une ordure et un menteur !

— Nous nous verrons sur le pré, monsieur !

Langdown avait perdu son calme et jusqu'au contrôle de sa voix. Blanc de rage, il hurlait presque.

— Nommez vos témoins !

— M. Vassiliev.

C'était son seul ami présent et le seul qu'il avait dans tout Londres. A part Celina. Cette pensée le frappa de plein fouet. Celina, une amie ?

— Vous pouvez également compter sur moi, lord Dreycott, dit une voix calme, tout près d'eux.

C'était sir James Warren, allié inattendu et plus que bienvenu. Quinn s'inclina et le magistrat lui répondit de même.

Langdown avait été rejoint par deux de ses amis, lui aussi. Ils discutaient entre eux.

— Le plus tôt possible, dit Quinn aux siens, et je choisis l'épée.

— Laissez-nous faire, lui dit sir James, c'est maintenant notre affaire que de régler les détails de la rencontre. M. Vassiliev vous rapportera ce qui aura été décidé. Je suppose que vous voulez rentrer chez vous, à présent ?

— Pas du tout, je tiens à rencontrer l'ambassadeur pour échanger nos impressions sur le désert de Gobi…

« Et surtout, je ne veux pas rentrer pour me retrouver en tête à tête avec Celina », se dit-il en s'approchant de la table où le diplomate, un homme affable avec de beaux cheveux gris, dédicaçait ses ouvrages. « Je ne crains pas de rencontrer à l'aube un homme qui veut me tuer et je renâcle à affronter une femelle entêtée. Qu'on me laisse donc l'épouser, je lui ferai passer une semaine entière au lit. Il ne sera plus question de toutes ces sottises, après ça ! »

Pourtant quelque chose lui disait que ce ne serait certainement pas aussi simple. Celina voulait être aimée. « Et moi aussi, au fond… »

Il s'arrêta net et si brusquement qu'un serveur faillit en renverser son plateau.

« Bon sang ! Il nous suffit de nous mettre ensemble : le sexe, l'amitié et l'humour feront le reste. » Oui, mais si elle allait tomber amoureuse d'un autre, une fois mariée ? Pas question qu'elle ait un amant, il ne le tolérerait pas, qu'il soit en Angleterre ou au loin. Cependant, la réciprocité était la règle. « Il faudra que je sois fidèle, moi aussi. »

Etrangement, l'idée de ne plus toucher d'autres femmes que Celina ne lui paraissait plus si insurmontable. Il s'y plierait, parce que faire autrement serait accepter de vivre dans le mensonge et que ni l'un ni l'autre ne le voulait.

L'ambassadeur avait fini sa séance de signature et se levait. Quel pays représentait-il, déjà ? Ah oui, l'Autriche… Quinn se prépara à l'aborder dans sa langue, mais il était vraiment difficile de trouver quelque chose de cohérent à lui dire. Crénom, plus vite ils seraient mariés, mieux cela vaudrait pour lui : il pourrait enfin recouvrer tous ses moyens !

*
* *

« Demain à l'aube, Hampstead Heath. »

Il fallut un moment à Lina pour déchiffrer l'écriture de Gregor sur la note qu'il avait glissée sous sa porte.

« Le chemin de droite à Jack Straw's Castle. Epées. »

Elle sonna Prudence et lui demanda :

— A quelle heure milord et M. Vassiliev ont-ils demandé qu'on leur monte de l'eau chaude, demain matin ?

— A 3 h 45, mademoiselle.

C'était bien cela. Le jour se levait vers 5 heures et sans doute ne voudraient-ils rien avaler d'autre qu'un café. Un quart d'heure pour se préparer et une heure de route pour arriver à leur rendez-vous. De cette manière, ils espéraient sans doute éviter tout retard en chemin.

— Que l'on me réveille à la même heure, s'il vous plaît, ordonna-t-elle, je veux m'assurer qu'ils ont tout ce qu'il leur faut. Et inutile de prévenir ces messieurs : milord trouve que je me soucie toujours trop de ses départs…

— Bien, mademoiselle.

Prudence esquissa une révérence et, après lui avoir demandé si elle n'avait plus besoin de rien, alla se coucher, la laissant étendue, les yeux grands ouverts dans l'obscurité, à se demander si Quinn pouvait dormir avec la perspective d'affronter la mort au petit matin.

Prudence vint la réveiller à l'heure dite et il semblait que Lina se fût endormie, finalement, car elle se souvenait vaguement de rêves pleins de sang et de menaces imprécises.

— Je vous ai apporté de l'eau chaude pour votre toilette, du thé et des biscuits, mademoiselle, lui dit la servante.

— Merci, Prudence. Aide-moi à m'habiller et tu pourras retourner te coucher. Je n'aurai plus besoin de toi ce matin…

Lina passa une robe pratique, confortable et quand sa femme de chambre se fut retirée, ravie de pouvoir se remettre au lit, elle chaussa une paire de bottines toutes simples et alla se poster près de la fenêtre.

Quelques minutes plus tard, une berline vint s'arrêter devant la porte et Quinn et Gregor y montèrent. Elle regarda avec une tendresse désespérée la silhouette de Quinn qui grimpa d'un pas décidé dans la voiture.

Dès que l'attelage se fut éloigné, elle se rua dans l'escalier. Le majordome était encore à la porte.

— Un fiacre, lui dit-elle, vite !

— Mais, mademoiselle…

— Milord a oublié quelque chose de très important. Je dois absolument le rattraper.

— Bien, mademoiselle, tout de suite !

Le cocher du fiacre qu'il lui dénicha paraissait vif et débrouillard. Son cheval était tout frais et sans doute était-ce leur première course de la matinée.

— Emmenez-moi à Jack Straw's Castle, aussi vite que possible, lui demanda-t-elle, et quand nous y serons, je vous donnerai d'autres instructions.

Puis elle monta en voiture et n'eut plus rien à faire, qu'à s'inquiéter. Ses anciennes terreurs, à propos du saphir et de son propre sort, lui paraissaient loin à présent, comme si tout était arrivé à une autre. Ce qui lui importait, pour le moment, c'était Quinn, et la menace qui pesait sur sa vie.

Elle ne pouvait s'empêcher d'être en colère contre Quinn, même si elle savait que la véritable faute en incombait à lord Sheringham et son fils. Ils avaient fait voler en éclats le bon naturel de Quinn, sa nature confiante, l'avaient blessé dans son honneur et fait d'un jeune homme un peu trop naïf cet aventurier cynique et endurci.

Devant elle, l'attelage s'engageait dans la côte de Haverstock Hill. On commençait à distinguer les contours des maisons et des arbres, dans la lumière de l'aube. Etait-elle encore loin du lieu de rendez-vous ? Dans combien de temps y arriverait-elle et le duel allait-il commencer tout de suite ? Pourvu qu'elle arrivât à temps !

L'inaction, l'attente anxieuse sur la banquette du fiacre la rendaient folle.

— Jack Straw's Castle, annonça enfin le cocher, en arrêtant le cheval.

Lina se pencha à la portière et vit un gros relais de poste qui commençait à s'animer au petit matin, mais la berline dans laquelle elle avait vu partir Quinn et Gregor n'était pas encore en vue.

— Prenez la route de droite, dit-elle. Au bout d'un moment, vous devriez voir une berline et sans doute une autre voiture.

— Un duel ? Et vous voulez l'empêcher, pas vrai, ma petite dame ?

— Non, simplement l'observer sans être vue. Vous pouvez m'arranger cela ?

— On va essayer… Vous ne voulez pas que votre mari vous voie, c'est ça ?

— Oui, vous avez deviné, lui répondit-elle pour ne pas avoir à fournir d'autres explications.

Elle regrettait de ne pas avoir mis une voilette à son chapeau.

La jument prit le trot et au bout d'un moment, Lina entendit le cocher frapper à la cloison. Ils venaient de passer trois voitures arrêtées, les unes à côté des autres. L'une d'elles était la berline.

Le cocher immobilisa son fiacre dans le tournant suivant.

— Voilà, madame, lui dit-il. Ils ne nous verront pas ici.

Lina descendit de voiture.

— Voulez-vous attendre s'il vous plaît ? lui demanda-t-elle. Vous serez bien payé.

— Oui, madame. J'attendrai.

Elle se rua vers un buisson d'où elle pouvait observer toute la scène. La danse de mort allait commencer. En manches de chemise, Quinn avait déjà la rapière à la main. A quelques mètres de lui, un homme lui faisait face. Plus loin, Gregor, sir James, le magistrat qu'elle eut la surprise de reconnaître, et deux autres qu'elle n'avait jamais vus, semblaient discuter entre eux, peut-être pour tenter une dernière conciliation entre les adversaires.

Un peu plus loin, se tenait un homme en noir, assisté d'un valet qui portait une volumineuse trousse de cuir. Le chirurgien, certainement.

Les témoins rejoignirent les deux duellistes, discutèrent un instant avec eux, puis s'écartèrent. Quinn et Langdown s'approchèrent alors l'un de l'autre, l'épée levée et se mirent en garde.

« Non, je ne vais pas m'évanouir… » Lina s'appuya à une branche bienvenue, mais épineuse. Quand elle regarda de nouveau la scène en suçant ses doigts piqués au sang, les deux adversaires se battaient déjà. Elégants et souples, ils ferraillaient sur le tapis d'herbe.

Langdown était plus grand que Quinn et pour elle, qui n'y connaissait pas grand-chose, il paraissait tout aussi bon escrimeur que lui. Leurs deux lames semblaient voler dans l'air avec une précision mortelle. Tout à coup, Quinn se fendit et le vicomte chancela, une tache de sang s'élargissant sur son épaule. Ses seconds se précipitèrent, mais il les arrêta d'un geste. L'honneur, à ce qu'il semblait, n'était pas encore satisfait.

Le combat devint plus intense, les lames s'entrechoquant avec plus de violence, brillant dans le soleil levant. Lina vit du sang sur la manche de Quinn. Ce furent alors ses seconds qui se précipitèrent, mais Langdown les renvoya, eux aussi. Cette fois, elle n'eut aucun mal à interpréter son geste. Il voulait dire combat à outrance, jusqu'à la mort de l'un des protagonistes.

Chapitre 21

La tache de sang sur l'épaule de Langdown ne s'élargissait plus, contrairement à celle que Quinn avait sur sa manche de chemise. Lina tomba à genoux, les mains pressées sur sa bouche pour ne pas hurler. L'hémorragie allait le tuer, si ce duel ne s'interrompait pas très vite !

Quinn para un coup, feinta, « enroula » la lame de son adversaire et l'épée de celui-ci vola dans les airs. Un instant plus tard, Langdown était sur le dos, la gorge menacée de la pointe d'une lame.

Durant un moment qui parut une éternité, tout le monde se figea, se demandant si Quinn allait porter le coup de grâce. Il n'en fit rien, recula d'un pas leste, adressa à son adversaire un salut formel de son épée et lui tendit la main pour qu'il pût se relever.

« Langdown va refuser son offre, songea Lina. Est-ce que cela n'aura donc jamais de fin ? »

Mais le vicomte accepta. Il n'y eut pas de réconciliation évidente, mais quelques mots furent échangés et l'on pouvait voir que Gregor souriait.

Le chirurgien se précipita, mais Langdown l'éloigna d'un geste avant d'aller rejoindre ses témoins. Le praticien se tourna vers Quinn qui retroussait déjà sa manche pour faire examiner son bras.

La tête lui tournant de soulagement, Lina retourna à sa voiture.

— Votre homme s'en est tiré, pas vrai ? lui demanda le cocher, comme elle remontait dans le fiacre.

Elle acquiesça.

— Le mari ou l'amant ? reprit l'homme, goguenard.

Lequel ? Le fiacre dansait devant ses yeux. Au bord de la nausée, elle dut se rattraper à la poignée de la portière.

— Tenez, prenez ça !

Le cocher lui tendit une fiasque et elle en but une gorgée, l'alcool brûlant son estomac comme du feu. Elle le remercia d'un signe de tête et la lui rendit.

— Si vous pouvez me ramener à Clifford Street, à présent... soupira-t-elle avant de s'effondrer sur la banquette élimée.

L'assistant du chirurgien plaça obligeamment un petit tabouret de bois sur l'herbe. Quinn s'y assit et se laissa verser de l'alcool sur sa plaie, tandis que l'homme de l'art sortait de sa trousse une grosse aiguille. Un fiacre passa sur la route, qui attira l'attention du jeune lord. Son cheval était pommelé, ce qui n'était pas tellement courant, et il était sûr d'avoir vu ce même attelage passer dans l'autre sens au moment où le duel commençait. Il se tourna vers Gregor et comprit que celui-ci l'avait remarqué également.

— Gregor ?

Ce fut justement l'instant que choisit le chirurgien pour poser le premier point de suture. Le Russe, s'entendant interpeller, avait pris un air parfaitement innocent, signe certain qu'il cachait quelque chose...

— Qui est dans ce fiacre ?

Le chirurgien piqua de nouveau son aiguille. Quinn tressaillit et se tourna vers lui, furieux.

— Allez-y doucement, mon vieux ! Ce n'est pas de la tapisserie, que vous faites !

— C'est une très sale entaille, milord, protesta le praticien. Vous avez de la chance qu'une artère n'ait pas été atteinte !

Quinn poussa un vague grognement et subit les points suivants sans plus rien dire.

— Gregor, je t'ai posé une question ! reprit-il dès que ce fut terminé.

— Une jeune dame, répondit évasivement le Russe, conscient que sa mine n'était guère convaincante.

— Celina, oui ! Par tous les diables, tu lui as dit où…

— C'est elle qui me l'a demandé ! Et puis elle n'est pas intervenue, alors de quoi te plains-tu ?

Il n'y avait pas grand-chose que Quinn pût répliquer sans impliquer les spectateurs de la scène. Aussi garda-t-il un silence mécontent, tandis que le chirurgien finissait son travail.

Dix années à ravaler son honneur blessé venaient, en théorie, d'être effacées. Langdown avait présenté ses excuses, avec une certaine raideur, bien sûr, mais Quinn avait cru déceler de la honte dans son regard. Lorsque dans l'avenir ils se rencontreraient, ils n'y feraient plus allusion et plus personne n'irait déterrer ce vieux scandale.

Tout ce qui lui restait à faire était d'épouser Celina et de commencer avec elle cette nouvelle vie dont il avait fait le projet. Le fait qu'elle fût venue observer le duel en cachette ne signifiait-il pas qu'elle admettait l'idée de ce mariage ? Il sourit. Lui faisait plus que l'admettre, il y prenait goût.

— Vous voulez que je vienne avec vous, mademoiselle ? demanda Prudence en pliant les vêtements que Lina avait décrochés de leurs cintres, ou bien Mme votre tante va-t-elle engager une bonne pour vous ?

Lina réfléchit un instant. La présence de Prudence durant son voyage serait un avantage certain car elle aurait besoin, en route, de descendre dans des auberges. Une dame accompagnée d'une domestique était identifiée d'emblée comme quelqu'un de respectable et bénéficiait d'égards supplémentaires.

— Tu voudrais venir avec moi, Prudence ? Vraiment ? Je pars en province, en fait…

— Oui, mademoiselle !

— Va faire ton bagage, alors. Nous partirons peu après le retour de milord.

Ce qui voulait dire très bientôt, car elle entendit au même moment une voiture s'arrêter sur les pavés, devant le petit hôtel particulier. Elle s'était dit qu'il faudrait probablement du temps au médecin pour soigner le bras de Quinn, puis que tous iraient ensuite prendre un petit déjeuner roboratif à l'auberge la plus proche. Il ne fallait donc pas s'inquiéter que la blessure pût être plus grave que ce qu'elle semblait, mais c'était tout de même un grand soulagement de le savoir rentré.

Elle se précipita en bas de l'escalier. Quinn avait le bras droit dans un bandage et sa jaquette jetée sur ses épaules. Il demanda à Gregor de le suivre dans son cabinet de travail et quand il la vit, il lui fit signe de venir aussi.

— Tout va bien, les tendons n'ont rien ? demanda-t-elle, inquiète, à peine eut-il refermé la porte.

— Une belle entaille, profonde mais nette, répondit-il. Il y aura une cicatrice, mais rien de plus grave… Et maintenant, est-ce que vous auriez la bonté de m'expliquer, tous les deux ? Celina, que faisiez-vous là-bas ?

— Je crois que c'est évident. J'y étais parce que je m'inquiétais pour vous.

— Une dame n'a rien à faire sur les lieux d'un duel !

— En effet, c'est pourquoi je suis restée à l'écart. Personne ne m'a vue et je n'ai rien fait pour empêcher quoi que ce soit, ainsi que je vous l'avais promis…

Mais cette discrétion ne suffisait pas à satisfaire Quinn.

— A quoi pensais-tu donc ? demanda-t-il rudement à Gregor.

Celui-ci haussa les épaules et fit un commentaire en turc.

— Je le sais, morbleu, que les femmes sont un mystère ! répliqua Quinn. Ce n'est pas une raison pour aider celle-ci à être plus mystérieuse que nécessaire ! Et maintenant si tu veux bien nous excuser…

Arborant un sourire qui n'avait rien de contrit, Gregor sortit de la pièce, les laissant seuls.

— Votre bras doit vous faire mal ? Voulez-vous que je vous donne une poudre à appliquer dessus ?

— Essaieriez-vous de m'amadouer, madame, par hasard ?

— J'essaie de vous faire soigner, milord, Allez au moins vous étendre et vous reposer un peu…

— Serviteur, mais je ressors immédiatement voir le pasteur de Saint-Georges, afin de lui demander une licence de mariage…

Il la regardait fixement comme pour la défier de l'en empêcher. Elle haussa les épaules.

— Comme vous voudrez.

— Ce sera bien comme je veux, en effet. Nous en reparlerons après déjeuner…

Elle aurait voulu crier, ou bien le gifler à toute volée, mais au lieu de cela, elle se hissa sur la pointe des pieds et l'embrassa sur la joue.

— Vous êtes une tête de mule, lui dit-elle. Mais je suis bien contente que vous n'ayez pas été tué.

Comme il la regardait, surpris, elle sortit de la pièce. Elle avait encore, un tout petit peu, le goût de sa peau sur ses lèvres, comme une trace très fragile qui s'effaçait déjà.

— Tout va bien, mademoiselle ? lui demanda Prudence, son sac de voyage à la main, tandis qu'elle prenait pied sur le palier de l'étage. Vous êtes si pâle !

« Il est même étonnant que je respire encore », songea Lina. Ce qu'elle allait faire, il le fallait, mais c'était si douloureux qu'elle aurait pu crier.

— C'est parce que je me suis levée très tôt, je suppose, répondit-elle.

Elle venait de se voir, en imagination, descendre la travée

centrale de l'une des plus belles églises de Londres et des mieux fréquentées, au bras de Quinn qui la menait à l'autel.

Puis elle entendit sa voix dans la cage d'escalier et se pencha pour voir Whyte l'aider à passer son bras valide dans sa jaquette, tandis qu'un valet attendait, pour lui tendre son chapeau, ses gants et sa canne.

« Adieu, mon amour… »

Saint-Georges n'était pas bien loin. Quinn serait de retour sous peu. Il lui fallait faire vite.

Dix minutes plus tard, ses bagages et ceux de Prudence étaient dans le hall.

— Je pars chez ma tante pour quelques jours, Whyte, dit Lina en priant pour que Gregor n'ait pas l'idée de se montrer juste à ce moment-là. Pouvez-vous m'appeler un fiacre, s'il vous plaît.

— Bien, mademoiselle. Que dois-je dire à milord ?

— Rien… Il est au courant, répondit-elle en se forçant à sourire d'un air léger.

Prudence fut très surprise de l'entendre ordonner : « à la Belle Sauvage » au cocher et Lina comprit qu'elle allait devoir mettre sa femme de chambre dans la confidence, en partie tout au moins.

— Puis-je compter sur ta discrétion ?

— Bien sûr, mademoiselle !

— Je quitte lord Dreycott mais il ne le sait pas encore.

— Oh, mon Dieu, mademoiselle ! Moi qui trouvai milord tellement gentil !

— Il l'est, Prudence, il l'est… Mais il veut m'épouser et moi, je ne le veux pas.

La mâchoire de la petite bonne béa de plus belle.

— Quelques mois d'absence lui feront comprendre, je pense, quelle erreur est la sienne, acheva Lina, les yeux dans le vague.

— Oui, mademoiselle, murmura Prudence, visiblement

persuadée que sa maîtresse avait perdu l'esprit. Milord ne va pas être content…

— Je sais, dit Lina, qui pouvait imaginer sans mal la réaction de Quinn lorsqu'il apprendrait son départ.

Sans doute éprouverait-il du dépit, mais c'était bien le seul sentiment qu'il pouvait éprouver à son égard. Il en guérirait vite.

— Où est le couvert de Mlle Shelley ? demanda Quinn au majordome en entrant dans la salle à manger avec Gregor. Je n'en vois que deux.

— Mademoiselle est partie ce matin rendre visite à sa tante, milord, répondit le majordome, elle a emmené Prudence avec elle.

Whyte se troubla légèrement.

— J'avais cru comprendre que milord était au courant…, balbutia-t-il, embarrassé.

— Bien sûr, cela m'était simplement sorti de l'esprit, se hâta de répondre Quinn.

« Grands dieux, songea-t-il, cette femme me conduira dans la tombe ! »

Il dîna sans hâte apparente, mais se leva de table dès la dernière bouchée avalée, sans attendre le porto. Gregor lui emboîta le pas.

— La Porte Bleue ? demanda-t-il.

— La Porte Bleue, et tu n'es pas obligé de venir. Reste plutôt ici et arrange-toi pour que tout ait l'air parfaitement normal. Je ne veux pas que les domestiques se posent des questions.

Le temps d'arriver à destination, il s'était un peu calmé. Il se disait qu'il aurait certes mieux fait d'interroger Celina au sujet de ce mariage avant toute chose. Cela ne lui ressemblait guère, cette fuite soudaine. Peut-être préférait-elle se préparer à ses noces dans un environnement entièrement féminin ?

— Bonsoir, lord Dreycott.

Clara Deverill était dans le salon, très élégante dans une robe de soie bleue.

— Bonsoir, madame… Je voudrais parler à Celina.

— Elle n'est pas là… Non, c'est inutile…

Elle l'arrêta d'un geste comme il se dirigeait vers l'escalier et lui fit signe de la suivre dans son bureau.

— Je vous donne ma parole qu'elle n'est pas ici, milord, et que je ne l'ai pas vue depuis hier soir.

Ses beaux yeux bleus étudiaient sa réaction, avec la longue habitude de la psychologie masculine qui était la sienne.

— Je constate que votre duel s'est bien passé…

— En effet, je n'ai eu qu'une petite blessure. Celina n'approuvait pas cette rencontre et j'imagine que j'ai dû me montrer maladroit en lui parlant de notre mariage… Ce qui explique cette fugue.

— Il y a plusieurs choses que Celina n'approuve pas, au premier rang desquelles ce mariage, fit remarquer Clara.

— Vous conviendrez avec moi que c'est pourtant la meilleure chose qui pourrait lui arriver.

— Pas si vous ne l'aimez pas. Celina ne se mariera jamais pour trouver la sécurité, de l'argent ou un titre. Elle a un cœur tendre et généreux ainsi qu'un grand instinct pour tout ce qui peut le briser. Et apparemment, milord, vous êtes le plus grand risque.

— Vous voulez que je vous dise que je l'aime ?

Au même moment, quelque chose s'insinua en lui, une impression presque tangible et pourtant indéfinissable, qui lui échappait à mesure qu'il essayait de la préciser. En même temps, il se sentait comme frappé par la foudre. Il était si sûr que Lina se trouvait ici ! Il aurait dû la garder chez lui, à Clifford Street, la mettre dans son lit et lui faire l'amour jusqu'à ce qu'elle fût incapable de dire autre chose que oui.

— Bien sûr que non ! Lina ne voudrait pas que vous lui mentiez. Le mariage de ses parents était fondé sur le mensonge et il s'est terminé en tragédie. Si vous n'êtes pas capable de l'aimer, alors mieux vaut la laisser tranquille.

— L'amour a diverses…, commença Quinn, un peu étourdi. Je sais que je devrais…

Sa voix s'affaiblissait. Pourquoi se sentait-il sans plus de force, tout à coup ? Ce devait être tout le sang qu'il avait perdu.

Clara le regardait sans rien dire.

— Où est-elle allée ? Je sais que vous le savez.

— Venez ici…

Elle lui tendit la main. Appelé par quelque chose d'indéfinissable dans ses yeux bleus, si semblables à ceux de Celina, il s'avança. Pendant un long moment, Clara ne dit rien, se contentant de lui serrer la main et de le regarder intensément. Puis elle murmura :

— Espérons qu'elle me pardonnera si je me trompe. Me donnez-vous votre parole que vous n'essaierez de la convaincre de vous épouser ni par la séduction, ni par l'intimidation ou la menace, encore moins par la force ?

— Oui, oui, vous avez ma parole.

— Elle est partie pour Norwich en diligence. Je crois qu'il y en a une à 23 heures.

Quinn regarda l'horloge. Il était 21 h 30. Il ne pouvait plus espérer la rattraper avant le départ.

— Je lui ai donné de l'argent. Elle pourra descendre dans de bonnes auberges et ensuite, trouver un logement décent. Vous allez la poursuivre ?

— Je ne peux pas laisser les choses ainsi. Je dois m'assurer qu'elle est en sécurité et mettre un terme à tout ceci…

A tout quoi, en fait ? On ne pouvait pas parler de liaison entre eux, pas même d'amitié. Tout ce qu'il savait, c'était qu'elle lui manquait, qu'il s'inquiétait pour elle et qu'il voulait qu'elle soit heureuse, même aux dépens de son propre bonheur.

Il rentra chez lui, remplit à la hâte un sac de voyage, ordonna que l'on fît venir une voiture à quatre chevaux avec cocher et postillons, puis il prit la route, dans un état de confusion plus grand encore que celui où il se trouvait lorsqu'il avait pour la première fois quitté l'Angleterre, dix ans auparavant.

Ce n'est qu'en se réveillant d'un sommeil agité et inconfortable aux abords de Theford, où il se trouva vers 8 h 30 du matin, qu'il comprit à quel point ce mariage était important pour son bonheur.

C'était comme une fièvre qui le brûlait et le poursuivait de relais de poste en relais de poste. Il ne parvenait plus à élaborer la moindre pensée logique et ses émotions le submergeaient. Où était Celina ? Etait-elle en sécurité, seulement ?

Il était près de midi, lorsque la berline entra dans la cour de l'auberge de Maiden's Head, dont les postillons avaient assuré à Quinn que c'était l'un des principaux arrêts sur la route de Norwich, ainsi qu'un établissement très confortable. Avec un peu de chance, Celina avait pu y faire halte.

Quinn descendit de voiture, en prenant garde de ne pas heurter son bras blessé, qui lui faisait souffrir l'enfer. Il se dirigeait vers la porte de l'auberge en serrant les dents, quand une jeune femme lui sauta littéralement au cou.

— Milord ! Mon Dieu, c'est milord !

— Prudence ?

La certitude de toucher au but lui fit oublier la douleur et il raffermit sa voix.

— Où se trouve Mlle Shelley ?

— A… à l'étage, milord. Troisième porte à droite. Un salon privé…

« Dieu merci ! »

Il avait redouté de la retrouver dans quelque salle commune, détroussée par un voleur à la tire et à la merci de n'importe quel débauché des environs.

Il monta l'escalier quatre à quatre et ouvrit la porte à la volée, toute sa raison annihilée par un immense soulagement. Celina était assise près de la fenêtre, regardant pensivement l'agitation de la cour d'auberge.

Elle se tourna vivement vers lui quand le battant de la porte claqua contre le mur.

— Quinn !

Il y avait des traces de larmes sur ses joues.

« Pourquoi me quitter, si cela te fait pleurer ? Ou bien suis-je donc si méprisable que le désespoir vaut mieux que rester avec moi ? »

Il jeta son chapeau et ses gants sur la table, loin de lui.

— Que diable faites-vous ici ? demanda-t-il d'un ton rageur.

— Je commence une nouvelle vie, lui répondit-elle calmement, ce qui le désarçonna un instant, avant qu'il ne s'aperçoive qu'elle froissait nerveusement le tissu de sa robe dans ses doigts.

— Je suis venu vous chercher.

Il traversa la pièce et la saisit par les épaules pour la faire se lever.

— Ne faites pas ça, lui dit-elle d'une voix inquiète. Pensez à votre blessure, idiot !

Sa blessure lui faisait de plus en plus mal et il soupçonnait que des points de suture avaient lâché, mais cela ne parvenait pas à le calmer.

— *Idiot ?* Parce que courir la campagne en diligence est au contraire un signe d'intelligence ?

— La diligence est un moyen parfaitement respectable de voyager. Je suis dans une auberge également respectable, accompagnée de ma femme de chambre et je n'ai nul besoin de vous !

Ils se faisaient face, à peut-être vingt centimètres l'un de l'autre.

— Pourquoi pleurez-vous, alors ?

— Parce que je suis fatiguée, parce que ma tante me manque, parce que je commence à peine à me faire à l'idée que je ne serai pas pendue et parce que vous ne me laissez pas en paix !

Il la tenait toujours par les épaules. Elle se tortilla pour se libérer et Quinn sentit qu'un autre de ses points de suture était en train de lâcher.

Il n'aurait pas dû la tenir ainsi, comme pour l'empêcher de s'enfuir. Du moins une partie de lui en était convaincue, mais pas celle qui souffrait, celle qui était dans la confusion et le manque.

Il y avait également dans les yeux de Celina une question muette, un appel. Du désir, un conflit, aussi. Quinn l'attira contre lui, la serra à l'étouffer et prit violemment sa bouche. Lina lutta pour le repousser, lui martelant la poitrine de coups de poing, mais il l'ignora, seulement attentif à la chaleur de sa langue qui s'agitait contre la sienne, au goût qu'elle avait, à l'excitation que lui procurait leur lutte.

Sans cesser de l'embrasser, il la souleva dans ses bras, paquet gigotant de jupons et de fureur. Il ouvrit d'un coup d'épaule la porte de la chambre qui communiquait avec le salon privé et se jeta avec elle sur le lit, sans prêter attention à sa blessure, à ses vêtements, ni même aux bottines qu'il portait toujours ou aux coups de genou qu'elle essayait de lui donner. Il lui tint fermement les deux mains au-dessus de la tête, pesant de tout son poids sur elle pour l'immobiliser. Le tremblement qui avait saisi la jeune femme n'avait plus grand-chose à voir avec la peur, la rage ou la colère.

Il approfondit leur baiser. Puis comme elle cessait de se débattre, il releva la tête.

— Et maintenant, murmura-t-il, dites-moi que vous ne me désirez pas, dites-moi que vous ne voulez pas…

— Comment osez-vous ?

— Regardez-vous, Celina…

Il la fit se tourner vers le miroir de la coiffeuse. Elle vit alors le reflet du visage intense et pâle de Quinn, ses lèvres gonflées, comme l'étaient les siennes. Elle se voyait aussi, les pointes des seins durcies à travers le fin tissu de sa robe.

— La peur, mentit-elle. La colère…

— Le désir, murmura Quinn à son oreille en passant sa main sur les pointes dressées. L'envie, le désir…

Lina n'avait plus envie de lutter, elle se détourna du miroir et aussi de lui.

— Que je puisse vous désirer ou non importe peu. Non plus que le fait que ce serait pour vous un bien mauvais mariage. Je ne veux pas vous épouser, Quinn, pour des raisons qui tiennent à moi seule.

Elle se tourna de nouveau vers lui, implorante, et crut bien que son cœur allait exploser.

— Je vous en prie, laissez-moi partir.

Chapitre 22

La laisser partir ? Impossible ! Quinn regarda Celina et les contours du monde redevinrent clairs. Clairs, durs, froids et coupant comme le verre brisé. Impossible de laisser cette femme partir loin de lui et pourtant, il allait bien falloir.

Il se leva, la libérant.

— Vous me laissez ?

Il la regardait et se disait qu'il n'avait rien compris, rien du tout. Elle non plus, d'ailleurs, et ce depuis des jours et des jours…

Mais tout était clair, désormais.

Il se rassit mécaniquement. Il sentait le sang couler sur sa manche, sous la jaquette, mais cela n'avait aucune importance.

— Je vous aime, dit-il simplement. Je ne puis vous forcer à rien. Je ne le pourrai jamais. Vous comptez tellement pour moi !

Il parlait au reflet de Lina dans le miroir, incapable de la regarder en face, comme frappé de stupeur, comme si un seul regard de rejet aurait eu le pouvoir de le changer en pierre.

— Je vous aime et c'est pourquoi, oui, je vous laisse partir.

— Oh, Quinn !

— Ne pleurez pas, je vous en prie ! dit-il éperdu.

Même lui offrir la liberté ne suffisait donc pas à la rendre heureuse ?

— Dites-moi ce que vous voulez, je le ferai, mais je vous en supplie, ne pleurez pas !

— Ce que je veux ? Vous épouser…

Elle lui sourit à travers ses larmes.

— Quinn, je vous aime !

Elle s'agenouilla devant lui, noua ses bras autour de son cou et enfin, leva les yeux vers les siens.

« Voilà, songea-t-elle, c'est l'amour. Ne peut-il le voir sur mon visage ? Comment ai-je pu le lui cacher ? »

— Tu m'aimes ? balbutia-t-il. Alors pourquoi ne pas avoir voulu m'épouser quand je te le demandais ?

Il paraissait abasourdi.

— Parce que je ne pouvais pas supporter l'idée de t'épouser en sachant que tout ce que tu faisais pour moi n'était dicté que par ton sens du devoir, lui dit-elle en prenant son visage entre ses mains et en le regardant intensément. Bien sûr, j'aurais pu m'en contenter… Tu aurais eu tes maîtresses et ta vie d'aventures, moi le confort et la sécurité. Mais mon cœur se serait brisé, parce que je t'aime.

— Celina…

Il prononça son prénom comme un vœu, un effleurement, une caresse.

— Je ne comprenais pas ce que je ressentais. Je n'avais jamais été amoureux auparavant, pas comme cela en tout cas. Tout ce que je voyais, c'est que je te désirais comme un fou.

Elle secoua la tête.

— Je voulais me persuader que je ne pensais qu'à ton bien et ce n'est qu'à l'instant que j'ai compris que si je tenais vraiment à toi, je devais te laisser partir…

— Moi, je me suis aperçue de mes sentiments pour toi quand nous sommes partis pour Londres, pendant le voyage et je savais que je devais te les cacher parce que je ne pourrais jamais supporter que tu fasses semblant de m'aimer ou que tu me prennes en pitié.

— Pourquoi as-tu accepté finalement le duel ? lui demanda-t-il en suivant doucement, du bout du doigt, le contour de ses sourcils, de sa tempe, de son oreille.

« Mon explorateur, mon aventurier… Et moi, je suis sa terre promise… »

— J'ai failli exercer un chantage, te promettre de t'épouser si tu ne te battais pas. Et puis j'ai compris que je ne pouvais pas faire cela à l'homme que j'aime. Parce que ton honneur te commandait de défier Langdown et que l'honneur est tout pour toi.

— C'est toi qui es tout pour moi, Celina. Tu as mon cœur, ma vie dans le creux de ta main. J'ai annoncé à la paroisse de Saint-Georges que nous nous marierions dans un mois environ, mais nous pouvons le faire tout de suite et n'importe où.

— A Saint-Georges, murmura-t-elle en effleurant ses lèvres des siennes, le 1er juin et il y aura des roses partout.

Soudain elle se troubla.

— Quinn… Est-ce que tu veux… maintenant… ?

— Te faire l'amour ? Oui !

Il la reprit dans ses bras et l'embrassa passionnément.

— Mais je comprendrais que tu préfères attendre notre nuit de noces, lui dit-il lorsque leurs lèvres se séparèrent. J'ai eu terriblement honte de t'avoir traitée comme je l'ai fait, mais je sais maintenant qu'au fond de mon cœur, je t'aimais déjà. Personne ne comptait autant que toi dès ce moment et plus personne ne comptera, que toi.

— Que toi, toujours, répéta-t-elle, émerveillée par ce qu'elle lisait dans ses yeux, le pouvoir qu'elle avait sur lui et l'empire sur lui-même qu'il saurait garder, si elle le voulait. Oui, j'aimerais bien attendre notre mariage…

— Je t'aime ! répéta-t-il et il se laissa tomber sur le lit, le visage illuminé d'une joie indescriptible.

— Quinn ! Ta main !

— Quoi, ma main ?

Il la leva devant ses yeux et fit une grimace à la vue du sang qui coulait.

— Allons bon, soupira-t-il, les points ont dû lâcher au moment où je t'ai soulevée…

Il eut un sourire d'excuse tandis que Lina se précipitait sur le cordon de sonnette.

— Peut-être vaut-il mieux effectivement que nous prenions patience, dit-il sans cesser de sourire. Je ne vais pas être capable avant quelques jours de te serrer dans mes bras de la façon dont tu le mérites, mon amour.

— Je suppose qu'il est inutile de te demander de faire attention à toi ?

Mieux valait qu'elle s'y habituât. On ne transformait pas un loup en chien et c'était mieux ainsi ; elle le voulait fier et libre.

Une servante de l'auberge passa la tête par l'entrebâillement de la porte.

— Trouvez-moi ma femme de chambre, s'il vous plaît, faites-nous monter de l'eau chaude et appelez un médecin, lui demanda Lina.

Puis elle retourna aider Quinn à retirer sa jaquette.

— Dieu merci, tu as choisi l'épée plutôt que le pistolet. Au moins, la blessure est bien nette !

S'occuper de Quinn obligea Lina à descendre du nuage où leur aveu réciproque l'avait propulsée. Le médecin arriva et Quinn refusa négligemment de prendre au sérieux sa prescription de repos, ce qui serait probablement la règle, durant toute leur vie d'époux, songea-t-elle.

Ils sortirent donc faire des courses. Prudence les suivait et s'occupait de faire envoyer les paquets à l'auberge. Ils dînèrent dans le salon privé, parlant peu, se contentant de se tenir la main et de se regarder longuement, les yeux dans les yeux. Leur bonheur était trop parfait pour qu'ils l'habillent de mots.

— Je crois qu'il faut que je retourne à ma chambre, dit Quinn quand l'horloge eut sonné 22 heures.

Lina était assise sur ses genoux, pelotonnée contre lui, la tête sur son épaule. Elle avait l'impression d'apprendre à vivre en paix avec lui.

— Oui, il faut dormir, approuva-t-elle. La journée a été pleine d'émotions…

Mais il leur fallut encore une demi-heure pour épuiser — provisoirement — toute leur réserve de baisers.

Au moment de refermer la porte, il se retourna vers elle.

— Tu crois que Simon avait prévu cela, quand il a ajouté ce codicille ?

— J'en suis sûre ! Le cher vieux pirate…

Le lendemain, confortablement calé sur la banquette de la voiture dont l'attelage à quatre chevaux filait bon train vers Londres, Quinn se sentait d'humeur plus loquace.

— Aimerais-tu que je garde Dreycott Park ? demanda-t-il.

— Je n'en sais vraiment rien, répondit Lina. Je déteste l'idée de devoir en partir la tête basse et j'aime vraiment beaucoup cet endroit. Mais d'un autre côté, les gens du village sont tellement hostiles…

— Nous pourrions peut-être le mettre en location, afin que le bien reste dans la famille et que nos enfants en héritent ?

— Oh, nos enfants…

Elle n'y avait pas encore pensé.

— Tu veux des enfants, Quinn ?

— Ma foi, en avoir avec toi est une perspective plutôt plaisante. Nous pourrions avoir un garçon et une fille, pour commencer. Qu'est-ce que tu en penses ?

Elle rit.

— Tu ne peux pas passer commande, il faudra accepter ce qui viendra ! Mais deux, c'est bien pour commencer…

Lina songea qu'il ferait un bon père, mais qu'il allait probablement lui faire dresser les cheveux sur la tête en montrant trop d'indulgence, si les enfants jouaient les casse-cou. A quel âge un petit garçon pouvait-il apprendre à monter à chameau ? Elle imagina une sorte de modèle réduit de Quinn, affrontant un crocodile.

— Il faut que je finisse les mémoires de Simon et que je leur trouve un éditeur, reprit Quinn. Est-ce que la maison de

Londres te convient ou est-ce que tu en voudrais une autre ? Que ce soit celle-ci ou une nouvelle, tu pourras la meubler comme tu l'entends, bien entendu.

— Celle que tu as achetée est parfaite.

Un doute lui vint soudain à l'esprit, une inquiétude, comme un nuage qui passerait dans le soleil.

— Combien de temps te faudra-t-il pour finir les mémoires ?

— Il faudra que je parte pour Constantinople avant l'automne. Après, les tempêtes rendent la traversée de la Méditerranée difficile. Je dois installer mes affaires ici, aussi. Je ne me vois pas terminer la rédaction avant la fin août et encore faudrait-il que j'engage un secrétaire et un copiste. Tout cela manque un peu d'ordre et de liaison entre certains chapitres.

Donc il partirait au loin trois mois à peine après leur mariage… Une lune de miel d'un trimestre, en compagnie des mémoires du vieux Simon et ensuite, elle se retrouverait seule.

— Combien de temps devra durer ton voyage à Constantinople ? demanda-t-elle encore, en essayant de garder un ton léger et simplement intéressé.

Mais c'était bien difficile…

« Les femmes d'officiers de marine connaissent cela, se dit-elle. Ce sont ses affaires, cela le constitue… Rappelle-toi ton histoire du loup et du chien. »

— Combien de temps voudrais-tu qu'il dure ?

Elle le regarda, interloquée. Pas une minute de plus que nécessaire, évidemment ! Puis, soudain, elle comprit ce qu'il voulait dire et pourquoi il lui posait cette question.

— Tu veux dire… que je pourrai venir avec toi… ?

— Tu crois que je te laisserai derrière moi ? Tu crois vraiment que je le pourrai ?

Ce fut son tour de la regarder d'un air surpris.

— Celina, je t'aime. Ce qui veut dire que je veux partager ma vie avec toi et toi aussi, tu dois me dire où tu veux aller et ce que tu veux faire. Constantinople est un passage obligé pour mes affaires, mais après, le monde entier s'offre à nous.

Souhaites-tu voir les crocodiles et les pyramides, traverser le désert à dos de chameau ou acheter des soieries à Samarcande ? Faire le tour du monde ou bien voguer vers l'Amérique ?

— N'importe où, n'importe où, répondit-elle en riant, avec un soulagement indicible. N'importe où, pourvu que ce soit avec toi.

Une pensée incongrue lui traversa l'esprit.

— Et Gregor ?

— Gregor pourra trouver son propre chameau.

De son bras valide, Quinn l'attira contre lui et il l'embrassa jusqu'à ce que sa belle capeline toute neuve tombe entre les deux banquettes.

Chapitre 23

1er juin 1815.

Les murmures enflaient dans le corridor. Lina sourit. On avait entendu des chuchotis, des rires et des pas précipités, toute la matinée. Les derniers préparatifs d'un mariage étaient toujours l'occasion d'une activité bourdonnante, mais si l'on y ajoutait trois jolies fleurs de l'une des maisons de passe les plus huppées de Saint-James, habillées comme des princesses et faisant de louables, mais comiques efforts pour paraître de vraies ladies, le résultat était plutôt surprenant.

Lina avait souhaité la présence de sa tante et de ses meilleures amies à l'église ainsi qu'au lunch de mariage et Quinn n'avait fait aucune difficulté. Mais les quatre personnes concernées avaient unanimement refusé. Elles se contenteraient, avaient-elles dit, d'attendre la sortie du cortège sur les marches de l'église, de lancer du riz et de crier des bravos, puis elles disparaîtraient. « Nos têtes diraient quelque chose à la moitié des hommes de l'assistance », avait fait remarquer tante Clara et Lina avait bien été obligée d'admettre qu'elle avait raison.

Déjà, l'annonce que la fiancée de lord Dreycott était la même jeune personne qui s'était trouvée au centre de l'affaire du saphir des Tolhurst avait donné lieu à des commentaires sans fin. Reginald Tolhurst avait été tellement déshonoré par la révélation qu'il avait faussement accusé une innocente, qu'il était parti pour un long voyage en mer. C'était sidérant et le fait que sir George Tolhurst était l'un des invités au mariage donnait lieu à toutes les spéculations.

On racontait également que Mlle Shelley avait renvoyé à la famille la canne de sir Humphrey, que celui-ci avait perdu dans la rue en ressentant les tout premiers symptômes de la crise cardiaque foudroyante qui l'avait finalement emporté. Les mieux informés ne manquaient pas de préciser que le saphir des Tolhurst avait été retrouvé sur la banquette d'un fiacre. Beaucoup de bruit pour rien, donc…

— Si vous voulez baisser la tête, mademoiselle, dit Prudence, que je puisse fermer le collier…

Lina sentit les diamants caresser sa peau et quand elle leva les yeux vers son miroir, leur éclat lui arracha un sourire émerveillé. Quinn avait tenu à la couvrir de pierres précieuses, bien qu'elle ait tenté de lui faire remarquer qu'une mariée ne devait normalement porter que quelques perles, plutôt modestes. Par contraste, la robe était la simplicité même : toute de satin blanc, garnie de tulle et de dentelle d'une incroyable finesse, tout comme le voile qu'elle osait à peine toucher, depuis que Gregor lui avait appris qu'il s'agissait d'un travail flamand qui datait du XVIIe siècle.

Les murmures enflèrent encore et Lina se dit en souriant qu'on lui préparait sans doute une surprise. La porte s'ouvrit et elle vit entrer deux jeunes femmes suprêmement élégantes.

— Je suis désolée, leur dit-elle, vous avez dû certainement vous tromper de chambre…

Les deux visiteuses lui sourirent et son cœur s'arrêta un instant de battre.

— Meg ! Bella !

Il leur fallut bien dix minutes pour que leurs sanglots de joie se calment un peu et qu'elles cessent de parler toutes à la fois. Elles se regardèrent et Lina eut l'impression qu'elle était presque trop heureuse pour pouvoir le supporter.

— Comment ? Comment m'avez-vous retrouvée ?

— Le nom de Celina Shelley est dans tous les journaux ! lui dit Meg. Nous étions en vacances dans la région des lacs et nous ne savions rien de ton affaire. C'est en rentrant à Penrith que nous avons lu ce qui s'était passé et que, grâce à Dieu, tu avais été innocentée.

— Alors nous avons écrit à lord Dreycott, enchaîna Bella. Quel bel homme, par parenthèse ! Et nous avons décidé de te faire une surprise. Les enfants sont en bas, avec nos maris, mais tu les rencontreras plus tard. Pour l'instant, il est urgent d'arrêter de pleurer et de faire quelque chose pour nos yeux, sinon, nous ne pourrons pas paraître à l'église.

Dans une sorte de brouillard heureux, Lina se laissa appliquer un linge humide, puis encore un peu de maquillage et de poudre de riz, tandis que ses sœurs lui racontaient ce qu'avait été leur vie durant leurs années de séparation.

Elle faillit éclater de nouveau en sanglots quand elle entendit Meg lui raconter que, veuve après la bataille de Vittoria, elle avait reçu simultanément un deuxième choc en apprenant que son mariage n'avait en fait jamais été valide. Elle était remariée à présent et heureuse, avec lord Brandon.

— Un homme merveilleux, soupira-t-elle.

Le couple avait un bébé, un petit garçon, et avait retrouvé Bella après que celle-ci se fut enfuie, enceinte, pour épouser le vicomte Hadleigh.

— Eliott est merveilleux, lui aussi, et notre petite fille est un amour. Oh, Lina, cela faisait si longtemps que je rêvais de nous voir réunies !

— Il faudra que nous retournions voir papa, dit Lina, l'air grave. Il faut nous réconcilier avec lui et lui présenter ses petits-enfants.

Ses deux sœurs acquiescèrent et elles se serrèrent une nouvelle fois dans les bras les unes des autres pour se donner du courage. Ce serait certainement pénible, peut-être même le révérend allait-il les chasser de sa maison, mais il fallait essayer.

Lina se demanda si elle devait révéler à ses sœurs ce qu'elle avait découvert sur leur mère, mais décida que toute vérité n'était pas forcément bonne à dire.

— Je crois qu'il est temps d'y aller, mademoiselle, dit prudemment Prudence, interrompant leurs réflexions. Les fleurs sont en bas…

— Y en aura-t-il suffisamment pour mes demoiselles d'honneur ? demanda Lina.

Sir James Warren, le magistrat, s'était montré si aimable lorsqu'il avait découvert qui se cachait sous le costume d'Hassan, le jeune serviteur, il avait tant fait pour laver sa réputation de toute tache, qu'elle lui avait demandé de bien vouloir suppléer à l'absence de son père et la conduire à l'autel. Elle avait regretté de ne pouvoir être escortée par ses sœurs, dont elle pleurait amèrement l'absence et voilà que répondant à ses prières, elles apparaissaient, comme par miracle !

— Oui, mademoiselle, répondit Prudence avec un sourire qui montrait qu'elle avait fait parti du complot. Milord y a veillé…

L'église de Saint-Georges était pleine, la nef, comme les galeries qui la surplombaient… Quinn avait beaucoup plus d'amis que Lina ne l'avait cru. Des membres de sociétés savantes, des négociants ou des armateurs, ainsi que quelques individus à la silhouette pittoresque, dont il lui avait promis que leur conduite serait irréprochable. Pour contrebalancer, il y avait aussi deux ambassadeurs étrangers dans l'assistance. Tout ce beau monde était accompagné d'épouses et d'enfants. En descendant l'allée centrale au bras de sir James, Lina sentait leur présence, mais elle n'avait d'yeux que pour la svelte et élégante silhouette qui l'attendait, Gregor superbe et rayonnant à son côté.

« Je t'aimerai toujours, toujours », songea-t-elle et ses lèvres esquissèrent un baiser.

*
* *

— Toujours habillée ? demanda Quinn en refermant la porte de la chambre à coucher derrière lui. Pas de chemise de nuit affriolante à me montrer pour l'occasion ?

— J'ai préféré te laisser te charger toi-même du déshabillage, je crois me souvenir que tu excelles à cet exercice…

Lina s'approcha lentement de lui, retira l'épingle à cravate à tête d'émeraude qui retenait sa lavallière et commença de défaire le nœud compliqué. Ses mains tremblaient un peu, mais ce n'était plus d'angoisse ou d'inquiétude, seulement d'excitation et de désir.

Pendant ce temps, Quinn retirait sa jaquette, déboutonnait son gilet et allait s'attaquer à sa chemise, quand elle l'arrêta en riant, le souffle un peu court.

— Tu as raison, c'est mon tour, murmura-t-il.

Prudence avait déjà retiré tous ses bijoux à la jeune mariée, à l'exception d'un bracelet d'or que Quinn porta à ses lèvres avant de prendre sa femme par les épaules et de la faire doucement se tourner pour s'attaquer, dans son dos, aux petits boutons de sa robe. Sa bouche prit le chemin de ses doigts et Lina pouvait sentir son souffle chaud sur sa nuque. Jupes et jupons tombèrent au sol et en un instant, il la débarrassa de son corset puis de ses bas et jarretelles… Comme il était doux de sentir la soie glisser le long de ses jambes !

Elle se retourna et fit tomber la chemise de Quinn, puis elle se pencha pour embrasser la cicatrice de sa blessure. Quel bonheur de le toucher, de placer ses paumes sur le fin duvet de son torse, d'effleurer légèrement ses petits tétons d'homme et de les sentir durcir et réagir à sa caresse, d'entendre son souffle qui s'accélérait !

Il déboucla sa ceinture et Lina introduisit sa main dans son pantalon, audacieuse, exploratrice. Trouvant ce qu'elle cherchait, elle referma ses doigts dessus, le sentant devenir plus dur, plus puissant. A elle, tout à elle…

Quinn poussa un grognement de plaisir, la débarrassa de sa fine camisole, son dernier vêtement, la souleva dans ses bras, la déposa sur le lit et finit de retirer ses propres vêtements avec une hâte qui ravissait et excitait à la fois sa compagne. Comme il se tenait à côté du lit, elle se redressa, le reprit dans sa main et embrassa sa chair si soyeuse.

— Oh, ma merveilleuse épouse dévergondée, murmura-t-il en se penchant pour prendre sa bouche.

Le temps n'eut plus alors pour eux de signification, les secondes s'écoulaient fluides comme de l'eau, puis ralentirent comme une éternité. Les mains de Quinn palpaient, caressaient, modelaient, pressaient, effleuraient, pénétraient. Lina se cambrait et se pliait, haletante, pressante elle aussi, et quand elle crut mourir de désir, il fut en elle, de façon si complète et si prenante qu'elle eut l'impression de se fondre en lui.

— Oh, mon amour, murmura Quinn. Viens avec moi maintenant, viens...

Et il l'emmena dans une nuée ardente, faite de sensations indicibles, l'accompagnant jusqu'au plus extrême sommet du plaisir.

Plus tard, beaucoup plus tard, il lui dit :

— Nous ferons l'amour dans des contrées dont tu n'as jamais entendu parler, à travers des océans sans nom et sur des rivières qui n'ont ni source ni embouchure. Viens avec moi...

— Je viendrai. Nous voyagerons toujours ensemble, mon amour, et tous nos rêves se réaliseront.

À découvrir ce mois-ci

4 nouveaux romans dans la collection

Les Historiques

LA REBELLE ET LE VIKING,
de Joanna Fulford - n°536

Northumbrie, 866. Restée sans protection après la soudaine disparition de son frère, Elgiva se voit contrainte d'accepter une demande en mariage. Certes, cette union ne lui apportera pas le bonheur dont elle rêve depuis toujours ; mais, au moins, le domaine de Ravenswood, dont Elgiva est la châtelaine, sera ainsi à l'abri des convoitises. Hélas, à peine les fiançailles prononcées, Ravenswood est pris d'assaut par une horde de Vikings sans foi ni loi dont le chef, un guerrier sombre et arrogant, s'impose comme maître des lieux. De surcroît, pour asseoir son autorité, le ténébreux Viking exige qu'Elgiva l'épouse sur-le-champ. Bouleversée, et troublée malgré elle, Elgiva comprend vite qu'elle n'a pas le choix : si elle veut sauver Ravenswood, elle doit se soumettre au Viking. Du moins, le lui faire croire...

LE GLAIVE ET LE LYS,
de Claire Delacroix - n°537

France, 1114. Gabrielle de Perricault est prise au piège : pour la contraindre à se soumettre, le traître Philippe de Trevaine occupe son château et, surtout, séquestre son jeune fils depuis des jours. Prête à tout pour sauver son enfant des griffes de cet homme cruel, elle décide d'implorer l'aide d'Yves de Saint-Roux, illustre chevalier à la cour de Bourgogne. Et Gabrielle sait exactement comment convaincre le troublant guerrier de défendre sa cause : en lui offrant ce dont ses origines bâtardes le privent — un titre et des terres. Aussi lui promet-elle, s'il réussit, de devenir elle-même son épouse et de le faire seigneur de Perricault. Mais ce pont d'or a sa condition : car Gabrielle exige que le mariage ne soit jamais consommé...

LE SECRET D'UNE ROSE
de Louise Allen - n°538

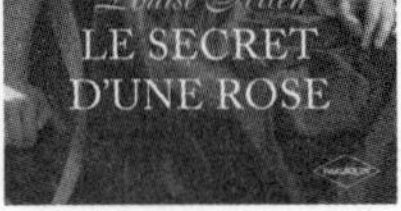

Norfolk, avril 1815. Accusée à tort d'être une voleuse doublée d'une courtisane, Lina Shelley fuit Londres et se réfugie dans le Norfolk, chez un ami de sa tante, le très honorable lord Dreycott. Mais voilà que ce dernier disparaît, léguant son titre et sa fortune à son neveu, Quinn Dreycott. Le désarroi de Lina est à son comble lorsqu'elle fait la connaissance du mystérieux Quinn : séduisant, délibérément enjôleur, le beau libertin ne semble pas s'encombrer de convenances et la traite avec une familiarité déconcertante. Malgré cela, et malgré elle, Lina est totalement fascinée par cet homme si différent des autres. Un homme qui, pourtant, pourrait bien la chasser s'il venait à découvrir pourquoi elle a quitté Londres…

FACE À LA TENTATION
de Sophia James - n°539

Londres, novembre 1853. Tout semble tracé d'avance dans la vie très sage de Lillian Davenport. Bien née et vertueuse, la jeune femme est d'ailleurs prise pour modèle par toutes les débutantes du pays. L'obéissance lui est même si chère qu'elle a accepté de lier son destin à l'homme que son père a choisi pour elle, un aristocrate ennuyeux pour lequel elle ne ressent aucune passion. Mais voilà que son existence bien réglée vole en éclats le jour où elle rencontre le scandaleux Lucas Clairmont. Lucas, viril et dangereux, sombre débauché qui éveille en elle un désir aussi inattendu qu'irrésistible et inconvenant. Et qui pourrait bien coûter à Lillian ce qu'une jeune lady a de plus précieux : sa réputation et l'honneur de sa famille…

Composé et édité par les
éditions HARLEQUIN
Achevé d'imprimer en France (Malesherbes)
par Maury-Imprimeur
en novembre 2011

Dépôt légal en décembre 2011
N° d'imprimeur : 168111